新潮文庫

ロング・ロング・アゴー

重松　清著

ロング・ロング・アゴー
目次

ロング・ロング・アゴー

いいものあげる

1

いいものあげる、というのが美智子《みちこ》ちゃんの口癖だった。

わたしも言われた。まだそれが口癖だと知る前——転校してきた初日に。

声をかけられて振り向くと、美智子ちゃんはもう一度「いいものあげる」と言った。

にこにこ笑っていた。背が高く、髪が長い。そばには女子が五、六人いた。

「ねえ、中村《なかむら》さん、いいものあげる」

美智子ちゃんはまた繰り返した。今度は少しいらいらした感じだった。

でも、いきなりそんなことを言われても。そのときはまだ美智子ちゃんの名前さえ知らなかったわけだし。

しかたなく、黙ってうなずいた。

すると、美智子ちゃんの笑顔が微妙に曇った。そばにいたひとも、みんなそろって、困った顔になった。きょとんとするわたしに、一人が目配せした。違うよ、だめ、そうじゃなくて、というふうに首も小さく振っていた。

「いいもの、欲しい？」

美智子ちゃんは最初の笑顔に戻って、最初とはちょっと違う言い方で訊《き》いてきた。

なんなの、このひと、と思った。

「いらないの？」

美智子ちゃんはまた眉《まゆ》をひそめた。回れ右をするような言葉のひっくり返し方をして、「じゃあいい」とつづけると、体まで一緒にクルッとわたしに背中を向けてしまった。

怒ってる――？

なんで――？

わたしは呆然《ぼうぜん》とするだけだったけど、さっき目配せした子があわてて「だいじょうぶ、欲しがってる、欲しがってる」と美智子ちゃんを引き留めた。「転校してきたばかりだから、恥ずかしがってるだけだって」

そんなことない。欲しがってないし、恥ずかしがってもいない。

でも、その子は「ね、そうだよね？」とわたしを振り向いて、なにも応《こた》えないうちに「ほら、やっぱり欲しいって、ちょうだい、って」と美智子ちゃんに言った。

それを聞いた美智子ちゃんの背中から、すうっと力が抜けたのがわかった。機嫌を直したんだ、ということも。

実際、わたしに向き直った美智子ちゃんは、また笑顔に戻っていた。

「今日は特別にあげる。でも、今度からは、欲しいんだったら欲しいって、ちゃんと言って」

ほら、うなずいて、とりあえず「うん」って言って——さっきの子が身振りと目配せでわたしに伝えた。早く早く、とせかしてもいた。

ワケがわからないまま、その子の伝えたとおりにした。

美智子ちゃんはやっと「いいもの」をわたしに差し出した。ピンク色の紙せっけんが一枚。特別な柄でもなければ、特別な香りがついているわけでもない。

「今度はもっといいものあげるから」と美智子ちゃんは言った。

「うわあ、よかったね、いいなあ、いいなあ」と目配せの子が大げさにうらやましがった。他の子もみんな、うれしそうに、ちょっと安心したように笑っていた。

わたしの席から立ち去る美智子ちゃんの後ろを、みんなもぞろぞろとついていく。

みんなは美智子ちゃんのそばにいたのではなく、引き連れられていたんだと、そのとき知った。美智子ちゃんがそのグループでどういう存在なのかということも、なんとなくわかった。

先生にもらったばかりの国語の教科書に紙せっけんを挟んで、まあいいや、と顔を上げた。

教室の窓の外に広がる風景は、高い建物がほとんどないせいで空が広かった。瓦《かわら》屋根が目立つ街並みから、ぴょこんと突き出ているビルがある。屋上の広告塔に『ちどりや』とあった。市内で唯一《ゆいいつ》のデパートで、たしか五階建てだった。その程度の高さのビルが目立つぐらいの、小さな街だ。

いまは五年生の十月で、小学校を卒業したあとは、ここにはいない。

長くてもたった一年半の付き合いなんだから、と自分に言い聞かせた。

お父さんは、大型ショッピングセンターを手がける流通グループの本社に勤めている。この九月に、営業管理部から開発部に異動した。

「わかりやすく言えば、日本中のあっちこっちに新しいお店をつくって、そのお店が軌道に乗るまで面倒を見るっていう仕事だよ」とお父さんは説明してくれた。オープン直前に着任して、オープニングセールや創業祭や夏冬の大感謝市などの指揮を執り、これならもう現地の店長に任せてもだいじょうぶ、という売り上げに達したら、お父さんの仕事は終わる。そしてまた、オープンを控えた新しいお店に向かうのだ。一つのお店に五年も十年もかかわるわけではない。平均して一年から一年半、長くても二年ほどで異動になる。転勤の多い部署なので、ほとんどのひとが本社のある東京に家族を残して、単身赴任する。

「ただ、なにしろ初めての仕事だから、慣れるまでは大変だと思うんだ。それで単身赴任だと、二重に大変だろ？　悪いけど、最初のお店のときだけは、家族みんなでそっちに行こうと思ってる」

「転校しちゃうの？」

「うん……たぶん、そうなる」

「やだぁ、そんなの」

「頼むよ、約束する、家はこのまま残しとく。仕事が早く終わるようならまた元の学校に戻ればいいんだし、どんなに長引いても、中学に入るときには東京に帰ればいいから」

本音では転校なんてしたくなかった。

でも、お父さんに頼み込まれて、お母さんにも「いいじゃない、どうしても新しい学校になじめなかったら、お母さんも一緒に東京に帰ってあげるから」と言われたので、しぶしぶうなずいた。

十月に入って早々に、お父さんの赴任先が決まった。東京から新幹線と在来線を乗り継いで四時間近くかかる小さな街だった。

急いで引っ越しの準備に取りかかった頃になって、お父さんは「一つだけ注意しといてほしいことがあるんだ」と言いだした。

新しい学校の友だちやご近所のひとには、なるべくお父さんの仕事を言わないように——。

「ウチのショッピングセンターができると、やっぱり地元のお店は困るんだ。お客さんも来なくなるし、つぶれちゃうお店もある。ひとによっては逆恨みしてくるヤツだっているかもしれないからな」

開発部の先輩社員の中には、子どもが学校でいじめに遭《あ》ってしまったひともいたらしい。単身赴任するひとが多いという理由の一つには、そういう事情もあったのだ。

お母さんは心配そうな顔になり、わたしも不安で胸がどきどきしてきた。

お父さんはそれを見て、あわてて付け加えた。

「だいじょうぶだよ、そういうヤツもいるかもしれないっていうだけだから。お店をやってる家の子なんてめったにいないんだし、ほとんどのひとはショッピングセンターができるのを喜んでくれるんだから」

「ほんとう？」

「そりゃあそうだよ。だって、品物がたくさんあるし、安いし、広いし、レストランや映画館やゲームセンターまであるんだから、一日中遊べるんだぞ。遊園地みたいなものだよ。遊園地ができて嫌がる子はいないだろ？」

「うん……まあ……」

「それに、みんなのためなんだよ、お店を出すのは。田舎のひとだってたくさん買い物をしたいし、安いほうがいいに決まってる。そんなお店がないから我慢してただけなんだよ。だから、お父さんたちがショッピングセンターをつくる、みんなも喜んでくれる、いいことだらけだろ？」

言われてみれば、確かに、そうだと思う。でも、そうじゃないのかもしれない、というのも心の片隅にあった。どこがどんなふうに、と説明はできなくても。

お父さんは今度暮らす街の地図を広げた。

「市の人口は五万人しかないけど、高速道路が去年開通してから、商圏は一気に十五万人規模にふくらんだんだ」

仕事の話に夢中になると、お父さんはわたしにも難しい言葉をつかう。

「ショーケンって？」

「お客さんの数だ、わかりやすく言えば」

地図には、二つの円がコンパスで描かれていた。一つは駅を中心にしていて、もう一つは高速道路のインターチェンジが中心だった。

赤い印と青い印も、一つずつついていた。

市街地からちょっとはずれた、高速道路のインターチェンジのすぐ近くの赤い印が、新しくできるショッピングセンター――『シンフォニー』だった。

そして、市街地の真ん中の青い印が、千鳥屋百貨店。

「勝負はすぐにつくよ」

お父さんはそう言って、アリをつぶすように、青い印に指を押し当てた。

新しい学校で最初にできた友だちは、川島鈴香《かわしますずか》さん――スズちゃんだった。美智子ちゃんから紙せっけんをもらったときに目配せしてくれた子だ。

その日の学校帰りに一緒になった。というより、スズちゃんが校門の前で待っていた。

「さっき、びっくりしたでしょ」

「うん……」

「うれしかった？」

そんなでもないけど、と思いながら、黙ってうなずいた。

「だったら、明日お礼言ったほうがいいよ。せっかくもらったんだから、ありがとうって言わないと」

それはそうだけど。

「美智子ちゃんって優しいから、ちゃんとお礼言えば、またいろんなものくれるよ」

なんだか嫌な気分になってきた。

でも、それを顔には出さず、「あのひと、美智子ちゃんっていうの？」と訊いた。

「そう、美人でしょ？」

そうかなあ、と思ったから、うなずかずに聞き流した。

「それにお金持ちなんだよ、美智子ちゃん。家もすごいの。旅館みたいに広いから、びっくりするよ」

スズちゃんは自分のことのように誇らしげに言って、「わたし、何度も行ったことあるんだ」と、もっと得意そうに胸を張った。「ハーブティー飲ませてもらったこともあるよ」

「美智子ちゃんのおうちって、なにしてるの？」

「『ちどりや』っていうデパートが駅前にあるの知ってる？」

「……いちおう」

「美智子ちゃんのお父さん、そこの社長さん。もともとひいおじいさんがつくったデパートだし、もっと昔は大きな呉服屋さんだったんだって。美智子ちゃん、一人っ子だから、跡取りなんだよ。おとなになったら社長さんなの」

息が喉《のど》の奥でつっかえそうになった。

すごいでしょ、すごいよね、びっくりしたでしょ、と顔を覗《のぞ》き込んでくるスズちゃんから思わず目をそらすと、それを追いかけるように、スズちゃんは「ウチはねえ、和菓子屋さんなの」とつづけた。

『満月堂』というお店らしい。もともとは小さな目立たないお店だったのが、『ちどりや』にテナントで入ってからお客さんがたくさん来るようになった。

「お父さんもお母さんも、『ちどりや』には足を向けて寝られないって、いつも言ってる。ほんとにいい場所にお店を出させてもらってるし、広告でも大きく出してもらってるし、社長さんのお使いものとか、美智子ちゃんのお母さんがお茶会を開くときのお菓子とか、いろんなところでお世話になってるの」

説明しているうちに『ちどりや』からの恩をあらためて感じたのか、うんうん、とうなずきながら言う。憧《あこが》れのひとのことを話しているみたいに目が輝き、頰《ほお》もうっすら赤くなっていた。

どう相槌《あいづち》を打てばいいのかわからずにいたら、スズちゃんはいきなり話をわたしに振ってきた。

「じゃあ、中村さんのお父さんは？　なんの仕事してるの？」

喉が半分ふさがったまま、お父さんに言われたとおりの答えを口にした。

「自動車のセールスマン」

ふうん、とスズちゃんはうなずいて、交差点にさしかかったわけでもないのに「じゃあね、バイバイ」と言って、そのまま学校のほうに走って引き返した。校門の前に女子が何人かいた。顔を見分けるには距離がありすぎたけど、その中に美智子ちゃんがいるのはすぐにわかった。『ちどりや』の建物と同じように、一人だけ、ぴょこんと背が高かったから。

2

『シンフォニー』は十二月一日にオープンした。

開店セールに加えて、特設ステージで芸能人のショーがあったり、海外旅行が特等賞の福引きがあったりという、大きなイベントだった。

数百台入る駐車場は午前中に満杯になって、順番待ちの車の列が高速道路の料金所まで延びて渋滞を引き起こした。取材に来た地元のテレビ局のリポーターは「低迷をつづける地元経済の活性化に、大きな期待が寄せられています」と興奮気味に話していたし、オープニングセレモニーのテープカットには地元選出の国会議員や県知事も来ていた。

「スタートダッシュは大成功だ」

お父さんは満足そうだった。お歳暮、ボーナス、クリスマス、初売りと、この勢いをどんどん加速させていくんだと張り切っていた。

芸能人のショーは「友だち何人誘ってもいいぞ」とお父さんに言われていた。風邪気味だから、と観《み》に行かなかったわたしのために、お父さんはサイン色紙をもらってくれていた。

「ぜんぶで五枚あるから、残りの四枚は友だちにあげればいいよ」

「……うん」

「でも、取り合いにならないようにしないとな。いま大人気だもんな」

そうだね、とわたしは笑って自分の部屋に入り、色紙を五枚とも机の引き出しにしまい込んだ。その中には、美智子ちゃんからもらった「いいもの」がたくさん入っている。

美智子ちゃんはわたしのことを気に入ってくれた。

転校生だから物珍しいのか、転校生には仲良くしてあげようと思っているのか、べつに親しく話をするわけでもないのに、「いいものあげる」としょっちゅう声をかけてくる。

わたしもそういうときにはすぐに「いいの？　じゃあ、欲しい、ちょうだい」と言う。そのほうが話が早い。美智子ちゃんはぐずぐずしている子が嫌いだ。「いいもの」をもらったあとは、「ありがとう」とお礼を言うことも忘れない。スズちゃんみたいに「うわあ、すごい、信じられない！　いいの？　いいの？　ありがとう、大事にする」とまで大げさにするつもりはないけど、とにかく早くあっちに行ってもらうには、そうするのがいちばんなのだ。

美智子ちゃんのくれる「いいもの」は、フルーツの香りが何層かに分かれた消しゴムや、かわいいイラストのついた便箋《びんせん》一枚、いろんな種類やサイズの花のシール……。それほど「いいもの」だとは思わない。東京ではこんなのは「ふつうのもの」で、友だちと気軽に交換していた。

でも、ここでは、美智子ちゃんがくれるものはぜんぶ「いいもの」だった。感謝しなければいけない。その前に、美智子ちゃんから「いいもの」をもらったことに感激しなくてはいけない。それが、いつも五、六人で固まっている美智子ちゃんの友だちのルールだった。

なんで——？

さりげなく訊《き》くと、スズちゃんの答えは簡単だった。

「だって美智子ちゃん、偉いんだもん」

皮肉を込めた言い方ではなかった。あたりまえのことをあたりまえに言うように、スズちゃんは「美智子ちゃんは、わたしなんかとは身分が違うんだから」とさらりとつづけた。

気持ち悪い、なんだか、すごく。

もっとも、美智子ちゃんのことをそこまで言っているのは、友だちの中でもスズちゃんだけだった。

グループの他の子に同じように訊いてみると、もうちょっとまともな答えが返ってきた。

「タダでもらえるんだから、お礼ぐらいは言ったほうがいいでしょ」「それに、お礼をちゃんと言ってれば、今度はもっとすごいものプレゼントしてくれるかもしれないし」「どんなものでもプレゼントされると、やっぱりうれしいしね」……。

ほっとした。わかるわかると思うし、「ほんとはモノよりお金のほうがいいんだけど」「あ、いまの美智子ちゃんに言っていい？」「だめーっ、絶対にだめだめだめっ」と話が盛り上がったときには、やだぁ、ひどーい、と笑うこともできた。

でも、そのとき、グループでスズちゃんの次に美智子ちゃんと親しい秋山《あきやま》さんが、「そうだよね」と少し真剣な顔になった。「考えてみれば、美智子ちゃんって意外とお金をくれないんだよねえ」

他のみんなも「そうだよね」「そういうところがね」「うん、ちょっとね」と顔を見合わせて、うなずき合って、こっそり隠しごとをするように笑った。

なんとなく、このひとたちも気持ち悪い。

わたしは次に、ときどき美智子ちゃんのグループに混ざって、ときどきプレゼントをもらうひとたちに訊いてみた。

「なんで美智子ちゃんって、いろんなものをくれるの？」

「ひとにプレゼントするのが好きなのよ」「趣味みたいなもんだよね」「プレゼントするときって、すごくうれしそうだし」

「……お金持ちだから？」

「それもあるかもしれないけど、性格なんじゃない？」「っていっても、ボランティアをするとか共同募金するとか、っていうのとは違うんだよね」「うん、違う、全然違う」「でも、プレゼントをあげていばりたいっていうのとも違うでしょ」「いばってるわけじゃないもんね、ただ喜んでるだけ」「誰かにモノをあげるときの自分が好きっていうか」「サンタさんになりたいんじゃない？」

ああそうか、うん、そうだ、そうだよね、とわたしは大きくうなずいた。

よかった。このひとたちの言っていることはよくわかるし、納得がいく。

特に「サンタさんになりたいんじゃない？」というところで、美智子ちゃんの性格が初めてくっきり見えたような気がした。美智子ちゃんがサンタクロースなら、スズ

ちゃんたちはソリをひくトナカイになったり、靴下を吊《つる》して
プレゼントを待つ子どもになったりしているのだ。

「やっぱり、スズちゃんとか秋山さんとか、仲良しの子のほうがたくさんプレゼントをもらってるみたいだもんね」

ほっとした気分に乗って、軽く言った。べつになにかを訊き出したいわけではなかった。

ところが、一人が「仲良しっていうか……」とちょっと困った顔になると、他のひとも似たような表情になった。

しばらくぎごちない沈黙がつづいたあと、女子のクラス委員をつとめる渡辺《わたなべ》さんが、しょうがないか、というふうに口を開いた。

「スズちゃんは違うかもしれないけど、秋山さんたちは仲良しっていうわけじゃないと思うよ。付き合わないとしょうがないっていうところもあるんじゃない？」

秋山さんたちはみんな、お父さんやお母さんが『ちどりや』の社員だった。

「あそこ、デパートだけじゃなくて、おみやげものの工場とかレストランのチェーンとか、いろいろやってるから」

「でも……」

親と子どもは関係ないじゃない、と言いたかった。

渡辺さんも「子分になってるわけじゃないよ」とつづけた。「でも、友だちっていうわけでもないと思う」

『シンフォニー』は開店セールが終わったあとも好調だった。

特にクリスマスセールは、東京でも品切れになっていた人気のゲームソフトをしっかり確保していたおかげで、予想以上の売り上げになったのだという。

「これが全国規模の会社の強みっていうやつだよ。なにしろ、ウチの店は重点戦略店舗になってるから、営業管理部のほうでも優先的に回すようにしてくれてるしな」

セール終了の打ち上げで酔っぱらって帰ってきたお父さんは、上機嫌に言った。

「ジューテンセンリャクテンポって、なに?」

「要するに、アレだ、本社が大事にしてくれるお店っていうことだよ。ここの陣地をぶんどるまで、どんどんタマでも兵隊でも送り込んで、なにがなんでも戦争に勝つぞーっ、てな」

「ちょっと、子どもの前なんだから、戦争なんて言い方やめてよ」とお母さんは嫌な顔をしたけど、張り切っているお父さんは「戦争だよ、商売は戦争なんだよ」と譲《ゆず》らなかった。

この調子で年度末までいけば、四月からは最重点戦略店舗に格上げされる可能性もあるらしい。

「そうすれば、テナントももっとすごいのを入れられるし、欲しいものはなんでも倉庫から回ってくるし、数字は上がる一方ってわけだよ」

実際、クラスの友だちの会話にも、『シンフォニー』の話はよく出ている。クリスマスセールのときは「もう行った？」が合言葉みたいになっていたほどだ。

わたしは適当に話を合わせるだけで、自分からはおしゃべりに加わらない。お父さんの仕事は、まだ誰にも話していないし、卒業まで打ち明けるつもりはなかった。さすがにみんなも『シンフォニー』のことを話すときは、美智子ちゃんに気をつかって小声になる。でも、話に夢中になるとつい声が大きくなってしまう。そんなとき、わたしは誰よりもひやひやしてしまう。

「……『ちどりや』は？」

「うん？」

「『ちどりや』には、お客さんあんまり入ってないの？」

「かなりキツそうだったな。地元の店だから古いお客さんはついてるけど、稼ぎ時の十二月であの調子だと、時間の問題だろうなあ」

「……つぶれちゃう？」

お父さんはそれには答えてくれなかったけど、お母さんが持ってきた冷たい水を一息に飲み干してから、ふう、と息をつき、「商売は戦争なんだよ」と念を押すように言った。

わたしは小さくうなずいて、お父さんから目をそらした。

スズちゃんの顔が浮かんだ。

「美智子ちゃんのウチのクリスマス会ってすごいんだよ、こーんなに大きなクリスマスツリーもあるし、ケーキも特別のだし、鶏《とり》の丸焼きも出るんだよ、中村さんもよんでもらえるよ、よかったね、よかったね、絶対にびっくりするほど豪華だから」と楽しみにしていた顔と、「今年は勉強が忙しいから、美智子ちゃん、クリスマス会やらないんだって……」とがっかりしていた顔が、かわるがわる。

美智子ちゃんからはクリスマスプレゼントをもらった。

千代紙のカバーがついた、あぶらとり紙――一枚きりではなくて、新品のを、まるごと。

クリスマスだからなのだろう、いつもよりちょっとだけ豪華だった。

3

年が明けて、冬休みがもうすぐ終わる頃、スズちゃんから電話がかかってきて「美智子ちゃんちに遊びに行かない？」と誘われた。

適当な理由をつけて断るつもりだったけど、スズちゃんは先回りするようにつづけた。

「美智子ちゃんに言われたの、中村さんも連れて来ていいよ、って」

なんで？　と訊く前に、スズちゃんはさらにつづけた。

「アキちゃんたちはよばれてないから、ナイショね。ひがんじゃうし、かわいそうだから」

秋山さんたちのことを思いやっているようでいて、声は微妙にうれしそうでもあった。

ああそうか、なるほどね、とわかった。

美智子ちゃんは、しょっちゅう仲間同士を張り合わせる。自分だけが特別なんだと喜ばせて、感謝させて、いっそうの忠誠を誓わせる。きっと別の日には、スズちゃん抜きで秋山さんたちをよんでいるのだろう。

よけい行きたくなくなったけど、スズちゃんは断られることなんてこれっぽっちも考えていない。わたしが返事をする間もなく待ち合わせの場所と時間を言って、手ぶらでOKだからね、なんておとなびたことまで言って、電話を切ってしまった。

しかたなく服を着替え、自転車で待ち合わせ場所に向かった。お母さんには「スズちゃんと遊んでくる」とだけ言った。いつものことだった。両親は美智子ちゃんのことを知らない。同級生に『ちどりや』の一人娘がいるんだと知ると、お母さんは心配そうに「だいじょうぶ？　いじめられたりしてない？」と言うだろうし、お父さんは「仕事なんだから、そんなこと気にしてたらどうしようもないだろ」と怒った声で言うだろう。そのときの顔も、わたしが自分の部屋にひきあげたあとの両親のぼそぼそとした話し声も、くっきりと思い浮かぶから、絶対に言わない、と決めていた。

吹きつけてくる風に身を縮めながら自転車を漕《こ》いだ。冬の寒さは東京よりずっと厳しい。街を取り囲む山なみから、刺すような冷たい風が吹きつけてくる。その山なみのせいで、夜が明けるのが遅く、日が暮れるのが早い。東京にいた頃にはピンと来なかった「盆地」という言葉が、いまは実感としてよくわかる。

小さな街だ。その真ん中にそびえる古いお城が『ちどりや』で、美智子ちゃんはお城のバルコニーから街を見わたすお姫さまだった。『ちどりや』の屋上は小さな遊園地になっているらしい。焼きそばやうどんの食べられるスナックコーナーもあるのだという。わたしはまだ一度も行ったことはないけど、屋上からは、山なみの向こう側にある『シンフォニー』の屋根も見えるのだろうか。

学校のすぐ近所にある美智子ちゃんの家は、確かに広かった。まわりの家の何軒分もありそうな敷地に、黒光りする瓦《かわら》屋根のお屋敷が建っている。テレビの大河ドラマに出てきそうな立派な門構えで、庭にはプードルの脚のように剪定《せんてい》された松の木や石《いし》灯籠《どうろう》、鯉《こい》の泳ぐ池まであった。「すごいでしょ？　どう？」とスズちゃんが胸を張るとおり、すごいと言えばすごい。でも、ちっともうらやましくない。もっと小さくてもセンスのいい家は東京にいくらでもあるし、何度も増築をしているのだろう、よく見ると壁の色や床のつくりがちぐはぐだった。

広い玄関に出迎えてくれたのは、美智子ちゃんだった。わたしにとってはあたりまえのことだったけど、スズちゃんは怪訝《けげん》そうに「花沢《はなざわ》さんは？」と訊いた。

先に立って廊下を歩く美智子ちゃんは、こっちを振り向かずに「クビになったの。もうおばあちゃんだしね」と言った。はねつけるような口調ではなくても、それ以上は訊いてはいけないような気がした。スズちゃんも肩をきゅっとすくめて、あとはもう花沢さんの話は二度としなかった。花沢さんのことは、わたしも名前だけは知っていた。美智子ちゃんが生まれる前から住み込みで働いている家政婦さんだった。歳《とし》をとったから辞めさせられたのか、そうではない理由なのか、美智子ちゃんには訊けないことだから、わたしも考えるのをやめた。

美智子ちゃんの部屋は、途中で直角に折れ曲がった長い廊下の突き当たりにあった。いちばん新しく増築した部分なのか、廊下を曲がった先だけ洋風のつくりになっている。

「美智子ちゃん、今日はどの部屋で遊ぶの？」

「遊ぶんだから、ソファーの部屋でいいんじゃない？」

きょとんとするわたしにスズちゃんが教えてくれた。美智子ちゃんの部屋は三つある。机やベッドのある勉強部屋と、ピアノの部屋、そしてみんなが集まって遊ぶときに使うソファーの部屋。その三部屋だけで、わたしの住んでいる借家の広さぐらいはありそうだった。それでも、べつにうらやましくはない。スズちゃんのように「すごいよねー、ほんと、すごいよねー」と褒《ほ》めたたえる気にはならない。血統書付きなんだと美智子ちゃんが自慢するペットの黒猫も、確かに黒い毛並みは上品そうだったけど、つん、とすまして、あまりかわいらしくなかった。

美智子ちゃんは黙ったままのわたしの反応が不満だったのか、「東京って、家がすごく狭いんでしょ?」と言った。

「うん、まあ……」

「かわいそうだね、友だちたくさんよべないじゃない」

それはそうだけど、そんなことを言われても。

「ねえ、中村さん。中村さんちのお父さんって、車が一台売れたら、いくら儲《もう》かるの?」

「……よくわからない」

「でも、売れないと大変なんでしょ? セールスマンっていつもペコペコしてるじゃない」

テレビやマンガで見ているのだろうか。それとも、『ちどりや』に来る仕事のひとは、みんなそうだったのだろうか。

「今度、ウチのパパに言っといてあげてもいいよ。知り合いたくさんいるから、車を買ってくれるひと、いると思うよ」

スズちゃんが「うわあ、よかったねえ、中村さん」と声をはずませた。「やっぱり美智子ちゃんって優しいよねえ」

わたしも、うん、そうだね、ありがと、と美智子ちゃんに笑って応《こた》えた。こういうとき、ほかにどういう表情をすればいいんだろう。

トランプで遊んだ。面白くもなんともなかった。スズちゃんは、美智子ちゃんの顔をちらちらとうかがって、あがれそうなときにもあがらない。美智子ちゃんが欲しがっていそうなカードをすぐに出してしまう。美智子ちゃんも、うすうす勘づいているはずなのに、なにも言わない。

きりのいいところまでやったら帰ろう、おなかが痛くなったとかなんとか理由をつけて、とにかくもう帰ろう。

そう決めて、配られたカードを広げていたら、ドアがノックされた。美智子ちゃんのお母さんが、お菓子とジュースをお盆に載せて持って来てくれたのだ。

お母さんはスズちゃんがあいさつすると「あら、いらっしゃい」と慣れた様子で笑ったけど、わたしには、この子誰だっけ、という顔になった。

「あのね、ママ、中村さん。去年の十月に転校してきたの」

ひやっとした。お母さんには、ウチのお父さんのほんとうの仕事がわかってしまうかもしれない。

「転校って、どこから来たの？」

お母さんに訊かれた。笑顔だった。声もふつうだった。でも、すぐには答えられない。

代わりに美智子ちゃんが「東京なんだよ」と言った。

ふうん、とうなずいたお母さんは、「中村さん、よね？」と念を押した。

「……はい」

細い声で答えると、お母さんはもう一度うなずいた。顔がこわばったように見えた。ほんの一瞬、にらむような目つきになった気もした。

お母さんはすぐにわたしから目をそらして、「じゃあね、外で遊ぶんだったらオーバー着なきゃだめよ」と美智子ちゃんに声をかけただけで部屋を出て行った。だから逆に、いろいろなことが心配になってしまった。

トランプのつづきを始めても、カードの数字がちっとも頭に入らない。なんとかあがれそうなところまで来たけど、面倒になって、美智子ちゃんの捨てた「当たり」のカードを見逃した。代わりに、きっとこれだろうな、と思っていたカードを捨てると、美智子ちゃんはうれしそうに「出たーっ、あがりーっ」と手持ちのカードを開いた。

帰りたい。でも、言いだすタイミングが難しい。さっきまでは簡単に「ちょっとおなか痛くなっちゃったから、帰るね」と言えるはずだったのに、喉《のど》になにかがつっかえたように言葉が急に出てこなくなってしまった。

結局、夕方まで三人で遊んだ。帰りぎわ、美智子ちゃんはいつものように「いいものあげる」と言って、チョコやガムのおまけについているような小さな車の模型を一つずつくれた。さっそく手のひらの上でそれを動かして、「すごい、タイヤもちゃんと回るよ、すごーい」と喜ぶスズちゃんの隣で、わたしはうつむいて「ありがとう」と言うだけだった。

お母さんが玄関で見送ってくれた。「二人とも、また遊びに来てね」と愛想はよかったけど、わたしのほうは見ていなかった。

どきどきしながら三学期の始業式を迎えた。

覚悟していた。美智子ちゃんはきっと、わたしのお父さんのほんとうの仕事を知ってしまっただろう。わたしのことを大嫌いになって、意地悪なことをしてくるかもしれない。わたしなら、そうする。

でも、美智子ちゃんはそれまでとなにも変わらず、わたしに話しかけてきた。「いいものあげる」と、花模様の透かしが入ったハナ紙や、金色にコーティングされたシャープペンシルの芯《しん》を一ケースくれた。

わたしはお礼を言って、プレゼントをそそくさとしまい込む。言葉になっているのは「ありがとう」でも、心の中では「ごめんね」と区別がつかなくなっていた。

三学期が終わる頃には、クラスのほとんどの子と仲良しになった。

美智子ちゃんとあまり親しくない女子や、男子に、いろいろな――美智子ちゃんやスズちゃんや秋山さんが絶対に話さないことを、教えてもらった。

スズちゃんが言っていたとおり、美智子ちゃんのウチのクリスマス会はほんとうに豪華だったらしい。一年生のときには、二十人いたクラスの女子を全員よんで、広い芝生の庭に面したサンルームで立食パーティーを開いた。ビンゴゲームもあったし、お父さんのカラオケセットも自由に使えた。会の終わりには、ドレスを着た美智子ちゃんがみんなの前でピアノを弾いた。

二年生のクリスマス会もにぎやかだった。クラスの女子全員と、男子も何人かよんだ。去年の話を聞いた別のクラスの子まで「わたしも行きたい」「わたしもよんで」と言いだして、美智子ちゃんは「二年生の女子全員なんてよべないよお」と困った顔をしながらも、うれしそうだったという。

でも、三年生のときには、招待する友だちが減った。ほんとうに仲良しの子とゆっくりお祝いしたいから、という理由だったけど——ここから先は、お母さんがご近所のウワサで聞いてきたこと。

『ちどりや』は、その頃から経営が苦しくなっていたのだ。

ひいおじいさんの代からつづくデパートのほうはお客さんがちゃんと入っていたけど、お父さんが駅前で始めたビジネスホテルが失敗した。若いお客さんを狙《ねら》ってデパートの近くにつくった別館も、結局うまくいかなかった。不動産の投資も、株の売買も、おみやげものの工場も、チェーン展開のレストランも……とにかくお父さんが始めた事業はぜんぶ失敗してしまい、デパートで出した利益はほとんどその赤字を埋めるために回された。

四年生のクリスマス会は、スズちゃんや秋山さんたちだけよんだ。他の子はそんなにうらやましがらなかった。おしゃべりをするときは美智子ちゃん以外の話題を出せないし、美智子ちゃんがドレスに着替えたら「きれいーっ」「かわいいーっ」と言わなくてはいけないし、美智子ちゃんがピアノを弾いている間はひそひそ話もできないし、失敗だらけの演奏が終わったあとは、拍手だけでなくほめてあげなければならない。「そういうのって疲れるもんね」と、うんざりした顔で笑った子もいる。

五年生のクリスマス会が中止になったほんとうの理由も、スズちゃんたち以外の子はみんな知っていた。「そんなことやってる場合じゃないもんね」「ウワサだけど、お父さんとお母さん、夫婦ゲンカばっかりしてるんでしょ」と笑っていた。

六年生のクリスマス会も、どうなるかわからない。お母さんの聞いてきたウワサによると、おみやげものの工場はもうすぐ閉鎖されるらしいし、「まあ、わたしはどっちにしても行く気ないけど」と、たくさんの子が言っていた。

あいつって、どんどんかわいそうなヤツになってるんだよなあ――。

そう言ったのは、手塚《てづか》くんだっけ、田中《たなか》くんだったっけ。

どっちにしても男子だ。女子のことなんて全然気にしていないように見えて、じつはすごく細かく観察している。そして、意地悪なほど冷静に教えてくれる。

一年生や二年生の頃の美智子ちゃんは、クラスの女子でずば抜けて目立っていた。勉強もよくできたし、スポーツや音楽や絵も得意だった。いつも髪をかわいく結んで、服もきれいで新しいものばかり着て、海外旅行に行ったことがあるのはクラスで、というより学年で、美智子ちゃんだけだった。

でも、学年が上がるにつれて、美智子ちゃんはふつうの子になってしまった。

美智子ちゃんより勉強ができるようになった子は何人もいたし、足の速い子も増えてきた。幼稚園の頃から先生についていたお絵描きも、みんなが絵の具に慣れていないうちはうまかったというだけのことだった。幼稚園に上がる前から個人レッスンを受けていたピアノは、もっとあっさりと、みんなに追い抜かれてしまった。いまはもう合唱大会があっても、美智子ちゃんが伴奏のピアノを弾く順番は、補欠の補欠の補欠になっているらしい。

女子のみんなはおしゃれになった。顔立ちのかわいらしい子とそうでない子が、だんだんわかるようになってきた。美智子ちゃんはスズちゃんがほめたたえるほど美人ではない。服や髪飾りのセンスも、悪いけど……。

入学した頃から変わっていないのは、学年の女子で一番の背の高さと、サンタクロースのようなプレゼント好きの性格だけだった。

春休みに『ちどりや』に初めて入った。

その日は美智子ちゃんがピアノのレッスン日だったので、スズちゃんと二人で遊んでいた。のんきなスズちゃんは出がけにお母さんに頼まれていたことをケロッと忘れていて、「ごめん、中村さん、いまからお店に行って倉庫の鍵《かぎ》をお父さんに渡すんだけど」と言いだした。「悪いけど、付き合って」

行きたくなかった。でも、自分でも不思議だけど、『ちどりや』の屋上にはのぼってみたかった。屋上から見わたすこの街の風景を、一度だけでいい、目に焼きつけておきたい、と思った。

土曜日の午後なのに、アーケードの駅前商店街はそれほどにぎわっていなかった。シャッターをおろしたままの店や〈貸店舗〉の貼《は》り紙のある店も目立つ。『シンフォニー』ができたから、というだけではないだろう。ほかにもたくさん理由があるんだと思うし、あってほしい。でも、この通りをたくさんのひとが行き交っていた昔を想像すると、鼻の奥がツンとするほど悲しくなった。ここはたまたま今日静かなだけなのではなく、これからはもう、昔のようなにぎわいが戻ることはない。「さびれる」というのは、そういうことなのだ。

『ちどりや』もさびれていた。婦人雑貨や化粧品を売る一階にお客さんはぱらぱらとしかいないし、地下の食料品売り場に下りるエスカレーターへ向かうひとも少ない。店内放送の「さくら　さくら」のメロディーが、優雅なはずなのにむしょうに寂しく響く。

『満月堂』は地下のフロアにある。エスカレーターの手前まではスズちゃんと一緒だったけど、「わたし、屋上に行ってるね」と言って、上りのエスカレーターに乗った。追いかけてきてほしくなかったから、エスカレーターを階段のように一段飛ばしで上っていった。

二階、婦人服と婦人肌着。三階、時計・宝飾・メガネと呉服。四階、紳士服、紳士雑貨、ベビー・子ども服。五階、和洋食器、寝具、キッチン、家具・インテリア、催事場――案内板にあった〈お好み食堂〉は白い貼り紙で隠されていた。

屋上に出ると、視界がぱっと開けた。

電動自動車で子どもを遊ばせているおばあちゃんがいた。ベンチに並んで座ってアメリカンドッグを頬張っている高校生のお兄さんたちがいた。それだけ。何度見回しても、屋上にいるのはそれだけだった。

思い描いていたとおり、ここからは街を一望できる。でも、街より遠くを見ようとすると、山なみが邪魔をする。『シンフォニー』はやっぱり見えなかった。そのほうがいいのか、よくないのか、いったいなにを期待して屋上に来たのか、期待だったのか不安だったのか、わからなくなった。

おとなの背丈よりも高いフェンスに抱きつくような格好で、『シンフォニー』のある方角を見つめていたら、スズちゃんが駆け寄ってきた。「お待たせしましたーっ」

とおどける。わたしになんか気をつかう必要はないのに。わたしが美智子ちゃんの「敵」だと知ったら、それでもこの子はこんなふうに陽気にふるまってくれるんだろうか。

「ねえねえ、なに見てんの?」

隣に立つスズちゃんを振り向かずに、「べつに……」と答え、ずっと気になっていたことを訊《き》いてみた。

「スズちゃんは『シンフォニー』って行ったことある?」

「あるよ」

意外とあっさり答えて、「広いから迷子になりかけたけど」と笑う。

「『ちどりや』と比べて……どう?」

「どう、って?」

「……どっちが好き?」

訊いたあとで、そんなの答えはわかってるじゃない、と悔やんだ。

でも、スズちゃんはそれほど考える間もなく、「買い物するんだったら、『シンフォニー』かなあ」と言った。

「いいの?」

「なにが？」

「だって……」

「好きなのは『ちどりや』のほうだよ」

スズちゃんの口調に迷いはなかった。あまりにもあっけらかんとしていたので、『ちどりや』のほうが好きなのに買い物は『シンフォニー』なんておかしいじゃない、と言い返す気は消え失《う》せてしまった。

代わりに、スズちゃんのほうから話を引き取ってつづけた。

「『ちどりや』の中に『シンフォニー』があればいいのになあ」

おなかから力が抜けそうになった。そのぶん、胸が重くなる。

「……向こうのほうが広いじゃん」

やっとの思いで言うと、スズちゃんは「あ、そっか」と笑って、手に持っていたおまんじゅうを差し出してきた。

「食べない？　試食用の、二つもらってきたから」

栗《くり》の形をしたおまんじゅうだった。「あんこにハチミツが入ってるから、すごくおいしいんだよ」と言われたけど、味はほとんどわからなかった。

4

六年生に進級した。五年生から持ち上がりなので、わたしはまた美智子ちゃんたちと同じクラスだった。嫌だった。お父さんに「四月から東京に帰りたい」と言ってみた。でも、狙いどおり『シンフォニー』を本社の最重点戦略店舗に指定してもらったお父さんは、ますます張り切って、第二駐車場の工事を始めた。駅から直通のシャトルバスを走らせる計画も立てた。それにめどがつくまでは東京には帰らない、と決めていた。

美智子ちゃんは、あいかわらずわたしを気に入っていて、「いいもの」を毎日のようにプレゼントしてくれる。

どうして、という理由は考えなくなった。サンタクロースはプレゼントを渡す相手を選んだりしないのだから。いい子にしている子どもなら誰でもプレゼントをもらえるのだから。

転校生のわたしは、美智子ちゃんが「かわいそうなヤツ」になってしまったことを知らない——と美智子ちゃんは思い込んでいる。

知っていても知らん顔してくれるスズちゃんや秋山さんたちと同じように、わたしは、いい子なのだ。

『ちどりや』は三月いっぱいで工場を閉鎖したのにつづいて、四月には県内に七店舗持っていたレストランの事業からも撤退した。デパートのほうでも、五月から五階の家具売り場が百円ショップになり、テナントが『シンフォニー』に移ったあとの宝飾品売り場は、多目的広場という名前の空きスペースになってしまった。

秋山さんたちのグループが美智子ちゃんから離れていったのは、ちょうどその頃だった。

工場で働いていた秋山さんのお母さんは、他のパート従業員と一緒に、残業代が三カ月間未払いのままだったということを労働基準監督署に訴えた。

秋山さんはクラスで「被害者の会」を結成した。みんなで美智子ちゃんを無視することに決めたらしい。

でも、美智子ちゃんはまったく平気な様子で、無視には無視でお返ししている。もともと自分から友だちに寄って行ったりはしない。みんなが「美智子ちゃん、美智子ちゃん」と来れば引き連れて歩くし、来ないのならべつにかまわない。

強い子だと思う。

美智子ちゃんは強い子なんだから、とわたしは思いたがっている。

美智子ちゃんのそばにいるのはスズちゃんだけになった。

「川島って、あいつトロいから。勉強もバカだし、なにやってもグズだし、ちょっと、なんか、脳みそがこぼれちゃってる感じするもんな」

男子の誰かは、そういう言い方をした。ひどい。でも、女子だって、同じようなことを別の言葉で言い換えているだけだった。

「スズちゃんって、赤ん坊の頃からずーっと、ウチのひとに『ちどりや』が恩人だって言われてきたわけでしょ。もう、それが染《し》みついちゃってて、美智子ちゃんの役に立ちたくてしかたないわけ。それが生き甲斐《がい》になってるわけ。ふつうじゃないよね、ちょっとおかしいよね、言っちゃ悪いけど」

美智子ちゃんが、またわたしの席に来る。「中村さん、いいものあげる」と笑う。

その後ろに、スズちゃんがいる。

今日の「いいもの」は、キティちゃんがプリントされたバンソウコウだった。

「うわあ、かわいーいっ、よかったね、いいものもらったね、中村さん」

他の子の冷ややかなまなざしに気づいていないのか、気づいているからよけい声を張り上げるのか、スズちゃんはいつものように大げさに喜んでくれた。

「スズちゃんにもあげる」

美智子ちゃんはバンソウコウを箱からもう一枚出した。

「あ、でも、わたしさっきもらったよ」

「いいからあげる」

箱にはバンソウコウが何枚も残っていたけど、それをプレゼントする相手はほかにはいない。

「中村さんにも、はい、もう一枚」

まだ残っている。

「スズちゃん、もっとあげる」

スズちゃんは、わーい、と口を動かして受け取った。声は、すぐそばのわたしにも聞こえなかった。

美智子ちゃんからもらった「いいもの」は、机の引き出し一杯になった。

プレゼントをねだるときの甘えた言い方も、もらったときの大喜びの笑顔も、だいぶうまくなった。簡単だった。「ごめんね」を言うかわりに「ありがとう」と言っているんだと思えば——それは、ほんとうに、あっけないほど。

嘘《うそ》もうまくなった。「中村さんのお父さん、仕事どう？　車売れてるの？」と美智子ちゃんに言われ、横からスズちゃんに「社長にならないと大変だよね、どんな仕事でも」と言われると、「ほんと、ビンボーだもん、ウチ」としょげた顔で笑うこともできる。

「中村さんのお父さんも『ちどりや』に入れてもらえばいいのに」

スズちゃんは言う。「美智子ちゃんがおじいさんやお父さんに頼んであげれば、だいじょうぶなんじゃない？」と美智子ちゃんの顔を下から覗《のぞ》き込んで笑う。

わたしはただ、えへへ、と笑うだけで、美智子ちゃんはなにも応《こた》えずに、話題を変える。

「『ちどりや』の三代目、ちょっとマズいんじゃないかなあ」

五月の母の日セールが大盛況で終わったあと、お父さんが居間でお母さんに話しているのを立ち聞きした。手形、決済、問屋、融資、担保、ノンバンク、督促、税務署、滞納……そんな言葉が聞こえた。言葉の一つずつの意味はよくわからなかったけど、

『ちどりや』がつぶれそうになっていることは、なんとなく察しがついた。

「結局、田舎で殿様商売をやってただけだからな。ボンボンの三代目が実業家の真似《まね》事《ごと》をしたって無理に決まってるだろ」

お父さんの声は怒っているようだった。「敵」が降伏しそうなのに、ちっともうれしそうには聞こえない。

「なんでわかんないかなあ、そういうのが……」

もどかしそうで、悔しそうでもあった。

一瞬、期待した。ほんとうはお父さんも、『シンフォニー』と『ちどりや』が仲良くやっていけるように考えてくれているのかもしれない。

でも、まるでわたしの期待を壁越しに読み取ったみたいに、お父さんは「商売は戦争なんだからな……」とため息交じりに付け加えた。

『ちどりや』の仕入れ担当役員だった南野《みなみの》さんが、七月一日付けで『シンフォニー』に転職した。

「先代からの番頭格だから引き抜くのも一苦労だったけど、最後は男と男の誠意だよ、意気に感じてもらったわけだ」

南野さんの歓迎会の夜、またご機嫌に酔っぱらって帰ってきたお父さんは、お母さんとわたしを相手に自慢話をつづけて、「ああ、そうだ……」とわたしに声をかけた。

「『満月堂』っていう和菓子屋のお菓子って、食べたことあるか？」

うなずきかけて、首を横に振り直した。

「じゃあ、友だちの評判ってどうだ？」

「……よくわかんない」

「だったら今度買って帰るから、お母さんと二人で食べてみて、感想教えてくれよ」

横から「どうしたの？」と訊いたお母さんに向き直って、お父さんは話をつづけた。

「いや、南野さんと話してて、『ちどりや』で人気のあるテナントはどんどんこっちに持って来ちゃおうかってことになったんだよ。どうせ『ちどりや』がつぶれるのは確実なんだから、沈んでいく船に付き合ってもしかたないし、ウチとしても固定客を連れて来てくれるのは助かるし……」

南野さんが真っ先に挙げたのが『満月堂』だった。

「現場をいちばん知ってる南野さんが言うんだから間違いないとは思うけど、まあ、田舎の和菓子屋だから、どこまでのものだかわからないだろ。若いひと向けの新しいお菓子をつくってもらわなきゃいけないかもしれないし。ちょっと、その物差しになってもらおうかと思って」

頭の中が混乱したまま、震える声で、「やめてよ」と言った。「うん？」と聞き返すお父さんの息がお酒臭かったから、急に胸がむかむかしてきて、思わず声を張り上げてしまった。

「もうやめてよ！　東京に帰ろうよ！　帰らせてよ！」

お父さんのびっくりした顔が、にじみながら揺れる。「どうしたんだ？」とお父さんは困った様子で笑う。「わかってる、うん、中学からは絶対に東京だから、約束するよ、指切りしようか」

違う。そうじゃない。全然違う。

わたしは涙を手の甲でぬぐって、『満月堂』はスズちゃんのお父さんのお店なんだと伝えた。込み上げてくる涙を必死にこらえて、『ちどりや』の社長は美智子ちゃんのお父さんなんだとも言った。初めて言えた。こんなふうに泣きじゃくりながら言うことになるとは思っていなかった。

スズちゃんも、美智子ちゃんも、一緒に遊んでいても友だちじゃない。仲は良くても好きじゃない。でも、悲しくて、悔しくて、たまらない。

お父さんはキッチンに立ち、冷蔵庫から缶ビールを出しながら、「仕事なんだよ……仕事なんだから……」とうめくように言った。

お母さんが肩を抱いてくれた。まだ泣きじゃくるわたしに、「もう寝なさい」と言ってくれた。

わたしはのろのろと立ち上がって、お父さんに言った。

「『満月堂』のお菓子……あんまりおいしくないって、みんな言ってる」

お父さんは黙ってビールを開けた。


翌朝、わたしが教室に入るのを待ちわびていたように、美智子ちゃんとスズちゃんが席に来た。

「いいもの」は、シャープペンシルの芯《しん》が一本だけだった。

わたしは「ありがとう」と言って、美智子ちゃんは「どういたしまして」と笑って、スズちゃんは「すごーい、すごーい」とその場でぴょんぴょん飛び跳ねた。

夏休みはずっと東京の塾の夏期講習に通った。「中学校に入って勉強についていけなかったら困るから」と理由をつけて頼み込むつもりだったけど、両親は最初からなにも反対しなかった。お母さんはわたしに付き合って東京の家で過ごし、お父さんは一カ月以上も単身赴任になった。あの日泣きじゃくったわたしのために、そうしてくれたのだと思う。

八月に入って間もなく、『ちどりや』はつぶれた。『満月堂』は九月から『シンフォニー』に移転することになった、とお父さんが電話でお母さんに伝えた。

電話を切ったあと、お母さんはわたしに言った。

「もう仕事のヤマも越えたし、二学期から東京の学校に戻ってもいいよ、ってお父さん言ってるけど……」

そうしたい。ひさしぶりの東京はやっぱり楽しいし、東京の友だちはやっぱり大好きだ。美智子ちゃんみたいな子もいないし、スズちゃんみたいな子もいない。

でも、このままだと、わたしは美智子ちゃんにもスズちゃんにも嘘をついたまま、あの街を出て行ってしまうことになる。

どうしようか……と迷っていたら、お母さんは勘違いして「手続きもあるから、お母さん一人で向こうに帰って、引っ越しの荷づくりもしてあげるね」と言った。「机と本棚のもの、ぜんぶこっちに送ればいいでしょ？」

机の引き出しの中には、美智子ちゃんからもらった「いいもの」がある。

いいもの、あげる——。

声が聞こえる。

うわあ、よかったね、よかったね——。

スズちゃんの声まで。

わたしはいつも「ありがとう」と言う。「ごめんね」と同じ思いを込めて、「ありがとう」と繰り返す。

「どうする？」とお母さんにうながされた。

わたしはうつむいて、「もうちょっと、考える」と答えた。

旧盆のセールが終わると、お父さんはやっと短い夏休みをとって東京に帰ってきた。

お母さんから前もって聞いていたのだろう、まだ決められずにいる転校のことはなにも言わなかった代わりに、あの街の住所宛《あて》に届いた郵便物を持ってきてくれた。

「ごめんな、届いたらすぐに転送してやろうと思ってたんだけど、とにかくずーっと忙しくて、『シンフォニー』の事務所に泊まり込むのも多かったから」

わたしに謝るお父さんと、「誰から来たかぐらいは電話で教えてくれればよかったのに」と不満そうなお母さんの声を背に、わたしに届いた郵便物を持って自分の部屋に入った。

暑中見舞いや残暑見舞いのハガキが十枚ほど。美智子ちゃんからのものはなかったけど、スズちゃんは七月のうちに暑中見舞いを出してくれていた。

『満月堂』の得意先に出すハガキだった。『ちどりや』の中にあるお店の写真と、スズちゃんに目元がよく似ているお父さんの顔写真が印刷されていた。あいさつの文面も印刷だったけど、その脇《わき》に手書きのメッセージがあった。

〈美智子ちゃんがピアノ教室をやめたので、毎日2人で宿題の特くんをしています。中村さんも帰ってきたらいっしょにやろうね〉

美智子ちゃんの顔が浮かぶ。スズちゃんの顔も浮かぶ。

胸の奥が熱くなった。なつかしさとも悲しさともつかない、いままで感じたことのない熱さが波のように迫ってきた。

勉強机に突っ伏してそれをなんとかやり過ごし、居間に戻ろうとしたら、両親の話し声が聞こえた。低い声だった。

「会社っていうのは、つぶすのは意外と簡単でも、つぶしてから厄介事がどんどん出てくるから……とにかく、これからのほうが大変だろうな」

『ちどりや』のことだろうか。

聞きたくない。でも、聞かなければいけない、とも思う。

「最後の最後は、なりふりかまわずだったらしいから、古い付き合いのテナントにもいろいろ迷惑をかけちゃって」

「お店を出したときの保証金なんて、返ってこないんじゃないの?」

「保証金どころじゃないって。もうヤバいのはわかってるのに、恩だの義理だので、つい貸しちゃって、結局踏み倒されるしかないんだろうなあ」

『ちどりや』から『シンフォニー』に移るお店も、何軒か被害に遭っていた。『シンフォニー』で新しいお店を出す資金に困っているところもあるらしい。

「まあ、店によっては、とりあえず内装費はこっちで融資するつもりなんだけど、『満月堂』なんて、まんじゅう一個で百円二百円の商売なんだから、しばらくは大変だぞ、ほんとに……」

たまらず居間に入った。

お母さんは、やだ、という顔になって開きかけた口をあわてて閉じたけど、お父さんは最初からわたしの立ち聞きを知っていたみたいに、落ち着いた様子で言った。

「『ちどりや』のビル、十階建てになるんだ」

「……でも、もう『ちどりや』じゃないんでしょ?」

「うん。ちょうど駅前の再開発をするタイミングだったから、三階から上がマンションで、一階と二階と地下は、ショッピングセンターになるんだ」

手がけるのは、お父さんの会社とはライバル関係の会社だった。

お母さんはまた、やだ、と驚いてお父さんを見つめる。

「だいじょうぶだよ。ビルができるのは再来年だし、その頃には俺は次の店に移ってるから」

お父さんは軽く笑って、話を先につづけた。

「美智子ちゃんっていうんだっけ、『ちどりや』の社長の娘さん」

「うん……」

「たぶん、二学期のうちに転校しちゃうんじゃないかな」

あの広いお屋敷は、人手に渡ってしまった。『ちどりや』の跡地と同じように、そこにも新しくビルが建つのだという。住む家をなくしてしまった美智子ちゃんの家族は、どこかに移り住まなければいけない。

「市内に親戚《しんせき》もいるんだけど、もっと都会に出て行くみたいだな、三代目の社長さんは」

美智子ちゃんも一緒に、遠い街に行ってしまう。

「ごめんな」

お父さんはぽつりと言った。お母さんがなにか言いかけたけど、かまわずもう一度、「ほんと、ごめんな」と謝ってくれた。つらそうな横顔だった。

『ちどりや』の子と、『満月堂』の子、二学期からはいままでみたいなわけにはいかなくなると思うけど……」

三度目の「ごめんな」は、お母さんが無理やり早口に言った「しょうがないじゃない、お父さんだって仕事なんだし、『シンフォニー』のせいだけでつぶれたわけじゃないんだから」にかき消されてしまった。

5

「いいものあげる」

二学期の始業式の朝、昇降口で靴を履き替えていたら、背中に声をかけられた。

美智子ちゃんは一人だった。ランドセルを背負ったまま、わたしが来るのを待っていた。教室ではなく、その手前の昇降口で。

なにも訊《き》かなくても、美智子ちゃんが過ごした夏休み後半の日々のことは、それだけでわかった。

わたしは泣きだしたい思いで、「なに？　なに？　なにくれるの？」と笑う。

細長いケースに入った、まっさらのボールペンだった。銀色のクロームのボディをひねると、黒いインクと赤いインク、そしてシャープペンシルに切り替わる。

「外国製だよ」と美智子ちゃんは言った。

「……いいの？」

こんなに高級そうなものをもらったのは初めてだった。美智子ちゃんのくれる「いいもの」が、初めて、ほんとうの「いいもの」になった。

「わたしはいらないから、中村さんにあげる」

「でも……」

「ウチの片づけをしてたら、あったの。中村さんがいらないんだったら、どうせ使わないから捨てちゃうけど」

ただの部屋の片づけや掃除ではないとわかるから、わたしはボールペンのケースを手に持ったままうつむいてしまう。わたしに代わって大げさに喜ぶスズちゃんの声がないと、「いいもの」がじわじわと重くなってくる。

「明日もいいものあげる。あさっても」

「ねえ、いいものあげる」

しあさっても、と言いかけて、「……は、もういないんだけど」と苦笑交じりにつづける。

わたしはうつむいた顔を上げられない。どうして帰ってきたんだろう。お母さんは「無理しなくていいのよ」と言ってくれたし、黙っていたお父さんも、わたしがそうするとは思っていなかったはずだ。自分だってわからない。たくさん気まずい思いをして、後悔するときもきっとあるだろう、と予想はついていたのに、あのまま東京の学校に戻ることはできなかった。

「引っ越し、いつなの?」

足元を見つめたまま訊くと、美智子ちゃんは「あさって」と言った。「だから、学校に来るのって、明日と、あさって。あさってはあいさつだけ」

「三日だけ、なんだ……」

ほんとうは違う。三日も学校に来なければならないのか、と思っていた。わたしなら できないかもしれない。

「始業式から新しい学校に行ってもよかったんだけど……お別れだから、やっぱり、会いたいし」

美智子ちゃんの言葉に胸が熱くなった。東京でスズちゃんの暑中見舞いを読んだときと同じ。なつかしいような、悲しいような、悔しいような。

これ、しまっちゃうね、ありがと、とランドセルを背中から降ろして、ボールペンを中に入れるのを口実に、斜め後ろを振り向いた。靴箱の、スズちゃんの場所を目で探す。あった。赤いズックが入っていたから、もう学校に来ている。来ているのに、いま、美智子ちゃんのそばにいない。

ランドセルの蓋《ふた》をわざと何度もしくじって時間をかけて閉めていたら、また背中に声が聞こえた。

「知ってたよ。もう、ずっと前から、中村さんのこと、知ってたよ」

それだけ。

振り向くと、美智子ちゃんは一人で歩きだしていた。

朝の会で、担任の先生が美智子ちゃんがあさって転校してしまうことを伝えた。男子の何人かがざわついただけで、教室は静かだった。

夜逃げ、と誰かが——たぶん秋山さんが、小声で言った。

やめなよ、かわいそうだよ、と別の誰かが言った。

女子でいちばん背が高い美智子ちゃんの席は、いつも最後列だった。後ろをちらりと見れば様子がわかる。でも、首を動かせない。ふと見ると、スズちゃんも前を向いたまま、固まったみたいに座っていた。

その日、美智子ちゃんはクラスの誰とも話をしなかった。誰も美智子ちゃんのそばには来ない。秋山さんたちのようにはっきりと美智子ちゃんを「敵」だと思っている子たちだけでなく、ほかの子もみんなで固まって、遠くからちらちらと見るだけだった。

美智子ちゃんはいつもどおり、誰からも相手にされなくても平気な顔をしている。でも、いままでとは違って、そばにスズちゃんはいない。秋山さんのグループにも、ほかの子のグループにも入らず、休み時間になったら逃げるように教室から出て行ってしまう。美智子ちゃんはそれに気づいていても、追いかけようとはしない。わたしもそう。どうしていいかわからない。始業式から三日間は、午前中で下校になる。昼休みがなくてほっとしているのに、学校で一緒にいられる時間が足りない、とあせってもいる。

残り三日の一日目は、なにもできずに終わった。

夜、『シンフォニー』から帰ってきたお父さんが教えてくれた。

『ちどりや』のビルは、年内に取り壊されて更地になることが決まった。明日から屋上の広告塔の撤去工事が始まるのだという。教室の窓から見えていた『ちどりや』の看板がなくなったら、秋山さんたちはせいせいするのだろうか、寂しくなってしまうのだろうか。

スズちゃんは、どうなのだろう。

次の日も、美智子ちゃんは昇降口でわたしを待っていた。「いいものあげる」と、まだ箱から出していないレースのハンカチをくれた。新しい。でも、古い。箱の角はひしゃげていたし、全体がくすんでもいる。昨日のボールペンと同じように、引っ越しの荷造りをしているときに見つけたのだろう。

「……ありがとう」

声が震えた。目も泳いだ。

美智子ちゃんはプレゼントを渡すとすぐに立ち去ろうとした。

あわてて呼び止めると、美智子ちゃんは何歩か歩いてから足を止め、わたしが話しだす前に、軽い調子で言った。

「謝ることないよ、べつに」

違う。そういうことを言いたいんじゃない。

『『シンフォニー』ができなくても、もうだいぶ前からダメだったんだって。わたしも夏休みにおじいちゃんから聞いたんだけど」

さばさばしていた。気にしていない、というより、他人事《ひとごと》みたいに。

でも、いまの美智子ちゃんの微笑《ほほえ》みには、見覚えがある。幼い子どもが、さんざん泣いたあとで、疲れて、ふうっと肩の力を抜いて浮かべる微笑みに似ている。

「嘘《うそ》なんてつかなくてよかったのに」

そんな笑顔のまま、美智子ちゃんは言った。

黙っているのがキツくなったわたしは、ほとんどなにも考えず、浮かんだ言葉をそのまま口にした。

「スズちゃんとは、もう友だちじゃないの？」

言った瞬間、ばか、と自分を怒鳴りたくなった。

「わかんない」と美智子ちゃんは言って、駆け出してしまった。最後の表情は笑顔だったのかどうか見逃した。ばか、と自分をもう一度叱《しか》った。

終わりの会は四時間目のあとにある。お昼前でおなかが空《す》いているので、日直の号令で「さようなら」のあいさつをしたあとは、みんなさっさと帰り支度をする。真っ先に一人で教室を出て行ったのは、昨日と同じ、スズちゃんだった。いましかない。終わりの会のときから決めていた。ランドセルを席に置いたまま、スズちゃんを追って教室を出た。

「スズちゃん！」

声だけでわかったのだろう、スズちゃんは振り向きもせずにダッシュした。わたしも走る。「ちょっと待ってよ！　スズちゃん！」と叫びながら、全力疾走する。

スズちゃんが逃げて、わたしが追いかけているのだろうか。それとも、スズちゃんもわたしも逃げているのだろうか。誰に追われて――？　ランドセルを背負っていないぶん、わたしのほうがスズちゃんより速く走れる。追いつけるだろうな、と確認して、ちらっと後ろを振り向いた。追ってくる子は誰もいない。でも、わたしたちはやっぱり二人そろって逃げているんだと思うし、追いかけてくる子がここにいてほしい、とも思った。

校舎の中の渡り廊下で追いついた。最後はスズちゃんもあきらめてスピードをゆるめ、あっさりつかまってくれた。

「どうするの……ねえ、スズちゃん……どうするの……」

息を整える間もなく、わたしは言った。

スズちゃんもぜえぜえと喉《のど》を鳴らしながら、「なにが？」と聞き返した。

「美智子ちゃん、明日の朝の会で、もうお別れだよ」

「……知ってる」

「転校しちゃったら、もう会えないよ」

「知ってるって、そんなの」

「いいの？」

スズちゃんはふてくされたように横を向いた。いつもはおどけた調子に紛れている
けど、口をとがらせて眉《まゆ》を寄せると、意外と頑固そうに見える。

「美智子ちゃん、最後にスズちゃんと一緒にいたいんだと思うよ」

「……そんなことない」

「あるって」

「ないっ」

「あるっ」

「わたしは、ないもん」

どんなにそっけなくても、秋山さんとは違う、とわたしは信じている。スズちゃんは美智子ちゃんの子分だったわけじゃない。絶対に。

だから、わたしは言った。

「スズちゃんと美智子ちゃん、友だちだと、思う」

スズちゃんはさらに口をとがらせて、怒った顔になった。でも、目は、下を向いた。

「ねえ……」今度はスズちゃんが言う。「中村さんのお父さんって、『シンフォニー』でいちばん偉いひとだったんだね」

嘘をついた子は、友だちには入れてもらえない。それは、東京でも、この街でも、同じだと思う。

「黙っててごめん」と先に謝って、スズちゃんの言葉に応《こた》えた。

「でも、ウチのお父さん、偉くないよ。店長さんは別にいるし、それに……ぜんぶ、仕事だから」

「お父さんが、お世話になってる、って」

「違うよ、そんなの」

「お母さんも言ってる。恩人だって」

関係ないよ、やめてよ、と打ち消そうとしたけど、スズちゃんはそれを言わせてくれなかった。

「美智子ちゃんの次は、中村さんかあ……」

つまらなさそうに笑って、面倒くさそうに首をひねって、下を向いたまま、「中村さんも、いいものくれるの？」と訊いた。

涙が込み上げてきそうになった。

「やめてよ！」

大きな声を出さなかったら、ほんとうに泣きだしていたかもしれない。

スズちゃんも顔を上げ、わたしをにらんで、なにか言いかけた。

その顔が途中で止まった。大きく見開いた目は、わたしではなく、もっと遠く――窓の外、『ちどりや』の看板を見つめていた。

広告塔に何人もの作業員がいた。朝にはなかったクレーンのアームが、看板よりも高く伸びて、そこから下がるフックも見えた。『ちどりや』の看板が斜めに傾いた。作業員がさらに何人も広告塔に上ってきた。看板にロープをかけているのか、動きが急にあわただしくなった。

「……はずしてるんだ」

つぶやくと、スズちゃんもぽつりと「はずしてるんだね……」と応えた。

やがて、看板が宙に浮いた。

四面あるうちの、それが最後の一枚だった。鉄骨だけになった広告塔の向こうに、よく晴れた秋の空が広がっていた。

6

次の日——最後の日、美智子ちゃんは朝の会が始まるときに先生と一緒に教室に来た。

「お別れの記念に、お母さんからみんなにプレゼントをいただきました」

先生はそう言って、クラス全員に学習帳を配ってくれた。それが、美智子ちゃんにもらう最後の「いいもの」になる。

でも、先生は「前のひとから一冊ずつ取って、後ろに回してください」と、列ごとにまとめて渡した。美智子ちゃんとは違う。美智子ちゃんは一人ひとりに手渡ししてくれる。それだけで、たいしたプレゼントではなくても「いいもの」になることがあるのに。

教室のざわめきはプリントを配られるときと変わらない。だから、それはもう全然

「いいもの」ではなかった。

「表紙で選んだりしないようにね。上から順番に取ってください」

先生は言った。学習帳の表紙は、動物や花や虫の写真図鑑になっている。わたしがもらったのはサイの表紙だった。地味だ。がっかりして、家で使うノートにしよう、と机の中にしまいながら、スズちゃんの席に目をやった。

わたしより先にノートを受け取ったスズちゃんは、もうとっくに机の中にしまって、一時間目の算数の教科書をぱらぱらめくっていた。

やっぱりだめか。さっきよりもっとがっかりして、悲しくなった。

昨日は、クレーンに吊《つる》された『ちどりや』の看板が地上に降りるまで、二人とも黙って渡り廊下の窓の外を見つめていた。看板が見えなくなると、スズちゃんはなにも言わずに昇降口のほうへ駆け出した。ダッシュすればすぐに追いつけそうだったけど、わたしも黙ったまま見送った。

ほんとうは、最後の最後にはスズちゃんと美智子ちゃんは友だちに戻れるんじゃないか、と思っていた。甘かった。親と子どもは関係ないんだから、とは言えないことは、わたしがいちばんよく知っていたはずなのに。

美智子ちゃんのお別れのあいさつは、原稿を棒読みするみたいに淡々としていた。

みんなの拍手も、あまり心がこもっていない。スズちゃんはうつむいて、机の下で小さく手を叩《たた》いていた。そばにいても、音は聞こえないだろう。

先生は、美智子ちゃんが乗る列車の時刻を教えてくれた。九時半の急行。だから、もう、授業を受けずに帰ってしまう。学校の外でお母さんが待っているらしい。

チャイムが鳴って、朝の会が終わった。教室はお別れの余韻《よいん》にひたる間もなくにぎやかになった。いちばん騒いでいたのは、秋山さんたちのグループだった。美智子ちゃんとはなんの関係もないおしゃべりをして、笑って、先生と一緒に教室を出る美智子ちゃんを振り向きもしない。

スズちゃんは自分の席に座ったまま、算数の教科書をめくりつづけている。美智子ちゃんが教室を出る間際《まぎわ》、スズちゃんのほうをちらりと見たような気がしたけど、はっきりとはわからない。

わたしは席を立った。せめて廊下まで出てお別れを言おう、と思った。美智子ちゃんは喜んでくれないかもしれないけど、わたしは今日、やっぱり「いいもの」をもらったのに「ありがとう」を言っていない。

ドアに向かうわたしを、数人の男子がダッシュで追い越していった。なんなんだろう、と怪訝《けげん》に思いながら廊下に出ると、その中からサッカーの好きな瀬尾《せお》くんが一人だけ、先生と美智子ちゃんの背中に駆け寄るところだった。

「行けーっ、瀬尾っち」「がんばれーっ」「カッコいーっ」

残りの男子は、瀬尾くんにからかい交じりの声援をおくる。

瀬尾くんはすごく照れくさそうだった。顔が真っ赤になっているのがわかる。

美智子ちゃんを呼び止めて、振り向いた美智子ちゃんになにか言った。一言か二言だけ。ぶっきらぼうな、怒ったような言い方だった。

すぐに駆け戻ってきた瀬尾くんを、みんなは「すげーっ」「オトコの中のオトコだよ、瀬尾っち」と歓声で迎え、いちばんの仲良しの大野《おおの》くんは瀬尾くんにヘッドロックをかけて、「どうだった？　両思い？　両思い？」と訊いた。ひょうひょうっ、と誰かが甲高い声をあげる。瀬尾くんは「ばーか、違うよ、新しい学校に行っても元気でな、って言っただけだよ」と顔を真っ赤にしたまま言ったけど、ひょうひょうっ、の声はつづく。

美智子ちゃんもよほど驚いたのだろう、まだその場にたたずんで、きょとんとした顔で瀬尾くんたちを見ていた。

先生が笑って、美智子ちゃんに声をかけた。聞こえなかったけど、よかったね、というふうに口が動いた。

美智子ちゃんは小さくうなずくと、こっちに背中を向けてまた歩き出した。何歩か進んだところで、うつむいて、右手の甲を目元にあてた。

教室に戻ってからも男子は大騒ぎだった。瀬尾くんも、「うっせーよ、てめーらぶっ殺す」なんて怒りながら、うれしそうだった。

美智子ちゃんは、最後の最後に「いいもの」をもらった。よかった。ほんとうは、わたしは五年生の頃から瀬尾くんのことを、ちょっといいな、と思っていたんだけど。

二学期の終わりに、わたしは東京に戻る。昨日東京の本社から連絡があって、お父さんの『シンフォニー』での仕事は今年のクリスマスセールまで、ということになった。年明け早々にお父さんは北海道の街に単身赴任して、五月に開業予定のショッピングセンターを担当する。その街には古くからのデパートや商店街がありませんように――今年のクリスマスにサンタさんにお願いする「いいもの」は、それだけだ。

わたしがお別れのあいさつをするとき、みんなはどんな顔で聞いてくれるだろう。瀬尾くんにいまみたいに「元気でな」と言ってもらえるのをこっそり期待していたけど、美智子ちゃんに負けた。美智子ちゃんは負けどおしでこの街を出て行くわけじゃない。

スズちゃんの席に向かって歩き出した。

あいかわらず読んでもいない算数の教科書をめくりつづけるスズちゃんに、「いいものあげる」と声をかけた。

「……なに？」

「ちょっと来て。外に出ないとあげられないから」

手をつかむと、スズちゃんは「べつに欲しくないけど」と不機嫌そうに言った。でも、わたしの手を振りほどこうとはせず、素直に席を立った。

近くの席にいた女子の保健委員の小田《おだ》さんに、「わたしたち、おなか痛いから保健室に行ってるね」と伝え、くわしく訊かれる前に急いで教室を出た。わたしが走ると、スズちゃんも一緒に走ってくれた。「いいもの」の見当は、スズちゃんにもついているのかもしれない。

昇降口で靴を履き替えていたら、先に外に出たスズちゃんが「行っちゃったよ……」とグラウンドの先の通りを指さした。たったいま、校門の前に停まっていたタクシーが走り出したところだった。

「ダメだったね……」

スズちゃんはそう言って靴箱に戻って来た。「しょうがないよね、べつに会っても話すことないし」と少しほっとしたようにつづけ、ズックを脱ごうとした。

でも、わたしは自分のズックをつっかけて、「行こう」と声をかけた。「駅だったらまだ間に合うよ」

「……歩きだったら三十分ぐらいかかっちゃうよ」

いまは八時四十五分。急行は九時半。

「間に合うじゃん」

「でも、授業中だし……」

いいから、とまた手をつかんだ。

スズちゃんは困りはてた顔になったけど、今度もわたしの手は振りほどかなかった。

駅に着いたのは、わたしたちのほうが早かった。でも、改札まで来て、ホームに出るには入場券が要ること、入場券を買うお金なんて持っていないことに気づいた。しかたない。改札の手前でお別れすることに決めて、美智子ちゃんとお母さんが来るのを待った。スズちゃんはまた不機嫌そうな顔になって、砂場で砂を掘るように床のタイルをズックのつま先で蹴《け》っていた。

美智子ちゃんたちが来たのは、九時二十五分……改札の上に掛かった時計の長針が、カチン、と音をたてて二十六分を指したときだった。

わたしとスズちゃんに先に気づいたのは、お母さんのほうだった。びっくりして、気まずそうな顔にもなって、喜んでくれているわけではなかったけど、「帰りなさい」とは言わなかった。

美智子ちゃんも驚いて、「ありがとう」と、わたしに言った。美智子ちゃんはスズちゃんのほうもちらりと見た。でも、スズちゃんがうつむいたままだったので、目を合わせることもできず、わたしに向き直って、「『ちどりや』の前で、ちょっと車を停めてもらったりしたから、遅くなっちゃった」と言った。

わたしは黙ってうなずき、スズちゃんはまた床のタイルを蹴りはじめた。

お母さんは、よけいなこと言わないの、というふうに美智子ちゃんを怖い顔で見て、一人で改札を抜けた。アナウンスが、もうすぐ急行が着く、と告げる。

「入場券……買えなくて」

わたしは言った。だからここでお別れだね、とつづけるつもりだったけど、美智子ちゃんはすぐに「ちょっと待ってて」と言って、切符の券売機に向かった。

自分のお小遣いで、入場券を二枚買ってくれた。

「はい、いいものあげる」

最初にスズちゃんに差し出した。スズちゃんはうつむいたまま、黙って受け取った。

「はい、中村さん、いいものあげる」

わたしは、「ありがとう」と受け取った。「ごめんね」ではなく、「さよなら」の代わりに言った。笑ったつもりだった。でも、頬をゆるめると、泣きだしそうにもなってしまった。

「じゃあ、ホームに行こうか」

「うん……」

改札を抜けるときも、ホームを歩くときも、スズちゃんは黙り込んでいた。最初は元気だった美智子ちゃんも、お母さんの待つ乗り口の手前から黙ってしまい、わたしもう、なにも話せなくなった。

列車がホームに入ってくる。

美智子ちゃんはデッキからわたしたちを振り向いた。でも、なにも言わず、目をちらりと合わせただけで、列車に乗り込んだ。

発車のベルが鳴る。ドアが閉まる。わたしは美智子ちゃんの座った席を探そうと思ったけど、スズちゃんは列車から顔をそむけるように体をよじって、ホームのベンチのほうを見つめていた。

「どうしたの？」

黙ってベンチの上を指差した。

背もたれの上に、地元の病院やおみやげもの屋の広告が掲げられていた。その中に、『ちどりや』があった。看板と同じ文字の形だった。教室の窓から見ていた看板と、それが取りはずされたあとの広告塔の鉄骨が、順に浮かんだ。

「これも……もうすぐ、別のお店のやつになっちゃうんだね……」

わたしがつぶやいたとき、列車が動きだした。最初はゆっくりと、でも、少しずつスピードを上げて。

美智子ちゃんがいた。窓に貼《は》りつくように立って、こっちを見て、手を振っていた。笑っていたのか、泣いていたのか、わからない。

手を振り返す前に、スズちゃんがはじかれたように駆けだした。ぐんぐん加速する列車を追いかけて、走った。

あとについていこうと思っても、足が動かない。声も出せない。スズちゃんが遠ざかる。美智子ちゃんを乗せた列車はもっと速く遠ざかる。わたしだけ、この場から動けない。もどかしくて、悔しい。寂しくて、悲しい。でも、スカートをひるがえしてホームを走るスズちゃんの背中を見ていたら、そうだよね、そうなんだよね、と納得した。

スズちゃんは走りつづける。赤いテールランプを灯《とも》した最後尾の車両に追い抜かれても、走るのをやめなかった。

わたしはベンチに座った。スズちゃんの見つけた『ちどりや』の広告を指でそっと撫《な》でてみた。ところどころ錆《さび》が出て塗装も剝《は》げた古い広告板の隅っこに、誰かがボールペンで、名前のない相合い傘を落書きしていた。

傘の右側が美智子ちゃんで、左側がスズちゃん。指で名前を書いて、傘の上にハートマークも付けて、いいものあーげた、と目をしょぼしょぼさせながら笑った。

ホラ吹きおじさん

1

おじさんは親戚《しんせき》中の鼻つまみ者だった。「サブが……」とウチの親父《おやじ》がおじさんのことを口にするときは、いつもしかめっつらだったし、おふくろが「三郎さんが……」と話すときは、たいがいため息交じりだった。さすがに子どもの前では悪口も控えめだったが、おとなだけのときには、もう遠慮も容赦もない。おじさんのことを「あいつ」や「アレ」としか呼ばない親戚もいたし、おじさんの話題になるだけで不機嫌になってしまう親戚もいた。

おじさんは親父のたった一人の弟だ。だが、苦労して大学を出て小学校の教師になった親父とは、なにもかもが正反対の性格だった。

博打《ばくち》も酒も大好きで、そのくせ博打は下手で、酒癖も悪かった。金のつかい方や貸し借りにもひどくだらしない。仕事が長続きしない。怒りっぽい。怒ると乱暴になる。

酒に酔っているときはなおさらで、しかも本人はなにも覚えていないのだからタチが悪い。

若いうちに結婚をして、息子も一人いたらしいが、僕がものごころついた頃には独り身だった。繁華街の裏手にある古いアパートに住んで、職を転々として、女のひとと暮らしていた時期も何度かあったようで、そんな頃の評判が親戚の中ではいちばん悪かった。

おじさんはときどきバスに乗って、同じ市内のわが家を訪ねてきた。歓迎はされない。おじさんもそれはよくわかっていて、親父が家にいる休日や、平日の夜には、決して顔を出さなかった。来るのは平日の夕方――僕が家にいる頃。それも、隣にある公園で様子をうかがい、おふくろが留守のときを狙《ねら》ってチャイムを鳴らすことが多かった。

僕が玄関のドアを開けると、おじさんは照れくさそうに笑って、敬礼するように手を頭の横につける。

「おう、ヒロシ」

小学校に入ったかどうかの子どもにも「くん」や「ちゃん」は付けない。そういうひとは親戚の中ではおじさんだけだった。

「お母ちゃんはおるか?」

「買い物」──最初からそれをわかって来てるくせに、と苦笑交じりに思うようになったのは、小学校の高学年の頃だっただろうか。

「そうか、せっかくひさしぶりに来たのに残念じゃのう……」

がっかりするお芝居がへただよなあ、ほんとに、と中学生時代は思っていた。

「もうすぐ帰ってくると思うけど」

「夕方になって冷えてきたのう」

夏にはこれが「ムシムシしとるのう、今日は」に変わり、雨の日なら骨の折れた傘を差して肩をすぼめ、取って付けたようなくしゃみや咳《せき》までする。そういうひとなのだ、おじさんは。

「上がって待つ?」

「いや、ほいでものう、お父ちゃんやお母ちゃんの留守中に上がり込むいうんものう……」

口では遠慮しながら、頬《ほお》はゆるんでいるし、靴ももう半分脱いでいる。まったくもって、そういうひとなのだ、おじさんは。

「よっしゃ、ほいたら、ヒロシの宿題を見ちゃろう。わからんところがあったら、なんでもおじちゃんが教えちゃる」

家に上がるときの台詞《せりふ》は、いつもお決まりだった。僕が高校生になっても、大学受験の勉強を始めた頃になっても、ずっと変わらなかった。

居間には寄らず、まっすぐ二階の僕の部屋に向かう。畳の上にあぐらをかいて、「喉《のど》が渇いたのう」と言う。毎度おなじみのやりとりに、中学生あたりになるとちょっとはイタズラもしたくなってくる。

「お茶いれようか？」

「おう……お茶もええが、泡の出るもんのほうが、もっとええのう」

「コーラ？」

「もうちいと苦いほうが、もっとええのう。ほれ、しょんべんみたいな色をして、泡の出るもんがあろうが」

「泡が出るかどうかは知らんけど、流し台の下に大きな瓶《びん》に入ったのがあるよ」

「おう、そりゃあおまえ、それがええ、それがいちばんええ、気が利《き》くのう、ヒロシ」

「お醤油《しょうゆ》飲むの？」

おじさんは、うひゃあっ、と笑って畳にひっくり返る。「お醤油」が「お酢《す》」になったり「天ぷら油」になったりすることはあっても——だからオチはすっかりわかっているはずなのに、おじさんのおどけた笑い声はいつも変わらなかった。

高校生になると、もう、最初から日本酒を一升瓶のまま、コップと一緒に出す。「ヒロシも飲むか」と言われたら、ほんの少しだけ、付き合う。

そんなことをすれば両親の機嫌がますます悪くなることはわかっていても、僕はほろ酔いかげんのおじさんが好きだった。おじさんが身振り手振りを交えてしゃべる、ヤクザを相手に大立ち回りをした話や、放浪の旅に出た話や、映画会社のニューフェイスに応募して合格寸前までいった話や、東京の大企業の社長令嬢に一目惚《ぼ》れされて困った話や……要するにホラ話を聞くことが大好きだった。ほんとうのことなんかこれっぽっちも話していないとわかっているのに、わかっていても、わかっているから、楽しみでしかたなかったのだ。

おふくろが買い物から帰ってくると、おじさんの独演会は終わる。僕よりも先におじさんのほうが現実に引き戻される。しょんぼりとして、脱ぎ捨てていた背広を羽織り、ゆるめていたネクタイを締め直す。コップに残った酒を一息にあおったあとで、においで消しの仁丹を背広のポケットから出して口に放り込む。「話のつづきは、またあとじゃ」と無理に笑っても、おじさんが僕の部屋に戻ってくることはない。

居間に下りていったおじさんは、おふくろとどんな話をしていたのか。そもそも、なぜおじさんはわが家を訪ねてくるのか。

中学生の頃には、もう知っていた。いや、それ以前からなんとなく察してもいた。おじさんは金の無心のためにわが家に来る。

飲み屋でのケンカや女のひとがらみの厄介事《やっかいごと》の後始末を、親父に頼み込む。あやしげな健康器具や保険の営業をしていた頃には、商品を一つでも買ってほしい、保険に一口でも入ってほしい、と頭を下げる。

飲み仲間の工務店の社長が市会議員選挙に色気を出していたときには、演説会のポスターを持って来て、壁に貼《は》ってくれ、演説会に来てくれ、清き一票をよろしく、できれば知り合いにも応援よろしく、と懇願する。

おふくろも無下に断るわけにもいかず、なるべくおじさんの望みどおりに——ときにはへそくりまで出して、応対していた。もっとも、借金の連帯保証人になってくれと頼んできたときには、さすがにおふくろも気色ばんで頑として譲らず、おじさんがひきあげたあと、玄関に塩をまいた。マンガやテレビドラマでしか知らなかった「塩をまく」というのを初めて実際に見た。「塩をまいたこと、お父さんに言うたらいけんで」とおふくろは僕に口止めしていたが、なにかの拍子で保証人のことを知った親父は顔を真っ赤にして怒りだして、「塩でもまいとけ！」とおふくろに命じたのだった。

首尾良く借金をしたときや営業ノルマを果たしたときのおじさんは、「ねえさんはあいかわらず若《わこ》うてきれいじゃのう、なんとかいう女優さんによう似とりんさる」と、くだらなすぎて噴き出すしかないおべんちゃらを言って、上機嫌で帰る。そうでないときはたちまちガラが悪くなって、「ぶち殺したるぞ」だの「月夜の晩だけじゃ思うとったら大間違いど」だの「火の元にはせいぜい気ぃつけんさいよ」だの、脅迫罪かなにかで警察が出てきてもおかしくない荒っぽい捨て台詞を吐いてひきあげる。おふくろも親父と結婚したばかりの頃はずいぶんおびえていたらしい。

それでも、ひと月もすると、おじさんはケロッとした顔でわが家を訪ねて来る。駅前の土産物屋で売っているような安っぽい饅頭《まんじゅう》を手みやげに、「ねえさん、ねえさん」とおふくろに愛想をふりまいて、またいつものように小遣い銭をせびり、新しく販売代理店になったという健康食品のサンプルを置いていくのだ。

僕のおじさんはそういうひとだった。

そして、そういうひとのまま還暦を過ぎて、年老いる間もなく、もうすぐこの世からおさらばしてしまう。

2

ヒロシに会いたい、とおじさんは病院のベッドで言っているらしい。

「お医者さんは、来月まではもう持たんじゃろう、て」

おふくろが電話で教えてくれた。「心臓も弱ってきとるし、頭のほうも、ときどきワヤになってしもうて、自分がどこにおるんやらわからんようになるんよ」——長年の酒で肝臓をやられ、糖尿も出て、腎臓《じんぞう》にできたガンは脳にも転移しているらしい。

「仕事も忙しい思うけど、近いうちに顔だけでも見せてあげてくれん？」

おふくろがそう言うそばから、電話口の向こうで親父の「無理を言うな、ええんじゃ、ほっとけ」と怒った声が聞こえる。

僕はため息と苦笑いを一緒に呑《の》み込んで、壁のカレンダーに目をやった。いまは十月の半ば。冬休みには家族を連れて帰省するつもりだったが、それでは間に合いそうにない。

「親父はまだ怒ってるの？」

「見舞いに行っても、結局はお説教で、最後は怒って帰るだけなんよ」

「でも、病院のお金は出してるんでしょ？」

「そりゃあ、まあ、なあ、二人しかおらん兄弟なんじゃけん」

また親父の声が聞こえる。もうええ、よけいなことを言うな、と声はさらに不機嫌そうに、にごりながら、とがる。

七十三歳にもなっておとなげない、とあきれたほうがいいのか、カクシャクとしているのを感心すべきなのだろうか。小学校の校長で定年を迎えた親父は、定年後は市の教育委員を何年か務め、いまも名刺の裏には教育がらみのいくつもの肩書きが記されている。一人息子の僕にも、できれば地元に残って教師になってほしいと願っていた。それがわかるから、僕は東京の大学に進み、教職課程を取らずに卒業して、東京で就職して、結婚をして、子どもを育てて、今年四十歳になる。

「おじさん、いまいくつだったたっけ」

「六十三じゃったかなあ、四じゃったかなあ。なあ、お父さん、三郎さんは今年なんぼ？」

知らんわ、そげなこと、と親父が言う。

どっちにしてもまだ若い。だが、早すぎるとは親戚の誰も思わないだろう。やれやれ、やっとくたばってくれたか、と肩の荷を降ろすひともいるだろうし、死んでもあいつだけはゆるさない、といきりたつひともいるだろう。きっと寂しい葬式になる。

「それで……」

おふくろは口調をあらため、声を沈めて、「ハナさんにも最後にいっぺんだけ会《お》うときたい、いうんよ」とつづけた。

「おじさんが？」

「ほかに誰がおるん」

「……親父は？」

「知らん。もう、黙ってしもうて、こっちが訊《き》いても返事もろくにしてくれんのよ」

おふくろはため息をつき、僕も、なるほどね、とため息交じりに応《こた》えた。

ハナさんというのは、僕の祖母にあたるひとだ。会ったことは数えるほどしかない。

「おばあちゃん」と呼んだこともない。親父も「お母さん」とは呼んでいなかった。

「三郎さんも情の濃いところがあるけん、昔のことをいろいろ思いだしたんじゃろうなあ」

「ハナさんはいま、どうしてるの？」

「施設に入っとる。グループホーム」

二年ほど前から認知症の症状が出て、この春、施設に入ったのだという。おふくろは「あのひとも、もう八十過ぎとるんじゃけん」と言って、「お父さんやお母さんもわからんよ、もう、いつ、どないなことがあるか」と脅すような声色をつくる。かといって、僕になにをどうしろと言うわけではない。おじさんとハナさんについてもそれっきりで電話は切れた。最近そういう繰り言めいた話が増えた。おふくろも歳《とし》をとった。もちろん親父も。

受話器を手にしたままソファーに座り、しばらくぼんやりしていたら、風呂《ふろ》からあがった妻の友美《ともみ》がリビングに入ってきた。

「電話、どこからだったの?」

「おふくろ。親戚のことでちょっとな」

おじさんの名前は口にしなかった。友美も、ああそう、と軽くうなずいただけで、くわしい話は訊いてこない。

僕のふるさとが家族のおしゃべりの話題になることは、めったにない。口を閉ざさなければならない理由などなくても、家族の前ではつい遠ざけてしまう。子ども二人——小学六年生の大輔《だいすけ》も、三年生の柚美《ゆみ》も、あの田舎町を「おじいちゃんとおばあちゃんのウチがあるところ」「お父さんが子どもの頃に住んでいたところ」とまでは思っていても、「お父さんのふるさと」だとは意識していないだろう。

もしもおじいちゃんやおばあちゃんになにかあったら、お父さんは――。

そういう「もしも」の話は、しないようにしている。

人間に持って生まれた星というものがあるなら、おじさんは最初から流れ星のような頼りない星の下に生まれたのかもしれない。

長男である親父《おやじ》の名前は一郎。たった一人の弟のおじさんは、三郎。ほんとうは二人の間にはもう一人、二郎さんというおじさんがいた。僕はそのひとのことを仏壇の写真でしか知らない。

「近所や親戚《しんせき》でも評判の、頭のええ子じゃったんよ……」

親父はこの歳になっても、いや、この歳になってよけいに、二郎さんの思い出を語るときにはしんみりとして、目に涙を浮かべることまである。

三つ違いの弟だった。親父が八歳の頃、五歳で亡《な》くなった。チフスだったか疫痢《えきり》だったかで、あっけなく。

「眠っとるような死に顔じゃった。棺桶《かんおけ》に入れられたあとも、ほんまに、『兄ちゃん、兄ちゃん』いうて起き上がってきそうなほどじゃった……」

親父が小学校の先生になったのも、二郎さんの面影が忘れられなかったからだという。

かわいい盛りの次男坊を亡くした両親——僕の祖父母は嘆き悲しみ、一人息子になってしまった親父に万が一のことがあっては、と不安に駆られた。

田舎の城下町ではそれなりに名のとおった商家だった。家業は江戸時代からつづく薬問屋で、裕福でもあった。だが、跡取りの親父がいなくなると、家は途絶えてしまう。そういう時代の、そういう価値観の中で、祖父母はもう一人子どもをつくった。生まれた男の子に、三郎という名前をつけた。親父が十歳のときのことだ。

おじさんは、二郎さんの幼い命と引き替えに生まれてきた。

さらに、おじさんが生まれたことで、親父にとって誰よりも大切なもう一人のひとも、この世から去ってしまった。祖母はおじさんを産んだあと体調を崩し、そのまま、おじさんが乳飲み子のうちに亡くなってしまったのだ。

跡取り息子がいなくなるのも困るが、嫁がいないのはもっと困る。とにかくそういう時代の、そういう家だったのだ。祖父はほどなく、まだ祖母の喪も明けないうちに、若い女のひとと再婚した。それがハナさんだった。

ハナさんは二十一歳で嫁いできた。まだ一歳になる前だったおじさんはともかく、親父にすれば、母親というより歳の離れた姉同然の若さだった。

そのせいもあるのか、なにより、弟と実の母親をたてつづけに亡くした悲しみが深すぎたのか、親父はハナさんにどうしても馴染《なじ》めなかった。早々に再婚をした祖父に対しても反抗的になった。

家にはいたくない。親父は必死に勉強をして、県庁のある大きな市の、旧制中学から の流れを汲《く》む名門の県立高校に入学した。下宿から高校に通い、両親や親戚の猛反対を押し切って、高卒で大阪に出て就職をした。その時点で、すでに家を継ぐ気も帰る気もなかったという。親父はもうたった一人の跡取り息子ではない。三郎おじさんがいるし、ハナさんが産んだ、おじさんとは二つ違いの健太さんもいる。

「わかるか、ヒロシ」

親父は、大学に入った僕が東京で一人暮らしを始めた頃から、帰省するたびに少しずつ昔の話をしてくれるようになった。酒はちびちび飲んでいても、ほとんど酔ってはいない。それでも口調がふだんよりねばついて聞こえるのは、親父自身の胸の奥にからみついたままの思いを吐き出していたせいかもしれない。

「サブは二郎のあとじゃけん、三郎じゃ。ほいでも、健太は四番目と違う。長男の名前じゃ。また一から数え直しじゃ、いうことよ……」

親父は小さな繊維商社で働きながら、安月給の中から細々と貯金をつづけ、学費が貯《た》まると大学の夜間部に入学した。さらにお金が貯まると会社を辞めて昼間の学部に移り、夜中に道路工事の現場で働いて生活費を稼いだ。教員免許を取り、ふるさとの県の採用試験に合格して、県庁のある市で教師になった。祖父も無理に家を継げとは言わなかった。むしろ逆に、親父が家に帰ると言いだしたら、そのほうが一悶着《ひともんちゃく》あったかもしれない。

「健太の出来がよかったし、サブはもうその頃からアホじゃったけえ、親父はもう、なんでもかんでも、健太健太健太じゃったよ。歳がいってからの子どもじゃし、それこそ目の中に入れても痛《いと》うないほどかわいがっとった」

その頃、三郎おじさんは中学生で、ハナさんや健太さんと一つ屋根の下で暮らしていた。かなりの不良だったらしい。警察沙汰《ざた》も何度となく起こし、そのたびに祖父があちこちに頭を下げて回ったという。

おじさんの寂しさは、映画や小説の主人公の境遇を見るような気持ちで、大学生の僕にもなんとなくわかるような気がした。家に居場所なんてなかっただろうな、とも思った。

親父もおじさんのことはずっと気になっていたが、中学生を引き取って面倒を見るには、親父はまだ若すぎた。十歳という年齢差はほんとうに中途半端《はんぱ》だった、と親父は言う。もっと歳が離れていれば親代わりになれた。もっと近ければ、気軽に相談に乗ってやることもできた。「サブから見りゃあ、わしは一人でさっさと逃げだした、ずるい兄貴じゃったんかもしれん……」と親父はつらそうに言う。申し訳なさそうな顔で、目の前にはいないおじさんを見つめる。

だが、親父がおじさんのことをそういう表情で語るのは、そこまでだった。

おじさんは地元の工業高校に入った。親父とは違って家に残った。寮のある遠い町の高校に行くことは簡単だったし、祖父やハナさんも本音ではそれを望んでいたかもしれないのに、おじさんは厄介者《やっかいもの》として家に居残ることを決め、中学時代に輪をかけて悪くなっていった。

「復讐《ふくしゅう》みたいな感じだったの？」

一度訊いたことがある。思わずその言葉が口をついて出てしまった。

親父は「アホ」と笑った。だが、それは違う、とは言わなかった。

おじさんの高校生活は、結局一年ちょっとで終わった。ケンカや窃盗《せっとう》や恐喝で退学になり、昼間から夜中まで遊び歩くようになって、しだいに家にも寄りつかなくなった。

遊ぶ金には不自由しなかった。金がなくなれば、祖父のいないときを見計らって家に顔を出せばいい。ハナさんに小遣いをせびれば、いくらでも渡してくれる。負い目があったのだろう、ハナさんにも。血のつながらない母親として、せめて欲しがるものを与えることで、息子に尽くしたかったのかもしれない。

「優しかったんだね、ハナさんって」

僕は言ったのだ。ついうっかり、というのではなく、ハナさんの抱いていたせつなさに僕の胸もうずいていた。

だが、親父はにべもなく「甘やかしただけじゃ」と言った。遠くを眺めているようだったまなざしが、不意に手元に引き寄せられた。「あのひとがサブを甘やかすけん、結局アレはどないしようもない性根のねじ曲がった男になってしもうた……」

やがて、おじさんも町を出た。

どこで暮らし、なにをやって生活しているのか、地元の不良仲間も知らなかった。ヤクザになっただとか、女のヒモになっただとか、警察に捕まって刑務所に入っているだとか、ろくでもない噂《うわさ》ばかり流れたが、ほんとうのことは親父にもわからない。

ただ、ときどきハナさんのもとに連絡は来ていたという。金の無心ばかりだった。ハナさんはそれを誰にも伝えず、祖父の目を盗むようにしておじさんの銀行口座に振り込みつづけた。ハナさんのへそくりでまかなえたのがどこまでで、どこからが、ほんとうは手を付けてはいけない金だったのか、そもそもハナさん自身にその区別があったのかどうか、親父は「ありゃあせんわい」と言う。

「あのひとは、なんもわからんひとじゃった。よう言うたら、のんきでおっとりしとるんかもしれんが、要はだらしないだけじゃ。けじめをようつけん。ほいじゃけん、サブを甘やかすだけ甘やかして、しまいには飲み屋のツケまで回されるようになって……」

親父はハナさんには甘えなかった。祖父にも、ふるさとの町にも、決して甘えなかった。

大学に通っていた頃の苦労話は、息子から見ても尊敬する。教師としても、自分の家庭が複雑だったぶん、そういう子どもたちに特に優しかった。家庭も大切にしてくれた。自分にも他人にも厳しく、融通の利《き》かないところもあったが、それを差し引いても、やはりいい父親だったと思う。

おじさんは逆だ。僕が見てきたホラ吹きでいいかげんな姿も、親父から聞かされた若い頃の姿も、とにかくひどいものだった。生い立ちに同情したくても、ハナさんから金をせびりつづけたあげく、最後の最後は店の通帳にまで手を出したのだと知ると、あきれるしかない。

「人間が弱いんよ、サブは。調子のええことを言うて、ひとをだまくらかす才覚はあっても、地道にコツコツがんばることができん。なんでも楽なほうに楽なほうに流されてしもうて、踏ん張れんのじゃ」

親父はある時期から、教師として子どもたちと向き合うときに、自分に言い聞かせるようになった。

この子たちを、おじさんのような弱いおとなにしてはいけない——。

「情けないもんじゃろうが」

親父はつまらなさそうに笑う。

そういうときの親父はいつも、酔ってはいないはずなのに目が据《す》わって、「情けないもんじゃ」ともう一度、吐き捨てるように繰り返すのだ。

親父はおふくろと結婚をして、県庁のある市にわが家をかまえた。六畳一間のアパートを振り出しに何度か引っ越しをして、僕が小学校に上がる頃、建売の小さな家を買った。

おじさんがわが家を訪ねてくるようになったのは、ちょうどその頃からだった。

それまでは、親父とおじさんはほとんど音信不通の状態だった。おじさんからの連絡はなかったし、おじさんの悪い評判をさんざん聞かされていた親父にも、無理に捜し出す気はなかった。できればこのまま縁が切れたほうがいい、とさえ思っていた。

「ヒロシ、わかるか」

親父は大学生の僕に、諭すように言った。「サブがいちばん困らせた相手は、ハナさんでもじいさんでもないんよ。わしでもない。その意味、おまえにもわかるか？」

――僕をじっと、にらむように目を開いて見つめる。そういうときのぎょろっとした目元は、親父は嫌がるはずだが、おじさんとよく似ている。

「のう、ヒロシ。サブが事件やら問題やらを起こすたびに、誰がいちばん迷惑して、困らされて、恥をかかされて、つらい目に遭《あ》わされたと思う？」

「……誰？」

「おふくろじゃ」

親父とおじさんの実の母親、だった。

「サブがアホなことをすればするほど、健太がええ子に見えてくる。歳が近いぶん、差もはっきりつく。そうじゃろ？　ほな、サブと健太のどこが違うんな。母親の違いだけじゃ。健太を産んだハナさんはええ母親で、わしらのおふくろは、兄貴は家を継がんわ、弟はごくつぶしじゃ、いうて……ろくな子を産めんかった母親、いうことになってしまおうが」

いくらなんでも考えすぎだ、とは思った。もしも親父が酔っていたのなら、取り合わずに聞き流しただろう。だが、親父は酒を啜《すす》ってはいたが、しらふだった。だから母親と死に別れた親父の悲しみが胸に染みたし、おじさんに対する歯がゆさや悔しさも納得がいったし、家族や親子の悲しみの傷はこんなにも深く刻まれてしまうものか、と少し怖くもなった。

「わしはゆるさんかったよ。アレが高校をやめてしもうた頃から、もう、ずうっと、ゆるした覚えはいっぺんもなかったよ……」

それでも、おじさんはケロッとした顔で、わが家を訪ねる。

おじさんが僕たちと同じ市に暮らしていることも、結婚をしていたことも、離婚をしていたことも、息子が一人いたことも、その子が僕と同い年だということも……とにかくおじさんにまつわることすべて、親父はあとからまとめて知らされたのだ。

兄弟といっても歳が離れているし、親父はおじさんが五つのときに家を出てしまったので、一緒になにかをしたり遊んだりという思い出はほとんどない。

「それを急に弟ヅラして『兄貴、兄貴』言うて寄ってくるんじゃけえ、ほんまに調子のええ男じゃ、ずうずうしゅうて、ずるい男なんよ」

親父はことさら憎々しげに言っているわけではなかった。そこから先の日々については、あらためて親父から聞かなくても、僕自身の記憶に刻まれている。

ただ、一つだけ――これは、親父からではなく、おふくろから聞いた。

おじさんが初めてわが家を訪ねてきた日、親父はとても喜んでいたのだという。酒も肴《さかな》も、その頃のわが家の家計では少し贅沢《ぜいたく》なものをそろえて、おじさんを迎えた。二人で笑い合えるような思い出話は数少なかったが、酒を酌《く》み交わし、鍋《なべ》をつついていると、しだいに親父の表情もゆるんできた。

これからは三郎さんとうまくやっていけるかもしれない、とおふくろは期待した。親父も内心ではそう思っていたはずだ、とおふくろは言う。ところが、酔いがまわって呂律《ろれつ》があやしくなった頃、おじさんは親父に金を用立ててくれと言った。その瞬間、浮き立っていた親父の気持ちがすうっと醒《さ》めていくのがはっきりとわかった。それ以来、おじさんに酒を出すことはあっても、親父が付き合って酔っぱらうことは一度もなかったという。

おじさんは弱いひとだった。ずるいひとでもある。

親父は強い。まっすぐに、ひたむきに、「ばか」が付くほど正直に生きてきた。

どちらを尊敬するかと訊《き》かれたら、迷う間もなく答えられる。

だが、どちらが好きか、なら――。

3

おじさんの住んでいたアパートを一度だけ訪ねたことがある。中学三年生の秋だった。おふくろがしまっていた年賀状から住所を書き写して、学校帰りにバスに乗って向かった。

その頃、僕は学校で友だちからつまはじきにされていた。話をせず、目も合わさず、ここにいるのにいないように扱う――そんないじめを受けていたのだ。

発端は友だちとの口ゲンカだった。冗談のつもりでからかった言葉を、相手が真に受けて食ってかかった。その場はなんとかおさまったが、まわりにいた友だちはみんな僕のほうが悪いと思っていたらしく、僕が立ち去ったあとで、ケンカの相手を中心に僕の悪口を言いつのった。それが無視のいじめになって、クラスの男子や他のクラスの男子にまで広がった。

僕は自分が思うほど友だちみんなに好かれていたわけではなかった。そしてみんなにとっても、部活動から引退して、高校受験のプレッシャーがじわじわと迫っている時期、もともと気にくわなかった誰かを苦しめるのは、恰好《かっこう》のストレス解消法でもあったのだろう。

キツかった。食欲がなくなり、受験勉強が進まなくなって、口のまわりに膿《う》んだ吹き出物がいくつもできた。布団《ふとん》に入ってもなかなか寝付かれず、朝起きると吐き気がした。

いじめのことは誰にも打ち明けなかったが、クラス担任の教師が気づいた。僕に直接尋ねるのではなく、学校でどうも元気がないのだが、家では変わった様子はないか、とおふくろに訊いた。おふくろもおふくろで、僕にではなく教師に、元気がないというのは具体的にどういうことなのかを訊いた。

友達の輪からぽつんと離れていることが多い、授業中に僕が当てられると冷ややかにそっぽを向く生徒が何人もいる、掲示板に貼《は》ってある給食当番表の僕の名前に画鋲《がびょう》が刺してある……。

おふくろは当然のように親父《おやじ》に相談した。親父は僕を居間に呼んで、「言いとうないんじゃったら、なんも言わんでええけん」と最初に言った。「ヒロシの担任の先生も、どうもいけんのう」とも言ってくれた。そして、教え諭すようなゆっくりとした口調で、僕を励ましてくれたのだ。いじめをするようなつまらない連中なんか相手にするな、いまおまえにとって大事なのはなんだ？　勉強だろう？　いまはしっかり勉強しろ、おまえが胸を張って堂々と学校に通っていれば、あいつらだって自分の情けなさに気がつくから……。

親父は正しい。僕も親父の正しさに付き合って、そうだね、がんばるから、と笑った。

おじさんを訪ねたのは、その翌日だった。

アパートは駅の近くにあった。小さな飲み屋が並ぶ通りを抜けて、風俗店の看板がようやく途切れたあたりで裏通りに折れると、木造モルタルの古いアパートが窮屈そうに建ち並ぶ一角がある。おじさんのアパートは、中でも特に古びた一軒だった。

あの頃おじさんはどんな仕事をしていたのだろう。平日の夕方なのに部屋にいた。ジャンパーを羽織った姿で玄関に出て、「おう、どげんしたんか」と少しびっくりして笑った。息が酒臭い。昼間から飲んでいたのかもしれない。「ちょっと遊びに来ただけ」と僕が言うと、怪訝《けげん》そうな顔のまま「メシを食いに行くところじゃったんよ」

とサンダルをつっかけて外に出た。

「ヒロシも腹減っとるじゃろ」

「うん……まあ」

カバンの中には給食の食べ残しのパンが入っていた。誰かに破かれてしまったプリントも一緒に。

「食いに行くか、おじちゃんがうまいもん食わせちゃる」

後ろ手にドアを閉めて歩きだすおじさんを、あわてて追いかけた。部屋の中からはテレビの音が聞こえ、ほかに誰かいる気配もあったが、おじさんはなにも言わず、ただ黙って歩くだけだった。

なにをしたくておじさんを訪ねたのか、自分でもわからない。おじさんになにを言ってほしかったのだろう。なにをしてほしかったのだろう。もしかしたら、アパートまで行ってみたけれど留守だった、というのを期待していたのかもしれない。その期待がなんのためかも、よくわからないのだが。

飲み屋街の角を何度も曲がった。おじさんに声をかけてくるひとが何人もいた。怖そうな男のひとや女のひとばかりだった。「こげなところ歩くんは初めてじゃろ」と僕を振り向いたおじさんは、「なに泣きそうな顔しとるんな」とおかしそうに笑った。

そんな顔だったはずはないのに、おじさんにそう言われると、ほんとうに泣きそうになってしまった。おじさんは足を止めて「お父ちゃんやお母ちゃんには言うて来とるんか？」と訊いた。僕が黙って首を横に振ると「ほうか……」とうなずいて、また歩きだして、もうそのあとは振り向かなかった。

暖簾《のれん》に「めし」「酒」と染め抜かれた大衆食堂に入った。テーブルに鉄板がはめ込まれて、壁に貼られたメニューの短冊《たんざく》には、お好み焼きやホルモン焼きもあった。何人かいた先客にネクタイを締めたひとはいない。みんな酒を飲んでいた。煙草《たばこ》の煙が店の中にたちこめて、割烹着《かっぽうぎ》姿のおかみさんも交えた話し声や笑い声は、怒鳴り合っているんじゃないかと思うほど大きかった。

おじさんはコップ酒とホルモン焼きを注文して、僕にカツカレーを頼んでくれた。最初に「ライスカレーくれや」とおかみさんに言ったあとで、「どうせじゃったらカツも載せてもらうか」と付け加えたから、おじさんなりに僕をもてなしてくれたのだろう。

食欲のなさを割り引いても、カツカレーはひどい味だった。カレーはともかく、トンカツは衣が油くさく、薄っぺらで、肉も筋張って硬かった。それでもしかたなく、ウスターソースをどぼどぼかけて、皿に顔を突っ込むようにして食べていった。

おじさんは火の通ったホルモンをときどき僕のカレー皿に入れてくれた。一度だけ「カレー、うめえか」と訊いて、「うん」と僕が言うと、「なんぼでも食えや、お代わりしてもええど」と笑って、それだけだった。コップ酒を啜って、カウンターに置いてあったテレビのクイズ番組をぼんやり観《み》て、くちゃくちゃと音を立ててホルモンを食べて、先客のおしゃべりに割って入って、苦笑いとうっとうしそうな顔で話から追い払われて、酒のお代わりをして、煙草を吸って、歯の間に挟まったホルモンの筋を指で掻《か》き出して、それだけだった。油やソースの染《し》みが散ったスポーツ新聞を読み、ひいきの広島カープのベテラン選手が自由契約になったことにぶつくさ文句をつけ、一人でカウンターに移っておかみさん相手に競艇の話を始め、おかみさんが声をひそめて誰かのことを話しかけたら、「どげんでもええわい」と吐き捨てるようにさえぎり、「煮るなり焼くなり好きにせえ言うといてくれえ」と酒を呷《あお》って、牛スジのおでんを大鍋から二本取り、そのうち一本を僕に渡して、「カラシをぎょうさん付けて食えよ」と言って、それだけだったのだ、ほんとうに。

僕がカツカレーを食べ終わった頃、おじさんはやっとテーブルに戻ってきた。

「ヒロシ、食うたか」

「……うん」

「よっしゃ」

大きくうなずいたおじさんは、椅子《いす》に腰かける間もなくカウンターを振り向き、「勘定してくれえ」と言った。店を出ると「ここをまっすぐ行って、二本目の角を左に曲がったら駅じゃけん」と通りの先を指差して、その指を通りの反対側に向けて「おじちゃんは、これからパチンコで大勝負じゃ」と笑って、一人でさっさと歩きだして、それっきりだった。

なにも言ってくれなかったし、なにもしてくれなかった。いつものホラ話もなかったし、そもそも僕がなぜ訪ねてきたかさえ、一度も訊こうともしなかった。

がっかりするよりも、あきれて、おじさんに背を向けて歩きだしながら笑った。口の中にはトンカツの油がまだしつこく残っていたが、実際に食べているときにはどうしようもなかったカレーの味は、思いだしているうちに、あれも意外とうまかったんじゃないかという気がしてきた。

無視のいじめはその後もしばらくつづいたが、やがて、なんとなく、なしくずしにグループから脱落する奴《やつ》らが増えてきた。僕を最後まで無視しつづけていたのは五、六人で、その連中とは高校が別々だったので、卒業と同時にいじめは終わった。

おじさんはそれから何度もわが家を訪ねてきたが、あの日のことを蒸し返したりはしなかった。僕もなにごともなかったかのようにおじさんを迎え、ホラ話に笑った。おじさんはまだ覚えているだろうか。「そげなことあったかのう」と真顔で首をひねるかもしれない。そのほうがおじさんらしい。

僕はあの日おじさんになにかを教わったのだろうか。おじさんに救われたのだろうか。

よくわからない。

ただ、いつか恩返しをしなくちゃな、とは思っていた。

結局一度もできないままだった。

4

おふくろの電話を受けた三日後、おじさんの容態は急に悪化した。もう話はできない。疼痛《とうつう》をやわらげるために薬で意識レベルを下げ、酸素吸入と点滴でかろうじて命をつないでいる状態だった。

仕事のスケジュールとカレンダーを何度も見比べて、その週の週末に一人で帰省することに決め、友美に初めておじさんのことを伝えた。

「悪いけど、いいかな」

友美は、もちろん、とうなずいて、「そうかあ、あのおじさん、もう、だめなんだね」と言った。「なんとなく長生きできるようなタイプじゃないな、って思ってたけど」

「だよな……」

「無茶してたもんね」

「無茶苦茶だよ」

大げさに顔をしかめて言うと、友美は、ほんとほんと、と苦笑した。嫌なひとを思いだすような笑い方ではなかったので、ほっとした。

「大変だったけど、まあ、あれはあれで、いい思い出になったよね」

「ああ……そうだな」

友美がおじさんと会ったのは、結婚したときの一度きりだった。そのときのことを振り返ると、親父はいまでも本気になって怒りだす。友美に「ほんまにすまんかったのう」と真顔で詫《わ》びる。

確かに迷惑をかけられた。だが、僕は親父やおふくろが「結婚式をぶちこわしにされた」と言うほどひどいことをされたとは思っていないし、友美もなつかしそうに笑ってくれる。それがうれしい。

「おじさんのこと、嫌いじゃないよな？」

「うん、全然」

おじさんを見舞ったら、そのことを最初に伝えよう。

友美をおじさんに会わせたいと言ったとき、親父はあからさまに嫌な顔をした。いや、それ以前に、親父はずっと不機嫌だった。結婚を決めたときから、さらにさかのぼれば東京で就職すると決めたときから、親父は僕にしかめっつらで向き合うことが増えていた。

僕と友美は、親父の考えるような結婚式や披露宴はおこなわずに入籍した。お互いの友人たちに集まってもらい、ダイニングバーを貸し切りにしてささやかなパーティーを開いて、それでおしまいにするつもりだった。

出張のついでにふるさとに寄って両親に伝えると、予想以上に激しく反対された。親父は、そんな非常識な話があるか、と怒りだした。おふくろも、せめて親戚《しんせき》を集めた食事会ぐらいは開かないと格好がつかない、と言った。そもそも田舎のそういう発想なり価値観なりがうっとうしくて結婚式を端折《はしょ》ったのだが、おふくろに泣かれてしまうと、最後の最後はさすがに折れるしかなかった。

こっちも意地を張ってたのかな、と四十歳になったいまは思う。就職のときもそうだったように、友美と結婚することも両親にはいっさい相談せず、「このひとと結婚するから」と報告しただけだった。子どもの名前も友美と二人で決めた。親父とおふくろがひそかに候補の名前をいくつか考えていたことを知ったときには、俺たちの子どもじゃないか、よけいなことするなよ、と腹が立ったものだが、いまはむしろ、息子になにも相談してもらえなかった両親の寂しさのほうに思いがいく。おじさんとは別の意味で、僕も親不孝な息子だったのかもしれない。

とにかく、入籍をすませたあと友美を連れて帰省することになった。「食事会だからね、みんなで集まって昼メシを食うだけだからね、大げさにしないでよ」とおふくろに念を押し、招待する親戚のリストを確かめた。

おじさんがいない。それも、おふくろが紙に書き出したときにはおじさんの名前もあったのに、それを二重線で消していた。

僕がリストから顔を上げると、おふくろは気まずそうに台所に立ってしまった。

親父に目を移して、僕は言った。

「おじさんもよんでよ」

「身内の恥をさらすこともなかろうが」

恥――と、親父《おやじ》はきっぱりと言った。

僕はため息をついて、「彼女にはもう話してるよ」とつづけた。「おじさんのことは、ぜんぶ、友美も知ってる」

「……どこまで話したんな」

「だから、ぜんぶ」

刑務所のことも、と付け加えると、今度は親父が深いため息をついた。

おじさんはその一年前に詐欺《さぎ》事件の片棒をかついで警察に捕まっていた。再犯だった。懲役六ヵ月の実刑をくらった。親父はなにも言わないが、仕事柄そうとう肩身の狭い思いをしたらしい。もう最晩年だった祖父は「アレは勘当したんじゃけえ」と事件の後始末には一切かかわらず、代わりに親父が被害者に謝罪して、被害額を支払った。教師としての退職金はほとんど消えてしまったという。法的に賠償の義務はないはずでも、親父は黙っておじさんの尻《しり》ぬぐいをした。そして、これも親父から直接聞いたわけではないのだが、ハナさんは親父に「少しでも足しにして」と、自分のへそくりを託そうとしたらしい。親父は受け取らなかった。「気持ちだけでももろうてあ

げればええのに……」とおふくろが言うと、めったに声を荒らげない親父が珍しく、

「おまえは黙っとれ！」と怒鳴りつけたのだという。

祖父はおじさんの服役中に亡《な》くなった。薬問屋のほうはすでに健太さんが取り仕切っていたので、代替わりはすんなりといった。葬儀は盛大だったが、親父は、実の母親の方の親戚へのハナさんの態度が悪かった、とあとで文句を言っていたらしい。おふくろは「そげなことなかったと思うけどなあ、お父さんはとにかくハナさんのやることなすこと気に入らんのじゃけん……」と、ため息交じりに教えてくれたのだった。

「友美さんは、どげん言うとったんな」

親父に訊《き》かれ、「べつに、なにも言ってなかったよ」と答えた。「僕が捕まったわけじゃないんだし、もう刑期を終えたんだから、罪は償ったことになるんだし」

嘘《うそ》をついたわけではない。友美はのんきなほど大らかな性格で、そういうところに惹《ひ》かれて、僕は彼女とわが家をつくることに決めたのだ。

だが、親父は「理屈とは違うんじゃけえ」と言う。僕の答えが不服そうだったし、不安そうにも見える。「ほいで、向こうの親御さんは、どげん言うとるんな」

「はあ？」

「サブの話を聞いたあと、なんぞヒロシに含むものを持っとったりしとらんのか？」

あきれて苦笑した。いかにも親父らしい。体面を気にするというより、僕が友美の両親に対して負い目を感じてしまうことを案じているのだ。

「だいじょうぶだよ、心配しないでよ。おじさんをよばなかったら、かえってヘンだよ」

「ほいでも……サブは飲むど」

「わかってるって」

「飲んだら、ワヤになってしまうど」

でたらめで無茶苦茶になってしまう、という意味の方言だ。おじさんが酔いつぶれてしまうということなのか、僕たちの食事会が大変なことになるのか、たぶん両方だろうとわかるから、僕は黙って笑い返すだけだった。

「まあ、でも、いちばんかわいがっとったヒロシの結婚式なんやけん、三郎さんも無茶はせんとは思うけどねえ」

とりなすように言ったおふくろは、親父が首を横に振りかけると、「一人だけよばれんかったいうたら、あとでもっとワヤなことになるん違う?」とつづけた。

今度は親父も、眉間《みけん》に皺《しわ》を寄せて不承不承うなずいた。

その隙《すき》をついて、僕は「じゃあ、おじさんもよぶってことでいいよね」と早口に言った。

「よんでも、来るかどうかわからんけどな」とおふくろが釘《くぎ》を刺した。

「どのツラさげて来るいうんじゃ、ほんまに……」と親父は不機嫌そうに言って、テレビのスイッチを入れた。

くどいほど念を押した甲斐《かい》があって、駅前のホテルの中華レストランで開いた食事会には、親戚は平服で来てくれた。あらたまりすぎない雰囲気にほっとして、友美と二人で席についた。個室に並んだ円卓はぜんぶで三つ——僕たちは、ハナさんや健太さんと一緒のテーブルだった。健太さんは奥さんと子どもと孫を連れてきていた。同じテーブルの親父は、張り合うつもりだったのかどうか、食事の始まる前から「ウチも次は初孫が楽しみじゃ」と健太さんに何度も言っていた。

同じテーブルに、おじさんの席もある。

だが、乾杯を終えても、おじさんは姿を見せない。

半分覚悟はしていた。招待状の返事は来なかったし、おふくろが電話をかけて確かめても、いかにも億劫《おっくう》そうに「おう、まあ……そうじゃのう……考えときますわ……」と煮え切らない返事をするだけだった。とりあえず席を設けておくことさえ、親父をなだめすかして、なんとか納得させたのだという。

前菜やスープが終わり、海鮮料理の大皿が運び込まれた頃、親父が不意に「のう、友美さん」と言った。呂律《ろれつ》があやしい。さっきから紹興酒《しょうこうしゅ》を飲むピッチが速かった。

「結婚したんじゃけえ、ヒロシの嫁さんになってくれたんじゃけえ、あとは早う子どもを産みんさいよ」

お父さんなに言ってんの、そんなのセクハラだよ、と笑って止めようとしたが、その前に親父はつづけた。

「子どもを産んだら……親は、死んだらいけん。どがいなことがあっても長生きせんといけん。親が子どもにしてやれるいちばんのことは、そこよ。親が元気でおるだけで、子どもは幸せなんじゃ」

背筋がこわばった。ハナさんが聞いている。健太さんも聞いている。

おふくろが肘《ひじ》でつついても、かまわず親父は話しつづけた。

「親は子どもを無理に幸せにせんでもええ。ほいでも、悲しい思いをさせちゃいけん。親が死んでしまういうて……子どもにとって、こげな悲しいことがあるか……」

ハナさんはうつむいてしまい、健太さんはムスッとした顔になった。

そのとき、部屋のドアが開いた。

困惑顔の店員に案内されて入ってきたのは、礼服を着たおじさんだった。足元がおぼつかないほど酔っている。礼服は借り物なのかサイズが全然合っていなかったし、ゆるんだ白ネクタイには醬油《しょうゆ》かなにかの染《し》みもついていた。白髪はぼさぼさで、顔は日焼けとは違う赤黒さに染まっている。一目見て、まともな暮らしを送っていないことはわかった。

それでも、おじさんは僕のために礼服を着てくれたのだ。部屋がしんと静まりかえるなか、よろよろと僕たちのテーブルに来て、「おう、ヒロシ」と昔のように敬礼のポーズをとって、笑ってくれたのだ。

おふくろが「三郎さん、こっち」と席に着かせようとしたが、おじさんは僕のそばに立ったまま、「ヒロシ、よかったのう、べっぴんさんの嫁さんもろうて」と言った。ぎょろりとした目が、見る間にうるんでいく。

「ヒロシ」

「……なに？」

「おじちゃん、刑務所でヤクザの大親分と連れになったんじゃ。もうアレよ、博多《はかた》から広島から神戸から、もう、おじちゃん、怖いもんなしじゃ。ヒロシもなんぞ極道がらみで困ったことがあったら、なんでもおじちゃんに言やあええけんの。遠慮は要らんけえのう」

いつもの――ひさしぶりのホラ話だった。

僕はなんともいえずうれしくなって笑い、おじさんも話がウケたので気をよくして笑った。親父はそんな僕たちをまとめてにらみつけて「サブ、座れ」と言ったが、おじさんは親父を振り向きもせず、テーブルにあった紹興酒のボトルを手に取って、空いていたグラスにどぼどぼと注いだ。

「乾杯じゃ、ヒロシ、乾杯、かんぱーい！」

一人で声を張り上げ、一人でグラスを掲げ、一人で飲み干した。口の端からこぼれた酒がワイシャツを濡《ぬ》らしても気にせず、濡れた口元を礼服の袖《そで》でじかに拭《ぬぐ》った。

「いやあ、ほんま、めでてえのう、めでてえ話じゃ、のう、ヒロシがのう、結婚するんじゃけえのう……」

僕の後ろに回って、肩をもむ。隣に座る友美に愛想良く笑いかけて「わし、サブいいます、よろしゅう頼んます」と、おどけてお辞儀をする。

場は静かなままだった。さっきまでは唖然《あぜん》とした沈黙だったが、いまは違う。やれやれ、とうんざりした思いが部屋ぜんたいにたちこめているのがわかる。ほんとうに親戚中の鼻つまみ者だったのだ、おじさんは。

おじさんは紹興酒をもう一杯飲んで、「ヒロシ、ええもんやる」と礼服の内ポケットから古い写真を取り出した。

セピア色のモノクロ写真――ずっと昔に写真館で撮った記念写真だった。親父とおじさんがいる。祖父がいる。椅子《いす》に座った和服姿のハナさんが抱いている赤ん坊は、おそらく健太さんだろう。親父は坊主《ぼうず》頭で中学の制服を着ていた。まだ幼いおじさんと手をつないで、なにか怒ったような顔をして「気をつけ」をしている。

「おっちゃんの宝物じゃ。ヒロシにやるけん、大事にとっとけ」

「いいの？」

「ずーっと思うとったことじゃ。ヒロシが嫁さんもろうて、一家の大将になったら、これをやろう、決めとった」

おじさんの体が危なっかしく揺れる。僕の椅子の背をつかんでいないと倒れてしまいそうなほど、酔っている。

おじさんは目の焦点を必死に合わせるように僕を見つめ、さらにつづけた。

「体裁やら格好やらは、どげんでもええ。人間、生きとることほど大事なことはありゃあせんよ」

のう、これを見たらようわかろうが、と僕の手の写真に顎《あご》をしゃくる。親父とおじさんに、つい目がいってしまう。親父はおじさんの手をぎゅっと包み込むように握っている。

「死んだらいけん、ほんまに、死んでしもうたらいけん……」

親父と同じようなことを言った。

だが、そこから先が違った。

「死んだらおしまいじゃけん、のう、生きとる者がいちばんじゃけえ、のうヒロシ、嫁さんも、二人とも、のう、生きとる者を大事にして、のう、生きていかんといけん……」

写真の中のおじさんは二歳か三歳だった。右手は親父とつながれていたが、左手は、ハナさんの着物の袖の端を、こっそり、遠慮がちにつかんでいた。

おじさんは三杯目の紹興酒を、グラスからあふれるほど注いで、ごくごくと呷《あお》るように飲んだ。紹興酒はほとんどこぼれ落ちて、ワイシャツや礼服の胸はびしょ濡れになってしまった。

「ヒロシ……よかったのう、よかったのう……バンザイじゃ、バンザイ。めでてえときにはバンザイせにゃいけん、のう、ほんま、よかったのう……これで、わしも、もう余生じゃけん、のう、一丁前になったんじゃもんのう、カズキ……」

名前を間違えた。

おじさんもそれに気づいたのだろう、あわてて「バンザーイ！」と両手を挙げて、腰がくだけたようにその場に尻餅《しりもち》をついた。健太さんが抱え起こす。「おにいさん、だいじょうぶですか」と声をかけると、おじさんは、おう、おう、とうなずいて、泣きながら笑った。

なんとか健太さんの助けを借りて立ち上がったおじさんに、親父は顔をそむけて言った。

「サブ、顔を洗うてこい」

とりなそうとするおふくろの声をはねのけるように、「顔を洗うて、酔いが醒《さ》めんようなら、早う帰れ」と顔をそむけたままつづけた。声は静かだった。顔からは表情が消えていた。だから、もう、おふくろはなにも言えなくなってしまった。

おじさんは僕を見て、いたずらを叱《しか》られた子どものようにへへッと笑って、ふらっく足取りで部屋を出て行った。あとを追おうとした僕は親父に「おまえは座っとれ」と制され、健太さんはおじさん本人に手を振り払われた。おふくろはおろおろと親父とおじさんを交互に見るだけで、さっきからずっとうつむいたままだったハナさんは、ハンカチを目元にあてていた。

おじさんの姿が消え、ドアが閉まると、親戚の誰かが「乾杯のやり直しをしようや」と言った。みんなも「そうじゃそうじゃ」「もういっぺん仕切り直しじゃ」とことさら大きな声で応《こた》え、場はすぐににぎわいを取り戻した。

おじさんは、それきり部屋には戻ってこなかった。

カズキというのはおじさんの別れた息子の名前だと、食事会が終わったあと、おふくろが小声で教えてくれた。

僕がおじさんに会ったのは、その日が最後だった。

食事会が終わって何日かたった頃、おふくろから電話がかかってきて、デパートから配送した内祝いが転居先不明で戻ってきたと知らされた。おじさんは食事会の前から引っ越しの準備を進めていて、あの翌日、部屋を引き払っていたのだと、あとで聞いた。

引っ越し先は誰も知らない。おじさんが親父とおふくろのもとを訪ねてくることもなかった。

そのまま、十年以上の歳月が過ぎた。

ただ一度、今年の春になって、健太さんのもとに電話がかかってきた。ハナさんが施設に入ったと聞くと、黙って電話を切った、という。

そして、夏の終わりかけた頃、おじさんは病院からおふくろに連絡をしてきた。入院費を貸してほしい、という金の無心だった。

おじさんの体はぼろぼろになっていた。自分でもわかっていて、覚悟を決めて帰ってきたのだろう、遠い町で借りていたアパートはすでに引き払われていた。

「最後の最後はやっぱり兄弟のそばにおりたい思うたんよねえ……」

おふくろはそう言って、おじさんのために初めて泣いた。

親父はおじさんの入院費や治療費はぜんぶウチに回すように、と病院に伝えた。

だが、親父はまだおじさんをゆるしてはいない。「知らん町で野垂《のた》れ死にされたら、ほんまに困ろうが」――それはたぶん、親父の本音でもある。

5

土曜日、子どもたちに少し早起きさせて、出がけに携帯電話で写真を撮った。

おじさんに見せたかった。もうおじさんが目を開けることはなくても、ほら、この子たちが僕の息子と娘だよ、と伝えたかった。

大輔も柚美も、会ったことのないおじさんに興味を惹《ひ》かれて「どんなひとなの？」「おじいちゃんに顔似てるの？」と訊いてきた。

うまく説明できない。

「お父さんの大好きなおじさんなんだよ」と答えると、「えーっ、男同士なのに？」「お母さんとどっちが好きなの？」と無邪気な反応が返ってきた。ほっとした。「どこがどんなふうに好きなの？」と訊《き》かれていたら、やはり、うまく説明できる自信はない。

とにかく、僕はおじさんが好きだった。あの頃もいまも、ずっと変わらない。変わったことがあるとすれば、いまの僕は、親父《おやじ》とおじさんが対照的だとは思っていない。確かに性格は違う。歩いてきた道も、まったく違う。それでも、二人は同じぐらい寂しくて悲しいひとだと思うし、四十歳になった僕は、あの頃より親父のことを少し好きになっている。

ときどき思う。食事会のとき、もしもあのタイミングでおじさんが入ってこなければ、親父はどんな話をつづけたのだろう。

僕は死後の世界や霊魂の存在などは信じていない。だが、あの日だけは、親父とおじさんの実の母親が助けてくれたのだと思っている。

飛行機と連絡バスを乗り継いで、昼過ぎにふるさとに着いた。おじさんに連れて行ってもらった駅の裏の飲み屋街は、十年ほど前の再開発工事でオフィスビルの建ち並ぶ一角に変わってしまい、あの頃の面影はすっかり消え失《う》せていた。食事会を開いたホテルも数年前に大手ビジネスホテルチェーンに買収されて、名前が変わった。

時代が流れる。子どもだった少年はおとなになり、おとなだったひとは年老いていく。そんな大げさな言い方も、もうそれほど気恥ずかしくない歳《とし》になった。

おじさんには詐欺《さぎ》の相棒や博打《ばくち》仲間以外の友だちがいたのだろうか。親友と呼べるような友だちはどうだろう。別れた奥さんと会うことはあったのだろうか。僕と同い年だというカズキさんとは、どうだったのだろう。もっと聞いておけばよかった。もっと知りたかった。だが、おじさんはどうせ答えてくれなかっただろう。僕もまだ子どもだった。おとなになって、世の中や人生のことが少しずつわかるようになった頃には、おじさんはもうふるさとから姿を消していた。

後悔や、心残りや、言いそびれたままになってしまったことは、たくさんある。それでも、そういうのがなにもないというのも、おじさんらしくないかな、という気もする。割り算の答えの「余り」のように、どうにも収めようのないものが胸にいくつ

と割り切ろうとするそばから、苦い半端《はんぱ》なものが胸に溜《た》まる。それが生きるということだ、と割り切ろうとするそばから、

も残ってしまう。それが生きるということだ、と割り切ろうとするそばから、苦い半端《はんぱ》なものが胸に溜《た》まる。

中学三年生の秋に僕を最初に無視した連中とは、十年ほど前に同窓会で一緒になった。もともとは気の合う仲間だったので昔をなつかしみ、再会を喜び合った。そのうち何人かとは年賀状のやり取りが始まり、帰省すると酒を飲むこともあるが、僕たちはお互いに、どんなに酔ってもあの何カ月かのことは口にしない。恨んではいないが、忘れてもゆるしてもいない。僕が冗談のつもりで悪口を言ったあいつも、同じように僕を見ているかもしれない。それでいい。僕たちはそうやって、それぞれの人生を生きていく。寂しいことかもしれないけどな、とまた一つ、「余り」が胸に降り積もる。

病室には、おふくろだけがいた。

ナースステーションのすぐそばの個室——ゆうべ遅く、いままでの六人部屋から移された。最期《さいご》の時が近い。部屋の壁に時計はなかったが、心電図のパルス音がおじさんの人生の残り時間をカウントダウンしているように聞こえる。

おじさんは酸素吸入のチューブを鼻に挿して、昏々《こんこん》と眠っていた。ずいぶん痩《や》せた。体ぜんたいが小さくなった。親父よりも十歳も年下なのに、顔は皺《しわ》だらけで、髪の毛

もほとんど残っていなかった。

来たよ、と僕は笑っておじさんを見つめる。ひさしぶり。僕は元気でやってる。おとなになった。子どもが二人。あとで写真を見せてあげる。僕たちが結婚したあとの話を、たくさん聞いてほしかった。おじさんの話も聞きたかった。どこにいて、なにをやって、きっとうまくいかないことのほうが多かったんだろうな。

「三郎さんは苦労してきたけん、最後ぐらいはゆっくり眠ればええんよ……」

おふくろはおじさんの手をさすりながら涙声で言った。

「苦労っていうほど、まじめに生きてこなかったんじゃない？」

重い空気から逃れたくて混ぜ返すと、「なに言うとるん」と叱られてしまった。「三郎さんは、ずうっとずうっと苦労して、寂しい思いをしてきたんよ」

「……うん」

「優しいひとやもん、なあ、三郎さん」

返事は、もちろん、ない。僕もつまらない軽口を悔やんで、ごめん、とおじさんに小さく頭を下げた。

「まだ意識のある頃、ようあんたの話をしとったんよ。ヒロシは元気でしよるんじゃろうか、仕事も大変なんじゃろうか、いうて……もうヒロシも四十なんじゃけん言うたら、びっくりしとった。ずうっと若い頃のままじゃ思うとったんじゃろうなあ」

「子どもの頃のままなんだよ」

「そうかもしれんねえ」

僕は部屋の隅にあったパイプ椅子に座り、殺風景な病室を見わたして、おじさんの姿を風景の中に溶け込ませた。おふくろが「こっちに来ればええが。場所、代わってあげるけん」と言ったが、首を横に振った。遠くでいい。ホラ話をするときのおじさんのおどけた笑顔を、そのまま記憶に残しておきたい。

「親父《おやじ》は?」

「中庭に散歩しに行っとる。外の風にあたりたい、いうて」

「でも……そんなことをしている場合じゃないだろ」

「もういけんのよ、三郎さん。生命維持装置いうんかなあ、そこの枕元《まくらもと》の機械で心臓を動かしてもろうとるだけじゃけん、スイッチを切ったら、もうおしまい」

僕が病院に来るまでは、と親父が主治医に頼み込んで、機械のスイッチを切らずにいてくれたのだという。

「だったら……」

「中庭をぐるっと回ってきて、戻ってきたら、それでお別れじゃねえ、三郎さん……

痛い思いして、ようがんばってきたんじゃもん、もうええなあ、ゆっくり休もうなあ……」

おふくろはおじさんの手をさすりながら、子守歌を口ずさむように言った。

終わりなのか──。

もう、おじさんは、遠くへ旅立ってしまうのか──。

覚悟はしていたはずなのに、ずしんとした重いものが胸に溜まってくる。

「なあ、三郎さん、向こうに行ったら、お母ちゃんに甘えんさいよ、お母ちゃんも待ってくれとるけんなあ、ずうっと待ってくれとったんやけんなあ……」

「お母さん」

「……うん？」

「ハナさんには会えたの？　おじさん」

おふくろは僕を振り向いて、ゆっくりと、嚙《か》みしめるようにうなずいた。

ハナさんが健太さんに付き添われて病室を訪ねたのは、おとといだった。

おじさんはまだ個室には移されていなかったが、ぼんやりと薄目を開けているだけで、話のできるような状態ではなかった。

ハナさんのほうも認知症に加えて体がそうとう衰弱していた。車椅子《いす》で外出することさえ体調のいい日でないと難しいので、見舞いに来るのが遅れてしまった。

健太さんはそれを申し訳なさそうに詫《わ》びてから、施設から病院に向かう車の中での出来事を教えてくれた。

ハナさんは不意に「サブちゃんが来てくれたんよ」と言ったのだという。健太さんが苦笑して「違うがな、お母ちゃん。いまからサブさんのところに見舞いに行くんじゃがな」と言っても、「来てくれたんじゃ」と譲らない。

健太さんも半信半疑ながら話を合わせて、「いつ来てくれたんな」と訊いた。「サブさんは八月の終わり頃から入院しとるんじゃけん、その前じゃったんか？」

「そうじゃ」とハナさんは答えた。きっぱりとした口調で、ふと正気に戻ったような表情でもあったらしい。

「春にな、なんべんも来てくれたんよ、サブちゃん。一緒にお花見をしてなあ、お弁当も食べて、お母ちゃんお母ちゃん言うて、甘えてくれてなあ……」

「お花見いうて、どこに行ったんな」

施設から車椅子を押して行けるような距離に、桜はない。

「お城山の公園じゃ」

「お城山いうて……」

ふるさとの町の城址《じょうし》公園は確かに花見の名所だが、施設は車で一時間近くかかる山あいにある。

「サブさんが車で連れて行ってくれたんか？」

「歩いて行ったんじゃ、サブちゃんと手をつないで」

「サブさん、子どもじゃったんか？」

ハナさんは真顔で「ありゃあ？」と首をかしげた。「どっちじゃったかなあ、もうおとなじゃったかなあ、子どもじゃったかなあ……お母ちゃん、ようわからん……」

健太さんはため息を呑《の》み込んで「もうええよ」と言った。「ちょっと寝んさいや、お母ちゃん」

しばらく黙り込んだあと、ハナさんは「ああ、そうじゃ」と忘れていたことを思いだした顔と声で言った。

「なあ健ちゃん、これ見て」

身の回りのものを入れた巾着《きんちゃく》袋を探り、「母の日じゃけん、いうてサブちゃんにもろうたんよ」とうれしそうに言って取り出したのは、小さながま口の財布だった。まだ新しい。健太さんには見覚えがなく、面会に訪ねた親戚《しんせき》や知り合いの誰からも、財布をプレゼントしたということは聞いていなかった。

話を終えた健太さんは、おじさんの反応がないのを確かめて、親父とおふくろに言った。

「ほんまかどうか、訊けるもんならサブさんに訊いてみようか思うとったんですけど……やっぱり、わからんままにしといたほうがええんかもしれませんなあ」

おふくろは無言でうなずいたが、親父は窓の外に目をやって、なにも応《こた》えなかった。

ハナさんは病室にいる間はずっと、きょとんとしていたという。まぼろしの世界に迷い込んだまま、健太さんが耳元でおじさんの容態を話しても、表情は変わらなかった。

だが、最後の最後に、ハナさんは車椅子から身を乗り出して、おじさんの頬に触れたのだという。痩せこけた頬を、小さく、そっと、さすったのだという。

「じゃけん、わたしは、ほっぺはさわらんの。わたしがさすってあげるんは、手だけ」

おふくろはまた子守歌を口ずさむように言って、「なあ、三郎さん」とおじさんに声をかけた。

僕は椅子から立ち上がる。

「親父、呼んでくるよ」

おう、ヒロシ、頼むわ——。

おじさんの声が背中に聞こえたような気がした。


親父は中庭のベンチに座って、葉を落とすポプラの木を見上げていた。隣に腰を下ろした僕には目を向けず、「会《お》うたか」と訊く。うなずくと、「痩せてしもうとったろ」と言う。淡々とした口調だった。「ばあさん、すっかり情が移ってしもうて、よう甲斐甲斐《かいがい》しゅう面倒見てくれとる」とつづけたときには、頬もかすかにゆるんだ。

「ハナさんとも会えたんだってね」

「まあ……話もできん、自分がどこにおるんかもわからんて、会うたうちに入るかどうか知らんがの」

「お父さんはどう思う？　お花見と財布のこと」

親父は少し間をおいて、「ホラ吹きと認知症いうて、ええ親子じゃがな。ちょうど似合いじゃ」と言った。

「ハナさんの話、信じてない？」

親父は黙っていた。散ったポプラの葉が地面に落ちるのを待って、僕はつづけて訊く。

「おじさんが入院してから、なにか話はしたの？」

「たいしたことはしゃべっとらんよ」

「そう？」

「……いまさら、そげんしゃべるようなことはありゃあせん」

やはり最後まで、親父はおじさんをゆるさないままなのだろうか。それが悔しくて、悲しかった。おじさんよりも、むしろ親父のために。

「おじさんが死ぬのって、悲しい？」

返事はない。

「せいせいする、っていう感じなの？」

返事はなかった。

また新しい「余り」ができた。今日一日で、いったいどれだけの「余り」が積み重ねられたのだろう。かといって、新しい「余り」と入れ代わりに古い「余り」が消えてくれるわけでもない。

昔は思っていた。子どもの頃は割り切れないことも、おとなになればうまく「余り」なしでやっていけるようになるだろう。おとなにならないとわからない、「余り」の出ない割り算のやり方というものがあるのだろう。過ぎたことにくよくよしたり納得のいかない思いに包まれたりするたびに、早くおとなになりたい、とつぶやいていた。

だが、そうではなかった。おとなになっても「余り」は減らない。それどころか、子どもの頃には見過ごしていた「余り」にまで気づいてしまう。

おとなになるというのは、「余り」の出ない割り算を覚えるのではなく、「余り」を溜め込んでおく場所が広くなる、というだけのことなのかもしれない。

親父はポプラを見つめたまま、東京のわが家の様子を訊いてきた。僕も、散り落ちるポプラの葉を目で追いながら、大輔と柚美の近況をぽつりぽつりと伝えた。揺れながら落ちる葉っぱは、途中で風にあおられ、何度か裏返りながら、地面に着く。風はそれほど強くなかったが、冷たい。この街は山が近いぶん、秋が深まるのも早い。さらに奥のほうにある親父のふるさとは、もう山が冬枯れているだろう。

「みんな元気なんじゃったら、それがいちばんじゃ」

「二人ともけっこう生意気になってきたけどね」

「家族いうんは、そげなもんよ」

「うん……」

「難しいんよ、家族は」

親父はそう言って、よっこらしょ、とつぶやいて立ち上がった。

病棟のほうへ歩きだす。結局僕とは一度も目を見交わさなかった。だから僕も、親父の背中に向かって訊いた。

「おじさんって、別れた奥さんとか子どもとか、会ったことなかったの?」

親父は立ち止まらず、振り向きもせずに、「わからんかった」と言った。「できるだけの手は尽くしてみたんじゃが……どこに住んどるんかもわからんかった」

「探してくれたんだ」

「サブも、家族には縁の薄いままじゃった」

こっちの問いに答えているわけではなかったが、僕は親父に追いついてしまわないよう足の運びを調整しながら、うなずいた。

病棟が近づいてくる。おじさんの臨終の瞬間が、一歩ずつ、迫ってくる。

「わしのこと……兄ちゃん、言うとった」

親父はぽつりと言った。「おじさんが?」と訊くと、「子どもに返っとったんじゃろ」と突き放すようにつづけ、「兄貴、兄貴……」とおとなになってからの呼び方を繰り返しつぶやいてから、「わしは、兄ちゃんのほうがええのう」と声が笑った。

「お父さん、覚えてる？　おじさんが僕にくれた写真のこと」

「おう……」

「まだ持ってるよ。飾ってるわけじゃないけど、大事にして、ちゃんと持ってるから」

親父は黙って足を速め、何歩か進んだところで立ち止まった。

空を見上げる。曇り空だったが、空は明るく、雲の切れ間から陽光が幾筋も射《さ》していた。

「泣くじゃろうかのう、泣かんのじゃろうかのう」

機械のスイッチを切り、おじさんが息を引き取った瞬間——。

親父の声もさっきのおふくろと同じように、子守歌に似た抑揚がついていた。

「……自分でもようわからん」

わからんのよ、ほんま、とつづけた。

「さんざん迷惑かけられたしね」と僕は言う。この歳《とし》になって初めて、親父を背中から包み込むような言い方ができるようになった。

ほんまじゃ、と親父は肩を揺すって笑った。

笑いが消えたあとも、肩は小刻みに揺れつづけていた。

永遠

1

体育館を出ると、陽はもうだいぶかげっていた。夕暮れが早くなった。渡り廊下を吹き抜ける風が、梢《こずえ》に残っていたイチョウの葉をぱらぱらと落としていく。首に掛けたタオルで顔の汗を拭《ふ》いた。火照《ほて》った頬《ほお》は、外の風にあたるとたちまち寒さにこわばってしまう。今度の週末にはコタツを出そう。タンスにしまいっぱなしだったコートも出して、にごり湯タイプの入浴剤をまとめ買いしよう。教師になって五度目の秋が、もうすぐ終わる。

「せんせい、バイバーイ」「またねーっ」「お疲れーっ」「でしたーっ」

体育館から駆けだした子どもたちが、次々にわたしを追い越していく。コートを一時間走りまわったあとでも、元気がありあまっている。男女とりまぜて、小学四年生から六年生まで――「若さ」と「幼さ」の狭間《はざま》にいる年頃だ。ふわふわとした無邪気さは体や心から少しずつ失せても、まだ思春期のヨロイをまとうほどではない。甲高い声をあげながらボールを追《お》う姿を見ていると、ときどき、命が丸裸になって走っているような気さえする。

「服を着替えてから帰らないと、風邪ひいちゃうわよ」

子どもたちの背中に声をかけた。「はーい」「うーっす」と返事はしても、どうせ体操着のまま汗も拭かずに更衣室で騒ぎ、教室で騒いで、寄り道しながら、陽が暮れきるまで家には帰らないのだろう。

まあいいけど、と苦笑してタオルを首に掛け直したとき、後ろから「せんせい」と呼ばれた。男の子の、ちょっと沈んだ声――六年生の石川《いしかわ》くんだった。

「今日、サイコーだったね。ジャンプシュートよく決まってたじゃない」

笑ってあげた。「せんせいが、いいパスたくさんくれたから」と首を横に振った石川くんも、「シュートを決めたのは石川くんの実力だよ」とつづけると、やっとはにかんで頰をゆるめた。

「お母さんと話をしたの?」

笑顔のままで話したかったけど、石川くんは頰をすぼめて無言でうなずいた。

「やっぱり、受験に集中する?」

「はい……」

石川くんは中学受験をする。二学期が始まった頃からずっとなやんでいた。受験勉強に打ち込むためにバスケットボール部をやめるか、受験をしない友だちと一緒に卒業までつづけるか。その結論が、十一月も半ばをすぎて、やっと出た。今日が石川くんにとっては最後の練習になる。

「まあ、そのほうがいいかもね。受験は一生のことなんだし、バスケは中学に入ってからまたやればいいんだから」

去年も、おととしも、そして今年、もっと早い時期にバスケ部をやめた子どもたちにも、同じことを言ってきた。「部」といっても大会を目指す本格的なものではない。放課後に体育館を使って、練習をしたりミニゲームをしたりするだけだ。四年生以上なら誰でも参加できるし、いつでもやめられる。なんとなく常連が生まれ、なんとなく「バスケ部」と呼んでいるだけで、受験勉強と引き替えにつづけるようなものではないことは、わたしも認める。

「お母さんから聞いたけど、今度、特訓コースに上がったんだって？　すごいじゃない」

駅前の進学塾でいちばんレベルの高いコースだ。十月の模試で好成績をとったので、それまでの錬成コースから昇格した。バスケ部をやめさせることを電話で相談してきたお母さんは、昇格のよろこびよりも、むしろ次の模試で失敗して降格されることを案じて、「受験まで特訓コースでやらせたいんです」と繰り返した。だからもうバスケはできない。よくわかる。ものごとに優先順位をつけなければならない時期が来たんだ、とも思う。

「バスケはちょっとだけお休みして、いまは勉強をがんばってよ。せんせいも応援してるから」

ねっ、と笑いかけた。でも、石川くんは黙ってうなずくだけだった。

「受験が終わったら、また練習においでよ」

下を向く角度がさらに深くなる。うなずくというより、うつむく、というより、うなだれる。

そんなに落ち込むことはないのに。六年生の受験組で最後までバスケをつづけた。うまかったし、なによりバスケが好きだった。それだけで、もう、じゅうぶんなのに。

私はあらためて笑顔をつくって、つづけた。

「みんな待ってるから」

すると、石川くんはうなだれたまま首を横に振って、消え入りそうな声で言った。

「タクが、もう来るな、って……」

「小島《こじま》くん？」

「……裏切り者って」

小島卓也《たくや》くんは、石川くんと大の仲良しの同級生だ。四年生の四月にバスケ部に入ったときも、二人そろって体育館に来た。パス練習も、シュート練習も、1on1《ワンオンワン》のときも、いつもコンビを組んでいた。直接のクラス担任ではないわたしにも、二人の仲の良さはよくわかる。

「小島くん、最近ずっと休んでるね、練習」

「……だって、オレがいるから」

「どういうこと？」

「オレの顔なんて見たくないから、あいつサボってる。だから、明日から来るよ」

ため息を呑《の》み込んで「教室にいるときはどうなの？」と訊《き》くと、石川くんは「ずっと無視されてる」と声を震わせた。ひょろっと背の高い体が、急にしぼんだ。これ以上話をつづけると泣きだしてしまうかもしれない。

「すぐに仲直りできるって。小島くんだってわかってるんだから」

軽く言って、「受験が終わったら、また名コンビ復活だよ」とも付け加えた。

石川くんもやっと顔を上げて「うん」と応《こた》えた。「さよーなら」と会釈《えしゃく》して駆けだす背中に「勉強がんばれーっ」と声援を送ると、走りながら振り向いて笑った。

わたしの激励に、かえって気をつかったのだろうか。それとも、ほんとうに、少しだけでも元気になってくれたのだろうか。

どっちにしても、石川くんは賢い子だから、やがて気づくはずだ。勉強が得意ではない小島くんも、もしかしたら先に気づいていて、だからすねてしまったのかもしれない。

二人の名コンビは、復活してもすぐにまた終わってしまう。小島くんは地元の公立中学に進学する。石川くんは私立を何校も受験すると言っていたから、よほどのことがないかぎり、どこかに受かるだろう。小学校を卒業すると、お別れだ。そして、その後の二人の人生が交わることはもうないだろう。

わたしはそれをよく知っている。

知っているのに、子どもたちには「いまの友情は永遠だよ」などと言う。

そんな自分が、ときどき、嫌いになる。

陽の暮れ落ちた団地の公園で、ずんぐりとした人影が動いていた。的のついた壁に向かってサッカーボールを蹴《け》っている。跳ね返ってくるボールをどすどすとした足取りで追い、いちいちボールを足元で止めてから、不格好なしぐさで蹴る。そうしないとたいがい空振りしてしまうし、止まっているボールでさえ、足がまともに当たることのほうが少ない。

いまも——ズックの外側でこするように蹴ってしまったのだろう、ボールは的を大きくはずれて斜めに転がっていった。

しょんぼりして丸くなった背中に、わたしは苦笑交じりに声をかけた。

「ユウちゃん」

振り向いたユウちゃんは、度の強いメガネの奥で目を細めたり見開いたりして、わたしだと気づくと安心したように笑った。

「おかえり、おねえちゃん」

「サッカーしてたの？」

「うん」

「一人で？」

「まってるけど、だーれもこない」

間延びした声で言う。それが、ユウちゃんのいつものしゃべり方だ。

「温泉のモト、新しいの買ってきたよ」

「こんどはなにいろ？」

「白。にごり湯。ほんものの温泉みたいだよ、もう冬だから、そのほうが温かいよ」

うわあっ、とユウちゃんは歓声をあげた。まんまるな顔は笑うと両頬がぷくんとふくらみ、メガネが持ち上がってしまう。

「だから、おねえちゃんと一緒に帰ろうよ。もう暗くなったし、Tシャツ一枚だと寒いでしょ」

ベンチにはウインドブレーカーとセーターがくしゃくしゃに丸まって脱ぎ捨ててある。きっとお母さんが出がけに無理やりユウちゃんに着せて、ユウちゃんは公園で遊びだすなり脱いでしまったのだろう。

「服、持っておいでよ」

「きると、あつい」

「着なくていいから」

「かえるの？」

「帰ろうよ。もうすぐ晩ごはんだし」

「だって、まだ……」

ユウちゃんは薄暗い公園を見わたした。誰もいない。どんなに待っていても、ユウちゃんの友だちはきっと誰も来ない。

「あ、ごめん、さっき電話があったの。トモヤくんとカナちゃんとマリちゃんから。みんな急に用事ができたから、遊べなくなっちゃった、って」

ユウちゃんは「そうなの？」と聞き返し、なーんだ、と拍子抜けした顔になった。なにも疑わない。そして、怒らない。子どもの頃からずっと、二十四歳になったいまも、おおらかで、のんびりしていて、優しくて、テンポが遅くて、ものの考え方や好みがみんなとはちょっとずれていて、だからいつもユウちゃんはひとりぼっちだ。

「おねえちゃん、サッカーやらない？」

「今日はもう遅いから、また今度ね」

「こんどって、いつ？」

「もっと明るいとき」

それで素直に「わかったぁ」とうなずいてくれる。いつになるかわからない「こんど」を楽しみに、にっこり笑ってくれる。

どたどたとベンチに向かって走る。XLサイズのウインドブレーカーとセーターをまとめて首に巻きつけて戻ってくる。大きな体だ。首が太くて短く、頭も大きい。手足のついたダルマみたいだと、子どもの頃、意地悪な同級生の男子に悪口を言われたことがある。

「帰ろう、ユウちゃん」

幼なじみの友だちは、もう誰もいない。

「ほら、帰るよ」

団地は住民の入れ替わりが速い。ユウちゃんを子どもの頃から知っているひとも、ずいぶん減った。

「今日はもう誰も来ないって。また明日、ね」

小さな子どもには人気者なのだ。地元の小中学校の養護学級に通っていた頃は、毎年順送りのように、公園で一緒に遊ぶ友だちが何人もいた。子守り代わりに子どもをユウちゃんと遊ばせるお母さんだっていたほどだ。

でも、友だちは、せいぜい小学二年生あたりまで。三年生になると、みんなユウちゃんから離れていく。今年の友だちも、二学期になってから約束をすっぽかすことが増えてきた。

トモヤくんとカナちゃんは二年生だから、そろそろ、だろう。カナちゃんの妹のマリちゃんは一年生だけど、おねえちゃん抜きでユウちゃんと遊ぶことはなさそうだ。

その下の歳《とし》の友だちはいない。ユウちゃんはおとなになって、団地にもユウちゃんのことをよく知らない新しい住民が増えて、友だちの系譜はたぶん今年で途切れてしまう。

「べつにいいよね、もうね、公園で遊ばなくてもね」

「うん？　なにが？」

「だってユウちゃん、仕事してるんだし」

「きょう、ほめられたよ」

「すごいじゃん、さすが班長」

ユウちゃんは昼間は木工所で働いている。手先は不器用でも仕事ぶりは真面目《まじめ》そのもので、いつも社長さんに感心される。同じようにほんのちょっと社会からずれているひとたちと組んだ班で、この秋からは班長までつとめている。

給料は安くても、居場所があるだけでいい。ユウちゃんを頼りにしてくれるひとがいるというだけで、涙が出そうなほどうれしい。

給料だって来年からは上がるのだ。おひとよしのユウちゃんに、守るべきわが家ができるから。

新しい暮らしを始めるから。

結婚式は、二月だ。

2

石川くんが言っていたとおり、小島くんは翌日からまたバスケ部の練習に参加した。

でも、いままでとは違う。相棒がいなくなった小島くんは、見るからに元気がなく、急ごしらえの五年生とのコンビではつまらないミスばかり繰り返した。

「小島くん、集中！」

声をかけると、よけいなお世話だ、と言わんばかりに口をとがらせる。機嫌が悪い。自分のミスなのにまわりをキツい言葉で責めて、四年生の子を涙ぐませてしまったりもする。

二人のクラス担任の中原《なかはら》先生によると、小島くんに付き合って石川くんと口をきかない子が少しずつ増えているらしい。みんな中学受験をしない子どもたちだ。

「友だちが私立に行くっていうのは、応援してあげたい気持ちもあっても、やっぱり本音では面白くないんですよ。ひがんだりねたんだりっていう以前に、寂《さび》しいんですよ、自分たちだけ取り残されたような感じで」

ベテランの中原先生は、六年生を何度も担任して、似たようなケースの対応にも慣れている。「それがいいことなのかどうかは別として」と前置きして、小島くんに絶交されてしまったことは、かえって石川くんにはプラスになるだろう、とも言う。

「残酷なようですけど、同級生がみんな同じ道に進むなんてことはないわけで、分かれ道はこれからたくさんあるんです。いまは、その最初の分かれ道なんですよ。なまじ小島たちと仲良しのままだと、石川もちょっと意志の弱いところがありますから、遊びに誘われたりしたら断れないでしょう。そういうのが積み重なって勉強が遅れていくと、あとで後悔しても遅いんです。それを思うと、石川も逆に割り切れるんじゃないですかねえ」

実際、石川くんはひとりぼっちになってしまったわけではない。中学受験をする同級生と仲良くしているし、塾でも新しい友だちが何人もできたのだという。

「小島も、いまは駄々《だだ》をこねてるだけですよ。根っこは素直で単純な奴《やつ》ですし、ほかの連中も本気で石川をのけ者にしてるわけでもないんで、まあ、しばらく様子を見てればいいんですよ。へたに話を大げさにしちゃうと、石川にとってもマイナスだと思うし」

中原先生の言うことはよくわかる。きっとそれがいちばん正しい対応なのだろう。

でも、最後の練習の日にしょんぼりとしていた石川くんの姿が、まだ忘れられない。不意にカンシャクを起こして、ドリブルしていたボールを床に叩《たた》きつける小島くんを見ていると、ほんとうの寂しさは、無視された石川くんではなく、むしろ小島くんのほうにあるんだろうな、とも思う。あの日の石川くんは、自分のことよりも、小島くんに寂しい思いをさせてしまうことのほうが寂しかったのかもしれない。

一人で旅立つのと、その場に取り残されるのとでは、どちらが寂しいか——。

答えはいつも、ユウちゃんが教えてくれている。

十一月最後の週末、ユウちゃんの結婚式の衣装合わせをするために、家族みんなでホテルに出かけた。

入場のときはウェディングドレスとアスコットモーニング。おなかがぽこんと出たユウちゃんがモーニングを着ると運動不足のペンギンみたいだけど、試着室まで付き合った木工所の社長さんは「いいぞ、ユウ、男前」とうれしそうに言ってくれた。

結婚相手のマナミちゃんは、社長さんの一人娘だ。ユウちゃんより二つ年上で、ユウちゃんと同じ先天性の症候群を持って生まれてきた。

社長さんがユウちゃんたちを雇ってくれるのも、マナミちゃんがいたから。口ではある。
「マナの婿《むこ》探しもしなくちゃなんないからな」なんてことを言うけど、ほんとうはみんなに居場所と生き甲斐《がい》を与えてくれているんだと、従業員の家族は誰でも知っている。

モーニング姿のユウちゃんがロビーに出ると、ちょうどマナミちゃんの試着室のドアも開いた。純白のウェディングドレスは丈が長すぎて、ウエストははち切れそうで、おまけに歩き方がユウちゃんと同じようにどたどたしているものだから、着付け担当のおばさんはなんともいえない困った顔をしていた。寸法直しにはそうとう手間がかかるだろうし、ひょっとしたら仕立てたほうが早いかもしれない。

でも、マナミちゃんはとてもうれしそうで、とても幸せそうだった。

社長さんも「きれいだなあ、マナ、きれいだなあ……」と涙ぐんで、何度も大きくうなずいた。「だめですよ、涙は本番までとっとかないと」と言う奥さんも、赤く潤《うる》んだ目にハンカチをあてる。それを見たわが家の両親までもらい泣きしてしまった。

気持ちはわかる。一人ぐらいは冷静なひとがいなくちゃ、とデジタルカメラでユウちゃんとマナミちゃんを撮るわたしだって、胸がじんと熱くなっている。

ユウちゃんを育てあげるまでに、両親はほんとうに苦労してきた。その苦労を誰よりもわかってくれるのは社長さんだった。「ウチなんかは自営だから時間の融通も利《き》くけど、おたくは勤め人だから大変だっただろう。よくがんばったよなぁ」——年上の社長さんに初対面で言われたお父さんは、男泣きに泣いた。職業訓練校を出て就職したばかりの頃、仕事にも世間にも不慣れなユウちゃんは、たくさん失敗をした。そのたびに社長さんが頭を下げてくれた。ユウちゃんが百万円以上もする製材機を壊してしまったときも社長さんは一言も責めず、ケガがなかったことをなによりよろこんでくれて、あとでそれを知ったお母さんは、翌朝になってもまぶたの腫《は》れがひかないぐらい派手に泣いた。

もちろん、社長さんや奥さんにも、たくさん苦労はあった。特にマナミちゃんは心臓の手術を二回も受けたから、命についての悲しみや不安は、わが家よりもずっと深かっただろう。ユウちゃんとマナミちゃんが仲良しになり、お互いに特別な存在になって、「けっこん」なんていう言葉を舌足らずに口にするようになったとき、真っ先に二人を応援して、困惑するだけだったウチの親を説得したのも、社長さんだった。だから、二組の家族が顔を合わせたときは、みんな、いつも、にこにこ笑っている。幸せな空気が私たちを包み込んでくれる。ユウちゃんもマナミちゃんも、おだやかな微笑《ほほえ》みを絶やさない。ひとを疑ったり、嫌ったり、出し抜こうとしたりすることが、いっさいない。ユウちゃんだけを見ていると、ときどきせつなくなってしまうけど、マナミちゃんと二人揃《そろ》うと、のんびりとしたおだやかさがこっちにも伝わって、人間ってこれでいいんだよ、これでなくちゃいけないんだよ、という気にもなる。

「よし、じゃあ今度はお色直しのドレスとタキシードだな」

お父さんの言葉をしおに、主役の二人はまた試着室に戻った。ウチの両親はユウちゃんに付き添い、社長さんの奥さんもマナミちゃんの手を引いてロビーをあとにした。

わたしは——「サキちゃん、ちょっといいかな」と社長さんに呼び止められてロビーに残った。

結婚式のことで相談がある、という。

ソファーに座った社長さんは、背広のポケットから煙草《たばこ》とライターを取り出して、灰皿がないことに気づくと「最近はほんとに煙草を吸える場所がなくなっちゃったよなあ」と苦笑した。安くてキツい煙草を一日に二箱も吸うヘビースモーカーだ。おかげで顔はいつも脂《あぶら》ぎっているし、歯もヤニで汚れている。ネクタイは地味すぎて、脚を組むとズボンの裾《すそ》から脛《すね》も覗《のぞ》く。でも、社長さんのそういうところが、わたしは好きだ。

「中庭に出たら喫煙コーナーありますよ」

「いや、いいよ、ここで」

火の点《つ》いていない煙草を指に挟んだまま、社長さんは話を切り出した。

「せっかくだから、結婚式、ユウの友だちもよぼうと思ってるんだ」

木工所の仲間は当然、全員招待する。同じ症候群の『親子の会』で知り合った友だちにも来てもらう。ウチはそれだけで十分だと思っていたけど、社長さんは「外の世界の友だちにも祝ってもらいたいだろ、やっぱり」と言う。外──要するに、こういう言い方はしたくないけど、「ふつう」の友だち。

「マナも、子どもの頃によく遊んでもらってた近所のおねえさんをよぶんだ。案内状も自分で書くって言って張り切ってるよ」

マナミちゃんはちぎり絵が得意だ。きっと、こまかーく、こまかーく、きれいな花模様をつくるんだろうな。クスッと笑うと、社長さんは自分のことのように照れくさそうに口元をゆるめて、「ユウにもそういう友だちがいるんじゃないかと思って、訊《き》いてみたんだよ」と言った。「いまいちばん会いたい友だちって誰だ、って」

「……どうでした？」

「なやんでたよ、うーん、うーん、って、ほら、あいつクソ真面目だから」

わかる。要領が悪くて融通が利かない。

「三日ぐらい考えて、やっと決めて、名前を教えてくれたんだよ。でも、いまはどこに住んでるかわからないって言うんだよ」

「団地だから、引っ越しちゃった友だちも多いんですよ」

「そうみたいだな。でも、居場所がわかるんだったら招待状ぐらい出したいよなあ、ユウに会わせてやりたいよなあ、やっぱり」

わたしもそう思う。要領が悪くて融通が利かないユウちゃんだから、なやんだすえに決めたことは、さらりと出した答えよりずっと重くて大切だ。

「友だちの名前、なんていうんですか？」

「シノケンってユウは言ってたけど……どうだ、覚えてる？」

すぐには思いだせなかったけど、「一緒に冒険したって言ってたぞ」の一言で、記憶があざやかによみがえった。

いた。そうだ。シノケン。ずっと昔に同じ団地に住んでいた年下の友だちだ。

ユウちゃんは小学六年生だったと思う。シノケンは小学二年生だったと思う。梅雨どきに引っ越してきたシノケンは、すぐにユウちゃんと仲良しになって、毎日のように公園で遊んでいた。いまにして思えば、新しい学校に馴染《なじ》めなかったのかもしれない。

「けっこうヤンチャな感じの子だったんです、シノケンって。でも、お父さんがいなくて、お母さんと二人暮らしだったと思うんですけど、ちょっと寂しそうなところもなあ」

「わかるわかる、ユウやマナみたいな子は不思議と、寂しい子と友だちになるんだよあったかなあ……」

しんみりと言う社長さんに、ですね、と笑って応《こた》えて話をつづけた。

「冒険」は夏休みだった。公園で遊んでいた二人は、どんなふうに誘い合ったのか、団地を出て、駅のほうへ遊びに行ってしまったのだ。

「団地から外に出るときはお母さんに言ってからじゃないとだめだったんです。でも、そのときは黙って出て行ったから、それで『冒険』って呼んでるんじゃないかな」

「で、どうなったんだ?」

「大変だったんですよ、突然公園からいなくなって、夕方になっても帰ってこなくて、夕立まで降ってきちゃって……お母さんとわたし、大あわてで捜しまわったんです」

二人が帰ってきたのは、雷交じりの激しい雨があがって、きれいな夕焼けが西の空を染めた頃――半べそをかいたお母さんが警察に電話しようかと言いだした頃だった。

駅から帰る途中で夕立に遭《あ》って、歩道橋の下で雨宿りしていたらしい。幼い頃から雷が怖くて怖くて、雷鳴が遠くから聞こえるだけでもお母さんに抱きついていたユウちゃんが、年下の友だちの前で、たぶん生まれて初めて、泣いたりしゃがみこんだりせずに雷をやりすごした。そういうことも「冒険」の理由なのだろう。

のんきな顔で帰ってきたユウちゃんは、お母さんにきつく叱《しか》られた。本人もあとから怖くなってきたのだろう、その後しばらくは、団地の外に出るときには家族が一緒でも「だいじょうぶ？　だいじょうぶ？」とびくびくしていたっけ。

てっきり「冒険」は苦い記憶になっているのだと思い込んでいた。十何年たって、その「冒険」の相棒をいちばん会いたい友だちに選ぶとは思ってもみなかった。

でも、社長さんは「男の子ってのは、そういうものなんだよ」と笑って、「あいつ、いきなりシノケンなんて言うから、最初はガイジンさんかと思ったんだ」と、さらに上機嫌になって笑った。

「苗字《みょうじ》と下の名前をくっつけたんですよ」

「うん、わかる、じゃあシノダ・ケンジとか、そういう名前か？」

「いえ、シノダじゃなくて、シノザワだったかも……」

言いかけて気づいた。シノケンというあだ名は知っていても、苗字がわからない。下の名前も、ケンイチだったか、ケンジだったか、ケンタロウだったか、思いだせない。

社長さんも笑顔を曇らせて「その子は、まだ団地にいるの？」と訊いた。

「たぶん、引っ越してると思います」

二人が仲良しだったのは、あの年の夏休みまでだった。二学期が始まるとシノケンは新しい学校に慣れて、友だちもできて、ユウちゃんとは遊ばなくなってしまったのだ。しばらくのうちはお母さんやわたしが「あの子、元気かな」「またユウちゃんと遊べばいいのにね」と思いだすこともあったけど、やがて団地の中でもシノケンの姿を見かけなくなり、わたしたちもあの子のことを忘れてしまって、いまに至る。

「いつものパターンですよね、どんなに仲が良くても長続きしなくて」

社長さんはうなずいたあと、「でも、違うよ」と言った。「ユウやマナの中では、ちゃんとつづいてる」

わかる。長続きさせてくれないのは友だちのほうで、ユウちゃんやマナミちゃんは、もう来なくなった友だちをただじっと待ちつづけるだけなのだ。

「全然終わってないんだよなあ。仲の良かった子は、ずーっと、永遠に、友だちのまなんだよなあ。言われたことはすぐに忘れちゃうくせに、そういうことは忘れないっていうか、忘れられないっていうか……不器用なんだよなあ、とにかく」

あきれ顔で言った社長さんは、その表情がゆがみそうになるのをこらえて、話を先に進めた。

「だったらアレか、シノケンって奴のいまの住所は、調べなきゃわかんないか」

「ええ……」

シノケンと同い年の子はまだ団地に残ってるっけ、もう誰もいないんだっけ。

「調べられる、よな？」

たとえ同級生が残っていても、その子がシノケンのいまの住所を知っているかどうかはわからない。同窓会名簿をつくっていることを祈るしかなかった。

「なんとかなるよな？　ユウも楽しみにしてるし、マナと二人で案内状つくるって言ってるし、やっぱり、ほら、友だちに来てほしいもんなあ、一世一代の晴れ姿なんだから」

黙ってうなずいたけど、自信のなさは社長さんにも伝わってしまった。

「……難しいかな」

返事をしなかった。社長さんは、そうか、と目を伏せてつぶやいた。

「勝手に盛り上がっちゃって、かえって悪いことしちゃったかなあ」

社長さんは火のない煙草をくわえて、ぎゅっと嚙《か》みしめた。自然としかめつらになる。まいったなあ、と貧乏揺すりも始まった。

「そんなことないです」——本音だ。

「でも、ユウに楽しみにさせちゃったから、いまさらなあ……」

わたしはため息を吞《の》み込み、背筋を伸ばして言った。

「だいじょうぶです、捜してみます」


衣装合わせが終わると、中庭に面したレストランで食事会をした。小春日和《びより》のあたたかな陽射《ひざ》しが注ぐ窓際《まどぎわ》のテーブルは、ユウちゃんとマナミちゃんのお祝いにはぴったりの席だった。

シャンパンで乾杯をしたあとはワインを抜いた。主役の二人はご機嫌だった。特に、憧《あこが》れのウェディングドレスに初めて袖《そで》を通したマナミちゃんは、まだその興奮が醒《さ》めやらないのか、オレンジジュースしか飲んでいないのに頰を上気させて、よくしゃべって、よく笑った。静かな午後のレストランには場違いな大きな笑い声もあがる。いつものことだ。フロアの隅にいるウェイトレスさんが、ちょっと困った顔をしているのも。

ところが、ふだんはすぐに赤い顔になって、マナミちゃんに負けないくらい大きな声でおしゃべりを始める社長さんが、今日はエンジンのかかりが遅い。シノケンのことを気にしているのだろう。ちらちらとユウちゃんを見るまなざしに、微妙な申し訳なさもにじむ。

わたしだって、まずいことになっちゃったなあ、とは思う。シノケンが見つけられるかどうか、見つけられても結婚式に来てもらえるかどうか、冷静に考えると、適当な理由をつけて早くあきらめさせたほうがユウちゃんのためかもしれない。

でも、ユウちゃんはずっと——きっとマナミちゃんも、去っていく友だちを見送ることばかり繰り返してきたのだ。

小学校の教師になってわかった。子どもが成長するというのは、自分の生きる世界に順位をつけるようになることだ。遊びよりも勉強、公立よりも私立、この子よりもあの子、自分はクラスの何番目、自分はあの子には負けていても、この子には勝っている。順位がつけば序列ができる。優先する事柄もわかってくる。そのリストにしたがって正しい優先順位のものを選び取っていける子もいれば、間違った選択をしたせいで困ってしまう子もいる。順位をつけて選ぶことを「生きる」の定義にするのは、ほんとうは、教師として少し悔しいけれど。

ユウちゃんは、誰のリストでも序列が下のほうにいるのだろう。だから誰からも選ばれずにいた。小さな子どもはまだリストができていないから、ユウちゃんと遊んでくれる。でも、その子がリストをつくりあげて、選択を始めたとたん、ユウちゃんは置いてきぼりになってしまう。

一度ぐらい、なつかしい友だちと再会させてあげたい。友だちが戻ってくるよろこびを味わわせてあげたい。

「ああ、あっちにも花嫁さんがいるなあ」

お父さんが中庭を指差した。結婚式を終えたばかりの新郎新婦が芝生の庭に出て、出席者と記念撮影をしていた。

かわいらしい花嫁さんだった。背の高い花婿《はなむこ》さんだった。二人を取り囲む友だちはたくさんいて、みんな満面の笑みをたたえていた。

わたしは窓から目をそらした。ウチの両親も、社長さん夫妻も、それぞれなにかが頭をよぎったのか、話はふっと途切れてしまった。

「花嫁さんって、どこぉ、どこぉ？」

マナミちゃんが中腰になって、身を乗り出してきた。そのはずみで、オレンジジュースのグラスが倒れた。こぼれたジュースが白いテーブルクロスに広がっていく。ウェイトレスさんがおしぼりと台拭《だいふ》きを持ってきてくれた。ごめんなさーい、と頭を下げるマナミちゃんに、いいのいいの、と微笑んで、「だいじょうぶですよお、テーブルクロス取り替えちゃえばもう平気ですからねえ」と歌うように言った。

ウチの両親がちらりと顔を見合わせた。それがわかったから、わたしはうつむいて、なにも見えない、なにも聞こえないふりをする。

「お代わりのジュースは、背が低くて倒れにくいグラスに入れますからねえ、もうだいじょうぶですよお」

「おい、ちょっとあんた」

社長さんが気色ばんだ。「なんだ、いまの言い方は」――声が震えた。

いつものことだ。ウチの両親は社長さんほど気が強くはないけど、思っていることは同じだった。

「子どもじゃないんだ、この子は。おとななんだ。なめた言い方をするな」

思いがけない一言に、ウェイトレスさんはおびえて身をすくめた。わたしと年格好の変わらないひとだった。悪気はない。それはわかるから、あんなふうに言うのはだめなんだ、というのも彼女にわかってほしい。

でも、なぜだろう、誰かがユウちゃんにそういう態度で接したとき、わたしはいつも、その場にいたたまれなくなってしまう。怒りや悲しみというくっきりとした感情にはならない苦くて重いものが胸いっぱいに広がる。

つい何日か前、ユウちゃんの結婚式のために上京してくれることになっている遠い親戚《しんせき》のおばさんと電話で話をした。宿泊先のホテルの確認をすませると、おばさんはしみじみとした口調で「サキちゃんもこれで肩の荷が下りたわね、これで安心してお嫁に行けるじゃない」と言った。怒ればよかったのだろうか。悲しんで涙ぐめばよかったのだろうか。わたしはただ苦笑して、逃げるように電話を切っただけだった。

ウェイトレスさんは「すみません」と謝ってくれたけど、なんとなく、なぜいきなり怒られたのかわかっていない様子でもあった。

ウチの両親がとりなしても、社長さんはまだ怒りがおさまらず、「もうすぐ結婚するんだぞ……もう、一人前なんだぞ……」とうめくようにつづけた。でも、途中からはテーブルクロスに広がる染《し》みをにらんでいた。ウェイトレスさんを最後までにらみつけることは、社長さんにもできなかった。

3

最初に、ユウちゃんが卒業した小学校を訪ねた。個人情報がどうのこうのと渋る事務員さんを拝み倒して、シノケンが卒業アルバムに載っていないということだけ教えてもらった。要するに、シノケンは小学校時代のどこかで転校してしまったのだ。

次に、団地の掲示板を使った。「シノケン」というあだ名だった少年を覚えているひとは、この携帯電話の番号に連絡してほしい——自治会長さんに頼み込んで、回覧板も回してもらった。

何人かの同級生から連絡は来た。でも、それはぜんぶ「いたのを覚えている」というだけのもので、いまのシノケンを知っているひとは誰もいなかった。いたずら電話もけっこうあった。掲示板や回覧板を私用に使うな、という抗議の電話が真夜中を狙《ねら》ったようにかかってきたときには、もういいや、と気持ちが萎《な》えそうにもなった。

支えに——そしてプレッシャーになったのは、十二月に入って早々にユウちゃんとマナミちゃんがつくった結婚式の招待状だった。親戚と木工所の同僚がほとんどの、ほんとうは電話連絡ですむ程度のささやかな結婚式だ。招待状も二人で一枚ずつ手書きした。マナミちゃんのちぎり絵は色とりどりの花に囲まれて微笑む二人の顔で、ユウちゃんがそこに〈ぜひきてください〉とメッセージを添えた。

ユウちゃんたちに社交辞令はない。本気で来てほしいと思うから、「きてください」と書く。ユウちゃんに待ちぼうけをくらわす友だちが口にする「また今度」とは違う。

招待状には、シノケンのぶんもあった。表書きの住所と宛名《あてな》は空白のまま、宛名の入る位置のすぐ横に鉛筆で（シノケン）とある。住所と名前がわかったら書き込んで投函《とうかん》するつもりなのだろう。

「まにあうよね？　まにあうよね？」と心配そうに言うユウちゃんから、シノケン宛ての招待状を預かった。「無理かもしれないよ」とはどうしても言えなかった。

社長さんも責任を感じているのか、何度も電話してきて「どう？　見つかったかい？」と訊《き》いてくる。十二月の半ばになってもなんの進展もないことを知ると、とうとう「誰か身代わりを連れて来るってのはどうだ？」とまで言いだした。「十何年も会ってないんだったら、わかんないだろ。どうせ座ってるだけなんだし」

「でも、それはいくらなんでも……」

「だめかなあ」

「と、思いますけど」

ばれる、ばれないの問題ではなく、ひとを疑わないユウちゃんに嘘《うそ》をつきたくない。社長さんだって、ほんとうはそれくらいわかっている。わかっていても、つい言ってしまうほど、困っている。

「楽しみにしてるんだよ、ユウ。いつ覚えたのか知らないけどさ、『しんゆう』なんて言っちゃって」

「一緒に遊んでた期間って、ほんのちょっとだったんですけどね」

「だから逆にアレなんじゃないかな、二人で冒険したってこと、最高の思い出になってるんだろうな、ユウには」

「ええ……」

「会わせてやりたいよなあ、できれば」

つらそうに言った社長さんは、「でもなあ」とつづけた。

「居場所もわかって、連絡もついて、それで来てもらえないよりは、最初から見つかりませんでしたっていうほうが、かえって、いいのかなあ」

もっとつらそうな声になって、「なあ、やっぱり、もう……」と言いかけるのをさえぎって、わたしは「だいじょうぶですよ、まだ時間あるんだし」と笑った。神さま、お願い、と心の中では泣きだしそうなほど深く祈っていた。ユウちゃんやマナミちゃんの症候群は先天性のもので、遺伝も環境も関係ない。誰が悪いというのではなく、ほんのちょっとした偶然で、遺伝子の配列が少しだけ違ってしまった。神さまのせいにするしかない。だから、一度ぐらいはお返しをしてほしい。

神さま。わたしやお父さんやお母さんは、ユウちゃんの症候群を神さまのせいにしています。でも、あなたを恨んだことは、ないはずです。

石川くんと小島くんは、十二月に入ってもまだ絶交状態だった。まわりの友だちが飽きてしまって石川くんを無視するのをやめても、小島くんはただ一人、口もきかなければ目も合わせない。最初のうちは負い目を持ってしょんぼりするだけだった石川くんも、しだいに小島くんに腹を立てて、最近ではむしろ石川くんのほうからそっぽを向いているようだ、と中原先生が教えてくれた。

「小島にはかわいそうですが、石川にとってはこれでよかったんです。落ち着くべきところに落ち着いたんですよ。受験組は受験組で付き合ったほうが、話題も合うし、お互いに刺激も与えられるし、やっぱりプラスなんです」

中原先生は納得していないわたしに、「だってそうでしょう」と笑ってつづける。

「受験まであと二ヵ月を切ってるんですよ。いまの石川は時間がいくらあっても足りないんです。でも、小島は、はっきり言って遊ぶために毎日学校に来てるような子ですから、へたに仲直りしちゃうと、また小島に振り回されちゃいますよ。小島も小島で、たくさん友だちがいるんだから石川にこだわることもないって、わかってるんだと思いますよ」

二人とも正しい選択をした、ということだった。順位のついたリストをつくって、その序列にしたがって選択をして、もう二人が交わることはない。

「でも……」

そのあとの言葉を決められないまま口を開くと、中原先生は、言いたいことはわかりますよ、というふうにうなずいて、「子どもの頃の友情は永遠であってほしいですよね」と言った。「誰だってそうです。石川と小島が仲良しのまま卒業してくれて、石川も志望校に受かってくれれば、それに越したことはないと思ってますよ、僕だって」

理想論ならね、と中原先生は付け加えた。「ただ、現実は理想どおりにはいきませんよ。いかないから、現実なんです」――ぴしゃりと。

「それはそうですけど……」

「じゃあ、一つ質問です。あなた自身のいまの友だちの中で、小学校の頃の友だちって何人いますか？　年賀状だけとか、そういうのは抜きですよ。ふだん一緒に遊びに行ったり食事に出かけたりする相手……いますか？」

言葉に詰まった。「いないでしょ？」と念を押されると、黙ってうなずくしかなかった。

「中学でも高校でもそうですよ、どんどん入れ替わるんです。人間って、そのときどきの自分に合った相手と友だちになるんですよ。服のサイズじゃないけど、合わなくなったら、自然とお別れすることになるんです」

石川くんと小島くんの場合は、それが、いま、だった。

「僕なんか、受験前の石川を小島がいままでどおりに遊びに誘って断られちゃうのを想像するほうが、よっぽどかわいそうになりますよ。断られる小島も、断らなくちゃいけない石川も、かわいそうだと思いませんか？」

今度も、うなずくしかなかった。

その日、わたしは年賀状のハガキを買い足した。小学校の卒業アルバムを出して、あの頃仲良しだった子を一人ずつ思いだしては、〈また会おうね〉と書いた。引っ越してしまった子もいるだろうし、結婚した子もいるだろう。もしかしたら、もう亡《な》くなってしまった子も、いないとはかぎらない。でも、かまわず、昔の住所に宛てて年賀状を出した。

団地の掲示板に、もう一度シノケンを捜す紙も貼《は》った。〈親友だったユウちゃんが困っています。助けてあげてください〉と、迷いながらも書き添えた。

年が明けて、買い足した七通の年賀状のうち二通が住所不明で返ってきて、三通に返事が来た。〈早々に賀状をありがとうございました。本年もよろしくお願いします〉

と他人行儀に書いた上野《うえの》さんは、わたしのことを思いだせなかったのかもしれない。〈実家に帰省して年賀状を見てビックリ〉と書いてきた舟木《ふなき》さんは、もう結婚していて、遠く離れた街に住んでいる。〈サキちゃんもお元気ですか？〉と書いてくれた都《と》倉《くら》さんは、いまも独身で、あの頃と同じ住所だったけど、舟木さんと同じように「いつ会いますか？」の一言はなかった。でも、返事は来た。子どもの頃に交わした「ずーっと友だちだよ」の約束に応《こた》えてくれる子は、いないわけではなかった。

わたしは三枚のハガキをファイルにしまいこまずに、ユウちゃんから預かったシノケン宛ての招待状と一緒に机に並べた。今年は年末にお母さんが風邪をひいたので初《はつ》詣《もうで》に行けなかった。代わりに、四枚のハガキに柏手《かしわで》を打って、頭を下げた。

神さま、そろそろ実力見せてよ、と祈った。

携帯電話が鳴った。冬休み最後の日の夜だった。

画面には、発信相手の携帯電話の番号が表示されていた。友だちや知り合いや学校の関係者の番号はこまめに登録しているので、番号の数字が直接出てくることはめったにない。

一瞬浮かびかけた訝《いぶか》しさを追い抜いて、もしかしたら、と期待した。

あたった。わたしの勘が的中したのも、神さまが力を見せてくれたのも、ひさしぶりのことだった。

電話をかけてきたのは伊藤《いとう》さんという女の子だった。帰省ラッシュを避けて年明けに実家のある団地に帰ってきて、掲示板の貼り紙を見たのだという。

シノケンとは小学校の同級生だった。思っていたとおりシノケンのウチは小学校を卒業しないうちに団地から引っ越していたけど、伊藤さんは予備校で再会した、という。

「もう、いまは篠原《しのはら》っていう苗字《みょうじ》じゃないんです。お母さん、バツイチだったんですけど、転校するときに再婚して、苗字が牧野《まきの》に変わって……そういう事情もあって、小学校の友だちとは全然連絡を取ってなかった、って」

再会した伊藤さんとも、友だちの友だちの友だち程度の関係のままだった。それがおととしのこと。去年の春の受験で、友だちも、友だちの友だちも、みんなばらばらになってしまった。

伊藤さんは札幌にある大学の医学部に進学した。シノケンは志望校に落ちて、さらにもう一年浪人することになったらしい。

「じゃあ、その予備校にいまも通ってるんですか？」

勢い込んで訊くと、伊藤さんは、単純すぎる早とちりがおかしかったのか、やだぁ、と笑って、「二年目は別の予備校にするって言ってました」と答えた。「で、どこの予備校かまでは、ちょっとわかんないんですけど」

「携帯電話の番号とか、メールのアドレスは？」

「知ってるひともいると思うんですけど、わたしは知らないんです」

「悪いんだけど、知ってるひとに訊いてもらえませんか？」

「あの、でも、知ってそうなひとって、べつに親しくないし……予備校のときの友だちって、名簿もないし、あんまり付き合ってなくて……」

困っているというより、面倒くさがっている。貼り紙を見て電話をかけてきてくれたのだから、悪いひとではない。でも、なにかが違う。わたしなら、さっきも、あんなふうに笑ったりはしない。

「できれば、一度会ってくわしくお話をさせてほしいんですけど」

「あ、それ、ちょっと困るんで……もうすぐ札幌に帰らなきゃいけないんで、東京にいる間はずーっと忙しいんです」

同じ団地じゃないですか、すぐ会えるじゃないですか、と言いたいのをこらえて、

「携帯電話でも予備校の名前でもいいですから、訊いてみてもらえませんか」と、た

とえ向こうには見えなくても頭を何度も下げた。「でも、いま誰とも全然連絡取ってないし、どうかなあ、ちょっとわかんないんですけど……」と気乗りのしない声で言う伊藤さんに、何度も「お願いします」を繰り返して、とりあえず、できるかぎりのことはするからと言ってもらった。約束にも至らない、弱くてはかないつながりでも、そこにすがるしかない。

「それで、ユウちゃんって誰なんですか？　小学校の同級生にそんなあだ名の子っていたかどうか忘れちゃったんですけど……」

そんな伊藤さんも、体の大きな年上のユウちゃんのことは覚えていた。

ああ、いましたね、はい、と笑いながら言った。嫌な笑い方だ。そう思った瞬間、伊藤さんの声はすうっと遠ざかった。

へらへら笑ってたひとですよね、気持ち悪いひとですよね、有名でした、事件とか起きちゃうんじゃないかって、お母さんとか言ってましたから。

怒るべきだったのか。悲しむべきだったのか。声が遠くなったのは、防衛本能のようなものだったのかもしれない。

「シノケンの親友だったんです」

あ、そうなんですか？

声の震えは伊藤さんには伝わらず、かえって聞きたくない記憶を呼び覚ましてしまった。

そのひとが結婚するんですか？

「……そう」

昔、あだ名があったんですよ、なんだったかな、ブーちゃんだったかな、なんか、結婚とかって一生できないんだと思ってたから、ちょっとびっくりっていうか……。

「わたしの弟なんです」

伊藤さんが息を呑《の》む。わたしは「なんとかよろしくお願いします」と早口に言って、そのまま電話を切った。

謝らせてあげたほうがよかったのだろうか。わたしより、むしろ、将来は医者になるはずの伊藤さんのために。こういう電話のあとは、いつも、自分がどうすべきだったのかわからなくなって、後悔と自己嫌悪《けんお》で眠れなくなってしまう。

神さまはやっぱり、たいした力は持っていないのかもしれない。

その後何日待っても、伊藤さんからの連絡はなかった。

4

三学期が始まった。電話をじりじりしながら待っているうちに、六年生の教室には張り詰めた空気が漂いはじめた。

受験組の子は学校にも塾のテキストを持ってきて、昼休みに図書室にこもるだけでなく、授業中にもこっそり受験勉強をして、放課後は塾の自習室に直行する。

もっとも、それが全員というわけではないところが、中学三年生や高校三年生との大きな違いだ。学年の大半を占める公立進学組の子は、あいかわらず元気に、にぎやかに毎日を過ごす。少数派の受験組はそれにペースを乱されまいと、ことさら一心にテキストに向かう。見るからにいらだっている子もいる。そのいらだちを敏感に察して、逆に「受験するからっていばるんじゃねえよ」と、多少のひがみも加わって怒りだす公立進学組もいる。中原先生がいつも言っているとおり、やっぱり子どもたちはいま、最初の分かれ道にさしかかっているのだ。

「まあ、もうちょっとの辛抱ですよ。二月アタマに受験が終われば、この嫌な空気も消えて、涙、涙の卒業モードに入りますから」

ベテランの余裕を見せて笑っていた中原先生の顔がこわばったのは、受験まで十日を切った日の放課後だった。

石川くんのお母さんから、中原先生に電話がかかってきた。

石川くんを連れて、いますぐ学校に来る、という。

「塾のテキストが、今日、学校でなくなったらしいんですよ」

ついさっき塾に着いてから、テキストがないことに気づいた。

「昼休みに図書室で勉強してるから、そのときまでは確実にあったわけです。で、午後は工作室で二時間つづきの図工だったから『内職』はできなくて……」

ため息を挟んで、「その二時間のうちに盗まれたって、お母さんは言うんですよ」

と、また深々とため息をつく。

「でも、そんなの……」

「お母さんっていうより、石川本人が、心当たりがあるって言ってるんです」

小島くん――。

中原先生は苦しそうに顔をゆがめた。

「小島は五時間目の途中で、一回、工作室を出てるんです。教室に忘れものをした、って。石川もそれを見てるんです」

小島くんの顔が浮かんだ。入れ替わるように石川くんの顔も。石川くんは笑顔だったのに、小島くんは、不機嫌そうな、いらだった顔のままだった。でも、その表情は、いまにも泣きだしてしまいそうでもあった。

「先生はどうなんですか、石川くんと同じこと、思ってるんですか？」

中原先生はそれには答えず、「もう家に帰ってるかな」とつぶやいて、クラス名簿を開いた。

「今日、バスケ部の練習です」

「あ、そうか、学校にまだいるのか、じゃあよかった」

「呼ぶんですか？」

「いちおう話は訊《き》かないと、石川のお母さんも納得しないでしょうし」

「わたしが訊いてみます」

「いや、でも、僕が担任ですから」

「職員室に連れてくるまでに訊きますから」

強引に言って、返事を待たずに席を立った。

体育館では、早めに来た子どもたちがそれぞれパートナーを見つけて、パスやシュートの練習をしていた。「せんせい、パス出して」「３ｏｎ３《スリーオンスリー》やろうよ」と駆け寄ってくる五年生の女子につくり笑いで応えながら、小島くんの姿を捜した。下級生を脇《わき》にどかして、フリースローの練習をしている。一人だった。本気で狙《ねら》っているわけではないのだろう、おざなりに放ったボールはリングをかすりもせずに落ちた。

わたしはゆっくりと後ろから小島くんに近づき、「ちょっといい？」と声をかけた。

振り向いた小島くんの顔は、きょとんとしていた。「石川くんのことなんだけど」とつづけると、むすっとして、それから、寂しそうな目になった。

だいじょうぶ。信じた。というより、信じていることを確かめた。小島くんのいまのまなざしを、わたしはよく知っている。ユウちゃんとは違って、小島くんはひとりぼっちになったことを怒る。意地悪なこともしてしまう。でも、ぽつんと一人で取り残された寂しさは同じだと思う。

コートの外に出ると、小島くんは「石川がどうかしたの？」と訊いてきた。

「うん、あのね……石川くんとまだ絶交したままなのかなあ、って思って」

「……べつに、絶交とか、宣言したわけじゃないけど」

「でも、しゃべってないんでしょ？」

うつむいた。気まずそうに、すねたように、ボールを一度床にはずませて、片手で抱き取った。

「ずーっとしゃべらないの？」

「そんなこと……」

「ない？」

ボールをまた床にはずませる。その音に紛らせて、うつむいたまま、うん、と言う。

「受験が終わったら、またしゃべる？」

「わかんないけど」

「でも、早くしないと、すぐに卒業式になっちゃうよ」

「うん……」

ほら、あせった。「二月は短いんだし、三月になったら六年生は短縮授業が増えるから、お昼休みもなくなっちゃうよ」と追い打ちをかけると、わかってるよそんなの、と口をとがらせて、もっとあせる。

わたしはクスッと笑って、「早く仲直りすればいいのに」と言った。

小島くんは黙っていた。ボールを床にはずませて、跳ね返ってくるのを手のひらで受けて、またはずませて、受けて、はずませて、受けて、はずませて、ドリブルになった。バスケが大好きなわりには不器用な小島くんは、ボールを見ていないとドリブルができない。それでも、秋の頃より少しうまくなったみたいだ。

「パス、出してあげようか」

体を小島くんに向けたまま、一歩、二歩とあとずさった。「速攻だよ、ラン&ガン、ダッシュで捕って、そのままゴールしちゃいなさい」――もっと身長があればダンクシュートを決めてほしいところだけど、それはおとなになってからのお楽しみということにしよう。

小島くんはドリブルをつづけながら、やっと顔を上げた。手のひらと床を往復するボールの軌跡は、まっすぐ安定している。やっぱりうまくなった。あと二カ月ちょっとで、この子は中学生になる。

「せんせい」

「なに？」

「石川……受かると思う？　受験」

「小島くんが応援してあげれば、受かるよ」

そう答えると、小島くんはへヘッとくすぐったそうに笑って、不意にパスを出した。わたしの隙《すき》を狙った。ナマイキ。片手で軽くキャッチしたわたしは、「よし、ダッシュ！」と短く叫んだ。

ゴールに向かって駆けだす小島くんのスピードと走る方向を見定めて、パスを出した。大きくバウンドしたボールは小島くんを追いかけて、追い越して、ぴったりの位置とタイミングで小島くんの両手におさまった。ワン、ツー、スリーで、レイアップ——ふわっと浮いたボールは、リングの縁を半周して、外に落ちた。

「惜しいっ！」

拍手するわたしを、誰かが「せんせーい！」と呼んだ。「中原先生が来てるよーっ！」

体育館の戸口に立った中原先生は、わたしを手招きながら、うんざりした様子で肩をすくめた。

石川くんのテキストが見つかった。

「あいつ、昼休みに図書室に忘れてったんですよ」

わたしが体育館に向かったあと、念のためにと思って図書室に行くと、『忘れものボックス』の中に入っていた。放課後の掃除のときに当番の子が見つけて、入れておいたのだ。

「石川くんとお母さんは？」

「いま来て、帰っちゃいましたよ。テキストを返してやったら、ああどうもありがとうございます、おかげで今日の授業に間に合います、じゃあ失礼します……なんなんだろうなあ、ああいう親は」

「……小島くんのことは」

「なにも言ってませんよ。どうせ、そんなこと言いましたっけ、で終わりですしね」

一瞬頭の中が真っ白になって、気がついたときには外に駆けだしていた。

来客用の駐車場に着くと、ちょうど石川くんとお母さんが車に乗り込むところだった。

ドアが閉まる。エンジンがかかる。「石川くん！」と叫んで助手席の側に回り込むと、窓がするすると開いて、「せんせい、どうしたの？」と怪訝《けげん》そうな石川くんが顔を出した。

「小島くんに、謝りなさい」

「え？　なんで？」

「自分の勘違いで小島くんのことを疑ったんだから……謝りなさい」

ええーっ、と石川くんは不服そうな声をあげて、助けを求めるように運転席のお母さんを振り向いた。身を乗り出したお母さんも「もういいじゃない、テキストはちゃんと見つかったんだから」と言う。

「よくありません」

お母さんに返し、石川くんに向き直って「ねえ、ちゃんと謝って」と繰り返した。

「今日じゃなくてもいいし、明日じゃなくてもいいから、謝ってあげて」

「でも……べつに、あいつに直接言ったわけじゃないから……」

お母さんも横から「そうよ、そんなの謝ったら、かえって小島くんだって傷つくでしょ」と言う。「もうすんだことなんだから、知らないんだったら知らないままのほうがいいに決まってるじゃない」

自分が正しいのかどうか、わたしにもわからない。中原先生なら「お母さんのほうが正しいでしょうね」と言うかもしれない。

それでも、わたしは石川くんに言った。

「いつでもいいから、受験が終わったあとでも、卒業してからでも、おとなになってからでもいいから、小島くんに謝って。お願い、ちゃんと謝ってちょうだい」

「……おとなになって謝っても意味ないじゃん」

「ある」

「なんで？」

「友だちだから」

石川くんは初めて、ひるんだように目を伏せた。バスケ部をやめた日の寂しそうな顔が重なった。窓が閉まる。お母さんが運転席のスイッチを使ったのか、石川くんが自分でスイッチを押したのかは、見逃してしまった。ただ、窓が閉まるぎりぎりまで、石川くんはうつむいていた。小島くんのことを信じたように、石川くんのことも――それで、信じよう、と思うことができた。

職員室に戻ると、携帯電話を取り出した。

悔しまぎれなのか、逆に、心地よさを感じているからこそなのか、とにかく伊藤さんに電話をかけた。もどかしさをこらえるのも、もう限界だった。「席のほうはぎりぎりまで融通が利《き》くようにしてあるから」と社長さんは言ってくれているけど、途中経過の報告ぐらいしてくれたっていいのに。

電話はつながった。でも、こっちの名前を告げても、伊藤さんは怪訝そうに「はあ？」と返すだけだった。「えーと、バイトのことですか？」

腹立たしさを抑え、連載小説のあらすじを棒読みするようにいきさつを伝えた。

「あ、はい……」

伊藤さんの声が沈む。

「ずっと待ってたんですけど、どんな感じですか?」とわたしは訊いた。

「どんな、って……」

「だから」電話機をぎゅっと握りしめる。「篠原くんの手がかり、なにか見つかりそうですか?」

「あの……ちょっと……」

伊藤さんは声をさらに沈めて、「サークルの合宿とか試験とかあって、ずっと忙しくて……」とつづけた。

なにもしていない。シノケンは友だちの友だちの友だち——その最初の友だちに連絡をとることすら、していなかった。

力が抜けた。感情の蓋《ふた》がはずれた。どんな感情が出てくるのかわからない。わからないままでいいや、と思うのがやっとだった。

わたしの沈黙をどう受け止めたのか、伊藤さんは急に怒った声になってつづけた。

「っていうか、あの、予備校の友だちって、大学に入ってからはもうバラバラだし、べつにいま付き合ってるわけじゃないし、いきなり電話して訊いたりしたら向こうも迷惑かもしれないし、困るんですよね、はっきり言って、こっちが命令される筋合いないっていうか……」

こういうのが子どもたちの言う「逆ギレ」なのだろう。そして、ここでもまた、友だちは優先順位をつけられ、切り捨てられていく。

「ユウが待ってるの」

自分でも驚くほど冷静な声が出た。「弟は、シノケンをずーっと待ってるの」とつづけた声には、微笑《ほほえ》みさえ交じった。伊藤さんの「でも……」をかわして、「信じてるんだよね、絶対にまた会える、って」と言った。

夕暮れの公園にたたずむユウちゃんの姿が浮かぶ。子どもなのにおとなみたいに体が大きく、おとなになっても子どもみたいに顔をくしゃくしゃにして笑うユウちゃんが、もう戻ってこない友だちを、一人で待ちわびている。

「だって、会えるかどうかわからないじゃないですか」

伊藤さんは息が詰まったように言う。「わたし、絶対に連絡がつくって言ったわけじゃありません」――逆ギレや言い訳とは微妙に違う、悲しくて、苦しそうな口調になった。

「だめなら、だめでいいの」

あらかじめ考えていたわけではなかったのに、言葉はすうっと出た。

「どうしても見つからないんだったら、そのときには、わたしがちゃんと説明するから」

「そんなこと言われても……」

「わがままなことお願いしてるのはわかってる。ほんとにごめんなさい。でも、また何日かたったら電話させてもらうから、そのときは、嘘《うそ》でもいいから、捜してみたけど見つからなかった、って言ってくれる？」

伊藤さんはもうなにも言い返さなかった。わたしも黙った。胸の中がからっぽになった気がした。胸にたまっていたものは怒りでも悲しみでもない。わたしはただ、なにかを信じていたかったのだろう。それこそ、役に立たない神さまを筆頭にして。

沈黙のまま、電話は向こうから切れた。

断ち切ったり振り払ったりする切り方ではなく、静かに通話終了ボタンを押してくれたのだと、信じたかった。

5

石川くんは第一志望だった私大の附属中学に合格した。ただし、通っていた塾がすぐに難関私立入学準備クラスを開講したので、あいかわらず勉強漬けの毎日がつづく。

小島くんは受験が終わると少しずつ石川くんに話しかけるようになった。石川くんもヘンにすねたりせずに小島くんとしゃべっている。小島くんの最初の一言は「やったじゃん、天才じゃん」だったらしい。あの子なりの表現で、石川くんの合格を祝ってくれたのだ。石川くんも「中学でバスケ部に入るから」と言った。「どこかの大会で小島と試合したりして」

「でも、あいつ無理だよねー、勉強忙しいから部活なんてやってる暇ないよねー」

小島くんはわたしに言う。そんなふうに、おとなになんでも話してくれるのも、あと一年……半年といったところだろうか。

石川くんがあの日のことを小島くんに謝ったのかどうかは知らない。でも、いつか、石川くんは小島くんに打ち明けて、ごめんな、と言ってくれる。小島くんも、あの子のことだからけっこう本気で、なんだよそれ、と怒りだして、でもすぐに笑ってゆるしてくれる。わたしはそう信じている。そして、お互いの人生の道が遠く離れてしまっても、二人がずうっと友だちでいてくれることも、ほんとうは信じていたいのだ。

「まあ、例年どおり一件落着っていうことです」

ほっとした顔で言った中原先生は、「ただ、やっぱり二学期までのように無邪気にコンビを組むってわけにはいきませんけどね……」と苦笑して、「でも、いいんですよ」とつづけた。

「卒業のときに、『さよなら』や『元気でな』を言える関係になってれば、もう十分です。僕はずっとそう思って六年生を送り出してきました」

「『また会おうぜ』って言えたら、もっといいですよね？」

わたしの言葉に、中原先生は苦笑したまま、遠くを見た。

また明日。

また今度。

また、いつか――。

子どもの頃は、たくさん約束をしていた。守れた約束よりも守れなかった約束のほうが多かった。子どもだったわたしにも、それはわかっていたと思う。約束を破ったときには謝ったし、破られたときには怒った。でも、懲《こ》りずに何度も約束をした。のんきだったのだろうか。一つひとつの約束より、もっと大きなものを信じていられた、ということなのだろうか。じゃあ、おとなになったいまは、それを信じることができなくなったのだろうか。

約束は相手がいなければできない。約束を破られたというのは、途中で切れてしまった糸の端を指に巻きつけたまま、途方に暮れているようなものかもしれない。

わたしの指にも真新しい糸がある。ひっぱっても手応《てごた》えはない。

伊藤さんの携帯電話がつながらなくなった。最初のうちは、いつかけても留守番電話だった。メッセージを残しておいても、返事はない。やがて留守番電話にすらならず、「電話に出ることができません」というアナウンスだけで切れるようになった。着信拒否に設定されてしまったのかもしれない。

自宅の固定電話からかけてみることも考えた。でも、結局それが伊藤さんの答えなんだから、とため息交じりに受け容《い》れた。

帰りの電車が高架の区間にさしかかると、窓からまぶしい西陽が射《さ》し込んだ。日が長くなった。二月も、もう半ば——ユウちゃんの結婚式は明日だ。

今日、学校から社長さんに電話を入れて、シノケンの席をなくしてもらうよう頼んだ。やっとあきらめがついた。もちろん、遅すぎる。料理のキャンセル料や座席表を大急ぎでつくり直す代金を取られてしまうかもしれない。でも、社長さんは「まあ、ぎりぎりまでねばってくれたんだから、サキちゃんには感謝感謝だよ、ほんと」と笑って、「ユウには俺のほうから話しとこうか」とまで言ってくれた。

「いえ……やっぱり、自分で話します」

伊藤さんにもそう言ったのだ。わたしは約束を守る。

「今日はちょっと早めに、四時にこっちを出る準急で帰らせるから」

「いいんですか？」

「家族水入らずの時間は少しでも長いほうがいいだろ。親父《おやじ》さんに酒たくさん呑《の》ませてやりなよ」

二日酔いにならない程度にな、と社長さんはいたずらっぽく笑う。

ユウちゃんとマナミちゃんは、結婚後は新築の家に住む。社長さんが自宅の隣に小さな離れをつくってくれたのだ。「ローンは給料から天引きだからな」とユウちゃんには言いながら、お父さんとお母さんには「婿《むこ》養子みたいな感じになって申し訳ない」と頭を下げた。「そのかわり、つかず離れずでお二人さんをしっかり見守るから、安心してください」

両親にも、もちろんわたしにも、異存なんてなかった。うれしかった。感謝しすぎるのが申し訳ないぐらいのありがたさというのは、確かに、ある。

社長さんは「だからさ」とわたしに言ってくれたのだ。「サキちゃんも、なんていうか、アレだぞ、うん、自分のことだけを考えてればいいんだからな。なっ、その、だから、将来のこととか、なんでも」

親戚《しんせき》のおばさんに言われたときとは違って、素直に「がんばります」と笑って応えることができた。男のひとと付き合ったことは何度かある。どれもうまくいかなかった。サキはあと一歩の踏み込みが足りないんだよ、と友だちに言われた。ユウちゃんのことがまったく関係なかったのかどうか、自分でもよくわからない。これからも、ユウちゃんとわたしの人生は別々なんだから、ときれいに割り切れるかどうか自信はない。でも、それでいいのかな、と思う。

ユウちゃんもマナミちゃんも、たくさんのひとに選ばれずに生きてきた。ウチの家族や社長さんたちが、誰かに選ばれなかったことも、きっとたくさんあるだろう。そんな二つの家族が、いま、お互いに選び合って、選ばれ合った。

どう、すごいでしょ、と胸を張ってもいいんじゃないのかな、とも思う。

電車を降りて駅のホームを歩いていると、先のほうにデイパックを背負ったユウちゃんを見つけた。人込みの中でも、ユウちゃんの姿はすぐにわかる。まわりのひとたちが急いでいればいるほど、まるで望遠レンズで撮った写真のように、のんびりと歩くユウちゃんの背中だけがくっきりと浮かび上がってくるのだ。

声をかける前に、しばらくその背中を見つめた。石川くんと小島くんのことを、ふと思いだした。小島くん、あなたはきっとだいじょうぶ。むしろ石川くん、あなたはどうか、別れてきた友だちのことを忘れないひとになってほしい。これからの長い人生で、たとえばユウちゃんのようなひとと出会ったら、優しい友だちでいてほしい。

後ろから「よっ」と肩を叩《たた》くと、ユウちゃんはびっくりした顔で振り向いた。

「どうしたの?」

「四時の準急に乗ってるって社長さんに聞いたから、時間を合わせたの」

そっかあ、とユウちゃんはメガネが頬に持ち上げられてしまうほど、にっこりと笑った。

「明日だね」

「うん」

「緊張する?」

「そんなことないけど、どきどきする」

ユウちゃんはジャンパーの上から胸を軽く叩いて、ちかいます、ちかいます、と諳《そら》んじた。明日の結婚式で、ユウちゃんとマナミちゃんは神父さんの前で永遠の愛を誓う。ほんの短い一言でも、二人はいつだって本気だから、本気の誓いの言葉を聞くと、きっとウチの両親も社長さん夫妻も涙ぐんでしまうだろう。

「あ、そうだ、おねえちゃんにいいものあげる」

「なに？」

「これ、作ってもらった」

パンツのベルト通しとストラップで結んである定期入れから取り出したのは、名刺だった。木工所の住所と電話番号に、班長の肩書きつきでユウちゃんのフルネームが載っているだけのシンプルな名刺だった。社長さんの奥さんがパソコンで作ったのかもしれない。

でも、ユウちゃんにとっては初めての名刺だ。木工所の仕事で使うことはなくても、一人前になったユウちゃんに、社長さんがプレゼントしてくれた。その気持ちがうれしい。

「わたしがもらっていいの？」

「うん、まだたくさんあるから……見る？」

デイパックを背中から降ろそうとするユウちゃんを笑って制して、改札を抜けた。

ペデストリアンデッキに出ると、夕暮れの冷たい風が吹きつけた。

「ううーっ、さぶうーっ」

大げさに身をすくめたユウちゃんに、「ごめんね」と言った。

「なにが？」

「シノケン……どこにいるかわからなかった」

いくつか浮かんだ言い訳は、ユウちゃんの「そうかぁ……」というつぶやきを聞いたとたん、全部吹き飛んだ。残念そうなのに、さっぱりとした声だった。がっかりしていても、しょんぼりとはしていない。楽しみにしていたはずなのに、ほんとうは最初の最初からこうなることもちゃんと覚悟していたようにも聞こえる。待ちぼうけに慣れているから。友だちと会えなくなることには、子どもの頃からずっと、慣れっこだから。

「ごめんね」と繰り返すわたしに、ユウちゃんは笑ってくれた。デッキの手すりに向かって歩きだして、わたしが追いかけると、なにも言わずに、ただ笑って、うん、うん、と二回大きくうなずいてくれた。

手すりに肘《ひじ》を載せたユウちゃんは、駅前ロータリーを見下ろして、「あそこ」とタクシー乗り場を指差した。

「あそこが、どうしたの？」

「むかし、えき、あそこだったでしょ」

「うん……」

数年前にデッキができるまでは、駅の出入り口は地上の、ちょうどいまのタクシー乗り場のあたりにあった。

「シノケンと、あそこまでぼうけんしたんだよね」

なつかしそうに言う。ちょっと誇らしげに、「まいごになりそうだったけど、ちゃんといけたんだ」とメガネの奥の目を細くする。

「駅まで行こうって言ったの、ユウちゃん？」

「ううん、さいしょにいきたいっていったの、シノケン。みちがわかんないっていうから、つれていってやったの」

「そうだったっけ……」

あの日、お母さんはとにかくユウちゃんが無事に帰ってきたことだけで安心して、抱きしめて泣きながらユウちゃんを叱《しか》って、くわしいいきさつは問いたださなかった。シノケンはどうだっただろう。はっきりとは覚えていないけど、あの子のお母さんはお勤めに出ていたから、一人で——誰にも迎えてもらえずに、家に帰ってしまったのかもしれない。

「なんでシノケンは駅に行きたいって言ったの？」

ユウちゃんは手すりの角に両手をついて、腕立て伏せのように肘を何度も曲げたり伸ばしたりしながら、「ないしょだよ、ぜーったい、ひみつだからね」と釘《くぎ》を刺して、教えてくれた。

「まえのうちにかえりたいって」

「引っ越してくる前の？」

「そう。だんちにくるときは、でんしゃにのってきたっていうから、じゃあ、えきにいけばでんしゃにのれるから、って」

団地に来る前の家では、お父さんも一緒に暮らしていたのだろうか。

「でも、どのでんしゃにのればいいか、わかんないんだもんなあ、あかいでんしゃっていうんだけど、ぜんぶあかいんだもん」

「だいいち、お金持ってなかったんじゃないの？」

あ、そうかあ、とユウちゃんはのんきに笑って、肘を曲げて伸ばす。腕が太くなった。手の甲も、指も、木工所の仕事で鍛えられて、すっかりおとなになった。でも、ポケットの中には、相手のいなくなった約束がたくさん入ったままなのだろう。

「とちゅうでゆうだち、すごかったあ、こわかったあ、なきそうになったもんね」

「でも、ユウちゃん、泣かなかったよね。シノケンを連れて帰ってきてくれたんだよね」

「うん、だってシノケン、ずーっとてをつないでて、はなさないんだもん」

ユウちゃんは肘を深く曲げ、手すりにまるい顎《あご》を載せて、夕暮れの空を見上げた。

「シノケン、ぼくのこと、おぼえてるかなあ……」

「覚えてるよ、絶対」

「そう？」

もちろん、とうなずいたとき、携帯電話が鳴った。

神さまを少し見直した。

照れているのか、すねているのか、伊藤さんはあいさつもなく「調べました」と言った。「電話番号とか、いまから言うんで、メモしてもらえますか」

わたしはあわててバッグを探りながら、「たいへんだった？」と訊《き》いた。

「そんなでもないですけど」

「電話が通じなかったから心配してたんだけど」

「プレッシャーかけられるのって、嫌なんで」

そっけない口調でも、ほんの少し、微笑《ほほえ》みが声に溶けていた。

伊藤さんが調べてくれたのは、シノケンの携帯電話の番号だけではなかった。通っている予備校も、クラスも、いまは私立大学の入試を何校も受けているけど、試験のない日は予備校の自習室で勉強しているはずだ、ということも。

そして、「今日もいると思いますよ、九時ぐらいまで」――ありがとう、と返す前に電話は切れてしまった。すぐに電話をかけ直してみたけど、いままでどおり、わたしの携帯電話からはつながらなかった。

ユウちゃんを振り向いて、迷ったすえ、「ちょっと学校に忘れものしちゃった」と言った。「だから、ごめん、先に帰ってて」

駅舎に引き返しかけて、また駆け戻り、きょとんとしたままのユウちゃんに言った。

「名刺、もう一枚くれる?」

6

数えてみると、十二年ぶりだった。

二十歳になったシノケンは、あの頃の面影を見つけるのが難しいほど、すっかりおとなびていた。

予備校の近くの喫茶店で会った。伊藤さんからあらかじめいきさつを聞いていたのだろう、シノケンは突然の電話にも驚いた様子はほとんどなく、会うのを拒むわけでもなく、店の名前と場所をわたしに伝えて「着いたら電話してください、すぐに行きますから」と言った。その落ち着いた口調がほんとうは少し物足りなかったから――覚悟はしていたのだ、最初から。

喫茶店のテーブルにつくと、シノケンはまず、小さく頭を下げた。

「すみません……ユウちゃんっていうひとのこと、あんまりよく覚えてないんです」申し訳なさそうに言う。「あの団地にいたのって一年ぐらいだったし、ガキの頃だったから、ほんと、あんまり記憶に残ってなくて」と肩もすくめ、うつむいて、「なんか、覚えててもらってて悪いなっていう感じで……」と首を小さくひねる。

「体の大きな六年生だったんだけど」

「ええ、だから、それ、伊藤さんに教えてもらって、そういえば遊んだことあったっけかなあ、って」

「一緒に駅まで行ったのも覚えてない？」

「言われてみると、そういうのもあったなあ、って……」

ユウちゃんを連れてこないでよかった。

でも、ユウちゃんがここにいたら、シノケンだって気をつかって話を合わせてくれたかもしれない。たとえお芝居でも再会を喜び、なつかしんでくれるのなら、そのほうがユウちゃんは喜んだだろうか。

わからない。ユウちゃんは、わたしにたくさんの「わからない」を背負わせる。いままでと同じように、これからも、何度でもそういうことはあるだろう。神さまを軽くにらみたくなるときはしょっちゅうでも、やっぱり、恨まずにいたい。家族の誰にも話していないことだけど、わたしはユウちゃんの姉でなければ、小学校の先生にはならなかったと思う。

シノケンはうつむいていた顔を上げて、「すみません」とあらためて言った。

「そんなことないって」とわたしは微笑んで、「会ってくれただけでもうれしかったから」とつづけた。

「なんか……電話だけだと、オレ、サイテーな奴《やつ》になりそうだったし」

シノケンもやっと頬をゆるめた。笑うと、なんとなく、あの頃の面影が浮かんできそうな気がする。うろ覚えだったのは、わたしだって同じだ。ユウちゃんが結婚式によぶと言い出さなければ、ずっと忘れたままだったはずだ。

「ユウちゃん、結婚するの」

「ええ……伊藤さんから聞きました」

「明日なんだけど」

またうつむいてしまったシノケンは、明日は東京にいないのだと、ぼそぼそとした早口で言った。第一志望の大学は京都にある。明日東京を発《た》ち、あさってに受験会場の下見をして、しあさっての本番を迎える。

「明日の新幹線って何時？」

ダメでもともとのつもりで「式は午前中なの」とつづけ、ホテルの名前も伝えた。シノケンはさらに深くうつむいて、すみません、ちょっとキツいんで、すみません、とさっき以上にくぐもった声で言う。

「大事な受験だもんね」

皮肉じゃないよ、と付け加えた。石川くんの顔が浮かぶ。小島くんの一件のときはちょっとあの子に厳しすぎたかな。ふと思い、バスケ部の練習に最後に顔を出したときの寂しそうな顔も思いだして、せつなさは石川くんにだってあるんだ、と嚙《か》みしめた。

「伊藤さんに聞いたけど、法学部志望なんだってね。弁護士さんになるの？」

「できれば……ですけど」

「弱いひとの味方」

どうでしょうね、そうなれたらいいですけど、とシノケンは照れ笑いを浮かべた。

「ユウちゃんと駅まで行ったときのこと、どこまで覚えてる？」

「夕立が来て、雷も鳴って、雨宿りしてたような気がするんですけど……」

「歩道橋の下で？」

「……そうかも」

「なんで駅まで行ったか、理由は覚えてる？」

シノケンはしばらく記憶をたどったけど、あきらめて、「わかんないです」と言った。

答えを教えるつもりは最初からなかった。代わりに、「ねえ」とテーブルに身を乗り出して、「いまは受験勉強で大変だと思うけど、幸せ？」と訊いた。

さすがに戸惑わせてしまった。シノケンは困った顔で「幸せって、まあ、よくわかんないんですけど」と言うだけで、マグに残ったコーヒーを飲み干した。

「それで、ほんと、すみません、せっかくよんでもらったんですけど、結婚式、やっぱりちょっと無理なんで、よろしく伝えておいてもらえますか」

さっきまでとは違う意味で早口になった。しあさっての試験に備えて時間は一秒でも惜しいはずだ。椅子《いす》に座ってはいても、気持ちはもう立ち上がっている。

食い下がるのはやめよう、と決めていた。

「これ、もらってくれる？」

ユウちゃんの名刺を差し出した。シノケンが受け取って、名刺の名前や住所に目を落とすのを待って、「今日、初めて名刺をつくってもらったんだって、すごく喜んでた」と言った。

「そうですか……」

「招待状の代わりに、これ、あげるから」

いや、あの、だから、オレ、とあわてて言いかけるのをさえぎって、「来なくてもいいから」と言った。「来てほしいけど、来なくてもいい。でも、ユウちゃんのこと、できれば、ときどきでいいから思いだして」

先に立ち上がった。

このタイミングでしか言えないことを、言った。

「もう苗字《みょうじ》が違ってるのは知ってるけど、シノケンって呼んでいい？」

シノケンはわたしに先を越されて椅子に座ったまま、上目づかいでうなずいた。

「あの日、夕立が来て、雷が鳴ったとき、シノケンはユウちゃんとずっと手をつないでたんだよ。ユウちゃんは、ほんとうはすごく弱虫で泣き虫なんだけど、シノケンがいるから、がんばったの」

返事はなかったけど、シノケンは、自分の手のひらに目を落としてくれた。中腰になっていた気持ちが、すとん、と椅子に戻ったのがわかった。

その夜、ユウちゃんはリビングで誓いの言葉を練習した。

お父さんが神父さん役になって、マナミちゃん役のお母さんの隣で「気をつけ」をするユウちゃんに語りかける。

「その健《すこ》やかなるときも、病めるときも、喜びのときも、悲しみのときも、富めるときも、貧しいときも、これを愛し、これを敬い、これを慰め、これを助け、その命あるかぎり、真心を尽くすことを誓いますか?」

「はいっ、ちかいますっ」

「ユウ、『はい』は要らないって」

「もういっかい」

「よし、じゃあいくぞ……」

明日うまく言えるかどうか不安だから、というより、誓うことが楽しくなってきたのだろう、何度も繰り返す。子どもの頃から返事の元気の良さをほめられていたユウちゃんだから、どんなに言われても、やっぱり大きな声の「はいっ」を頭につけてしまう。

お母さんは「練習のときから本気出しちゃうと、明日、喉《のど》が嗄《か》れちゃうよ」と笑う。大きな声を出すと近所迷惑だから、とは言わない。お父さんはお父さんで「違う違う、練習でしっかり声を出せないと本番でもダメなんだから、思いっきり言っていいぞ」と、明日ご近所にお詫《わ》びをする覚悟はできているようだった。

ユウちゃんが高らかに言う。

「はいっ、ちかいますっ」

その声を聞いていると、永遠というものを信じたくなる。うんと遠くで揺れている陽炎《かげろう》に、手を伸ばせば届くかもしれない。

「はいっ、ちかいますっ」

明日からは、ユウちゃんはこの家にはいない。寂しくなる。でも、わたしたちが家族でいることは永遠に変わらない。

「はいっ、ちかいますっ」

お母さんが泣きだした。

神父さん役のお父さんも、もう、もったいぶった口調では話せなくなった。

「はいっ、ちかいますっ」

ひときわ元気よく答えたユウちゃんは、わたしを振り向くと、ちょっとびっくりした顔になって、ティッシュペーパーの箱を差し出してきた。よけいなお世話。悔しくて、うれしいから、ハナをかんでやった。

「はいっ、ちかいますっ」

耳がツンとして、声が遠くなる。だから、つぶやいているのか語りかけているのか自分でもわからないまま、「おめでとう」と言った。

練習した甲斐《かい》があって、ユウちゃんは本番でしっかり、永遠の愛を誓った。

マナミちゃんもよかった。ちかいます、と小さな声で神父さんに答えたあと、照れたのか、急に心細くなったのか、それとも思いが極まってじっとしていられなくなったのか、ユウちゃんの腕に両手でしっかりと抱きついた。すごくよかった。結婚指輪を交換したあと、社長さんは真っ先に大きな拍手をした。「いよっ！」と場違いな声もあげて、奥さんに肘でつつかれていたけど、とにかくよかった。お母さんの涙も、泣きたくないからカメラ係を買って出たお父さんの焚《た》くフラッシュの光も、ぜんぶ、よかった。

チャペルでの式を終えると、みんなで中庭に出た。空は少し霞《かす》んでいたけど、春を感じさせるいい天気だった。ユウちゃんとマナミちゃんは、木工所の仲間たちと一緒に写真を撮ってもらっている。式の緊張がほぐれたのか、二人ともにこにこ笑って、ユウちゃんはカメラに向かってVサインまでつくっている。

わたしはみんなの輪から少し離れて、なだらかな芝生の丘をゆっくり歩いた。

レストランからお客さんたちがこっちを見ている。表情まではよくわからないけど、よそゆきの服を着た小さな女の子が一人、自分の席を離れ、窓に貼《は》りつくようにして立っていた。ウェディングドレスを着たマナミちゃんを見て、きれいだなあ、と思ってくれているのだろうか。そうだとうれしい。

そして、小学校に上がっているかどうかのあの子が、ずっと――これから、少しでも長い間、永遠という言葉を信じていられますように。

ホテルのロビーから中庭に出るドアが開いた。

小ぶりの旅行カバンを提げた若い男のひとが、姿を見せた。何歩か進んだところで足を止め、わたしに気づくと、遠慮がちに会釈《えしゃく》をした。

わたしはユウちゃんに声をかける。身振り手振りで、あっち、ほら、見て、と伝える。

振り向いたユウちゃんは、一瞬きょとんとして、それから、まんまるな顔がくしゃくしゃになった。

チャーリー

1

やあ、チャーリー。ひさしぶり。元気だったか？　何年ぶりだろう。そして、いったいなんていうめぐり合わせなんだろう。

息子が友だちから借りてきた本の中に、きみはいた。「マンガだけど英語の本なんだよ」と息子は得意げに胸を張って、きみの本を僕に見せてくれた。

古い本だ。なつかしいデザインの本でもある。友だちのお母さんが中学生の頃に読んでいたらしい。よくわかる。僕もそうだった。もう三十年以上も前の話だ。

丸顔のチャーリー、きみはいまでも草野球のマウンドに立っているのか。前髪がクルッと巻いたチャーリー、きみはあいかわらず赤毛の女の子に片思いしたままだろうか。張り切るわりにはなにをやってもうまくいかないところは、きっと何年たっても変わっていないはずだ。

「お父さんも知ってるの？　このマンガ」

きょとんとする息子に、僕は「もちろん」と笑ってうなずき、きみの仲間たちの名前を諳《そら》んじてみせた。

まずはスヌーピーだ。犬小屋の屋根の上で小説を書き、第一次世界大戦の撃墜王に扮《ふん》するのが大好きなビーグル犬。主人公ではないのに、あの頃は――たぶんいまも、マンガの中でいちばんの人気者だった。

おてんばでガミガミ屋さんのルーシー、安心毛布を手放せないライナス、おもちゃのピアノでベートーベンを弾くシュローダー、居眠りばかりのペパーミント・パティ、埃《ほこり》だらけのピッグペン、まっすぐに飛べない鳥ウッドストック、そして、物語の主人公ではあってもいちばんの人気者というわけではなかった、われらがチャーリー・ブラウン。

登場人物をすらすらと紹介する僕に、息子は「すげーっ」と素直に感心してくれた。

「お父さん、英語で読んだの？」

まあな、と笑った。見栄《みえ》を張った。本には谷川俊太郎の日本語訳も添えてある。中学生の僕はもっぱらそっちを読んでいた。

「小学生は日本語のほうでいいんでしょ？」

息子は心配顔で訊《き》いた。四年生だ。同級生の中には英会話教室に通っている子も何人かいるらしいが、私立中学を受験させるつもりもないし、親としては——それ以上に本人が、のんびりかまえている。

本をぱらぱらめくった息子は、「日本語でも漢字けっこうあるね……」と気弱そうにつぶやいた。「ふりがなもついてないし」

「だいじょうぶだ。わからない漢字があったら教えてやるから、がんばって読んでみろ」

「マンガだから、もっとかんたんだと思ってたんだけどなあ」

チャーリー、僕の一人息子はこういう少年だ。勉強はあまり得意ではない。手先も不器用だし、芸術的な面でも才能はなさそうだ。スポーツを観《み》るのは大好きだが、実際にやると下級生にも負けてしまうほどへたで、学年別に組んだ少年野球のチームでも、ずっと補欠のまま、たぶん五年生や六年生になってもその立場は変わらないだろう。

「ねえお父さん、チャーリー・ブラウンって、この子？」

息子はマンガの一コマを指差した。そうだよ、とうなずいてやると、「ピッチャーなんだ……」とまたつぶやく。今度はちょっとうらやましそうに。

きみはマウンドに立っていた。バックで守るスヌーピーやルーシーに「しっかり守れよ」と声をかけていた。

「エースなの？」

「うん、エースだし、監督もやってる」

「すげーっ」

そうじゃなくて、と教えてやる前に、息子は次のコマを見て噴《ふ》き出した。ピッチャー返しのライナーをお見舞いされたきみは、マウンドの上でひっくり返っていた。グローブや帽子はもちろん、スパイクやソックスまで吹き飛ばされて。

「この子、へたなの？」

「うん……」

「へたなのにエースで監督なの？」

「弱いチームなんだ。連戦連敗で、お父さんが読んでた頃は、チャーリー・ブラウンが試合に出て勝ったことは一度もなかったな」

思いだす。シーズン最終戦の最終回、ツーアウト——きみはランナーに出ていた。打席にはスヌーピー。ホームランが出れば逆転サヨナラ勝ちという場面だ。きみはリードをとりながら、スヌーピーに檄《げき》を飛ばす。球をしっかり見ろ、落ち着け、頼んだぞ……次のコマで試合はあっけなく終わる。きみは牽制球《けんせいきゅう》でアウトになってしまったのだ。

息子はソファーに寝ころがって、きみと仲間たちの本を読みはじめた。飽きっぽい性格なのに、ページを繰る手を止めようとしない。ときどきクスッと笑う。どうやら、きみのことを気に入ったらしい。

それがうれしくて、ちょっと悲しい。

子どもの頃の僕は、きみによく似た少年だった。「お父さんそっくり」とみんなに言われる息子も、おそらく、あのマンガの中では、ライナスでもシュローダーでもなく、きみにいちばんよく似ているだろう。

きみたちのマンガにはおとなは登場しない。子どもたちだけの世界だ。だが、もしも学校の先生が登場していたら——チャーリー、きみは先生に好かれていただろうか。

長い間思いだすことのなかったひとの顔が、ぼんやりと浮かぶ。

小学五年生のときにクラス担任だった生駒《いこま》先生だ。いまの僕よりもずっと若い。三十代半ば、もしかしたらまだ前半だったかもしれない。

僕は生駒先生に嫌われていた。

おとなの誰かに嫌われたのは、生まれて初めてのことだった。

男の子は誰でも——女の子だってきっと、自分がほんとうはたいしたことのない人間なんだと気づくときがある。

僕の場合は、小学五年生だった。四年生までと「僕」はなにも変わっていないのに、みんなから見る「村田《むらた》くん」は、四月のクラス替えを境に大きく変わってしまった。

一学年六クラスあるなかで、五年一組は最強と呼ばれていた。オールスターのメンバーみたいだと言う友だちもいた。

実際、いままで同じクラスになったことはなくても顔や名前を知っている奴《やつ》が、一組にはたくさんいた。サッカーで市の選抜チームに選ばれたカネさんに江藤《えとう》、市の絵画コンテストで四年連続特選の泰司《たいじ》、四年生の頃から六年生の算数を勉強しているという噂《うわさ》だった園部《そのべ》、バク転の得意な小松《こまつ》、空手をやっているイッさん……。有名人ばかりだ。

僕は違う。一年生と二年生は二組、三年生と四年生は三組——どちらも、おとなしい男子が多く、地味なクラスだった。運動会の学級対抗リレーでもソフトボール大会でも合唱大会でも、最下位か、せいぜい五位。僕はそんなクラスのアンカーで、エースで、指揮者で、要するにお山の大将だったというわけだ。

五年生の始業式の前、クラス分けの一覧表を見たとき、すぐにわかった。僕はもうソフトボールのエースにはなれない。リレーの選手にも、たぶん選ばれない。合唱大会の指揮者も、去年の大会で優勝した四年二組の指揮者だった須藤《すどう》がいる。

もっとも、チャーリー、これはきみにも絶対にわかってほしいのだが、僕は誰かに勝ってやろうと思っていたわけではない。自分よりレベルが上の連中がたくさんいたのが悔しかったというのでもない。

ただ、がんばらなくちゃ、と思ったのだ。

なんのために——?

なにを目指して——?

うまく言えない。よくわからない。おとなになったいまでも。

幼い子どもを砂場に置いて小さなスコップを渡せば、子どもは穴を掘りはじめる。「なんのために」も「なにを目指して」もなく、じつは楽しいのかどうかさえよくわからないまま、一心に穴を掘る。それと似ているのかもしれない。

始業式の翌日、学級委員の選挙があった。

「誰か立候補するひとはいませんか?」

司会をつとめる日直の言葉に、教室はざわついた。いたずらっぽい笑い、からかうような笑い、照れ笑い、なにかを確かめ合うような笑い、あきれたような笑い……さまざまな笑いが教室をめぐり、誰も手を挙げようとしない。

「誰かいませんか?」

日直にうながされても、手は挙がらない。

どうしたんだろう、みんな、なにをやってるんだろう、と僕は教室を見回した。

去年と同じだ。四年生の一学期の学級委員を決めるときも、誰も立候補しなかった。担任の宮原《みやはら》先生が「どうしたの? 誰もいないの?」とがっかりした顔をしていたので、「じゃあ、僕がやります」と手を挙げた。おとなしもそうだった。あのときはもっと積極的に、周囲を見回す間もなく「はいはいはい! やるやるやる!」と手を挙げて学級委員になった。去年とおとなしのクラスは、ほんとうにおとなしくて引っ込み思案の連中ばかりだったのだ。だが、今年は最強のクラスなのに、誰も手を挙げない。勉強のできる園部も、声の大きなカネさんも、自分には関係のない話だといった顔で座っている。

なんだ、と拍子抜《ひょうしぬ》けした。みんな勉強やスポーツのような個人のことは得意でも、クラスをまとめるのは自信がないのかもしれない。

僕ならできる、と思った。

「誰かいませんかあ?」

日直が三度目に声をかけたとき、僕は右手を挙げた。最初はおそるおそるだったが、日直が気づいたのを確かめると、肘《ひじ》をぴんと伸ばした。

生駒先生は教壇《きょうだん》の横に立っていた。ちょっと意外そうな顔で僕を見て、手に持っていた座席表と見比べた。

目が合った。勇気をふるって立候補した僕を、先生も褒《ほ》めてくれるだろう、と思っていた。去年の宮原先生はそうだった。「みんなも村田くんみたいに積極的になりなさい」と言って、にっこり笑ってくれた。

だが、生駒先生は違った。僕から目をそらした。困っているような、怒っているような、悲しんでいるような、複雑な表情だった。嫌われているとまでは思わなかったが、喜んでくれているわけではないんだというのは、不思議なほどはっきりとわかった。

褒めてくれなかった。みんなのお手本にもしてくれなかった。クラス全員の拍手で委員に決まった僕に目を向けることなく、黙って、座席表を見ていた。

先生はそのとき最初に、僕のことを「嫌いだ」と思ったのだろう。

2

生駒先生は、異動で隣町の学校から赴任してきたばかりだった。だから、いったいどんな先生なのかわからない。

そもそも、担任が男の先生になるのも初めてだった。

父は始業式の日の夜、「上級生になったら、やっぱり男の先生じゃないとな」とほっとしたように言った。

「ちょっと、それって男女差別じゃない」と父を軽くにらんだ母は、逆に「男の先生だと、貴之《たかゆき》、大変よ」と僕に言った。

「怒ると怖いの？　ビンタ張られたりするの？」

不安に駆られた僕に、母は「叱《しか》られるようなことしなければいいんだから」と笑って、「でもねえ……」と真顔に戻ってつづけた。「宮原先生のときみたいにはいかないかもね」

「なにが？」

「宮原先生は、がんばる子が好きだったでしょ。だから、貴之のこともいつも褒めてくれてたじゃない。『努力賞』のシール、たくさんもらったでしょ」

「うん……」

「でも、今度の先生は、宮原先生ほどシールをたくさんくれないかもしれないわよ」

「なんで？」

「なんで、って……」

言葉に詰まった母は、つくり笑いを浮かべて、助けを求めるように父を見た。

父は不機嫌そうな顔になった。「そんなの勝手に先回りして決めつけるな」と母を叱り、むすっとした顔のまま僕を振り向いて、「五年生になったら、もう、四年生までとは違うんだからな」と言った。

そんなのあたりまえだよ、と僕が笑う前に、母が「実力勝負になるもんねえ」と相《あい》槌《づち》を打った。父も今度は母を叱らず、そうだ、とうなずいて、つづけた。

「授業中にどんどん手を挙げて答えても、テストの点が悪かったら意味がないだろ。授業中はおとなしくても、テストで百点をとったら、そのほうがいいんだ。五年生や六年生は勉強も難しくなるんだから、授業中に、はいはいはーいって手を挙げるだけじゃだめなんだぞ。ちゃんとテストでいい点とらないと」

あたりまえだと思った。なんで急にあたりまえのことばかり言い出すんだろう、と不思議だった。

父も母もそれ以上はなにも言わなかった。僕も、ふうん、まあいいけど、と思ったきり、その話は終わってしまった。

いまなら、わかる。父と母が言いたかったことも、二人の歯切れが微妙に悪かった理由も。

授業中に「はいはいはーいっ」と誰よりもたくさん手を挙げて、先生に当てられると決まって間違った答えを言ってしまう――僕はそういう少年だった。

宮原先生は「元気があって、とてもいいです」と褒めてくれた。だが、テストの答案や宿題のノートに貼《は》ってくれるシールは、いつも「努力賞」で、花びらの数がもっと多い「優秀賞」は一度ももらえなかった。

四年生の三学期、最後の保護者面談のときに、宮原先生は母に言った。

「村田くんの積極的でやる気のあるところは大好きです。でも、やる気があるだけではなかなかうまくいかないことも、これからはたくさん出てくると思います」

母がそれを教えてくれたのは、ずっとあとになってからのことだった。

父の言っていたとおり、五年生になると勉強は急に難しくなり、授業のテンポも速くなった。特に算数が難しい。四年生の頃なら三十分ほどで終わっていた宿題に一時間以上かかるようになったし、さっぱり歯の立たない文章題も増えてきた。

僕は自分が思っているほど頭がよくないのかもしれない——。

休み時間の過ごし方も変わった。昼休みにテニスの軟球を使った野球をするときも、いままでのような遊びではなく、みんな勝ち負けにこだわるようになった。エラーをすれば文句を言われるし、ノーアウトでランナーが出たら送りバントをしなければいけない。男子を二つに分けたチームでも外野で七番バッターしか任されない僕は、もうマウンドには立てない。ホームランも狙《ねら》えない。

僕は自分が思っているほどスポーツが得意ではないのかもしれない——。

ちょっとした空き時間のおしゃべりもそうだ。テレビや本にくわしい奴がたくさんいる。みんながどっと笑う話を次々に思いつく奴もいるし、物真似《ものまね》の上手な奴もいる。僕もとっさにギャグやダジャレを考える。だが、さあ言おう、笑うぞみんな、とタイミングを計っているうちに、話題は次のものに変わってしまう。

僕は自分が思っているほど面白い奴ではないのかもしれない——。

風呂《ふろ》あがりに洗面所の鏡を見る。いろんな表情をつくってみて、ヘンな顔だよなあ、とため息をつく。空手道場に通うイッさんは、マンガの主人公みたいにカッコいい。

昼休みには六年生の女子がときどきイッさんの顔を見に教室に来て、きゃあきゃあ言っている。僕はどうだろう。イッさんにはもちろん勝てない。クラスで何番目？　五番目か……六番目か、七番目か……もっと、ずっと下のほうか……。

僕は自分が思っているほどには女の子にモテないのかもしれない——。

生駒先生は最初に心配していたような怖い先生ではなかった。すぐにイコマンというあだ名もついた。だが、先生は授業中にほとんど冗談は言わない。僕たちをあてるときも「誰かわかるひといますか？」と手を挙げさせるのではなく、名簿の順番に指名する。授業中の教室は四年生のときよりずっと静かになった。休み時間になるとすぐに職員室にひきあげ、授業の始まるチャイムが鳴るまで教室に戻ってこないので、ふだんの先生がどんなひとなのかまったくわからず、宮原先生の頃のように「先生、先生」と気軽に話しかけづらかった。

教室には先生のための事務机もあるのだから、せめて昼休みぐらいは教室にいてくれればいいのに。小松に軽くぼやいたら、きょとんとした顔で「いないほうがいいに決まってるじゃん」と言われた。

「でも、これだと先生となにもしゃべれないだろ」

「べつにしゃべる必要ないじゃん」

たしか小松は四年生のときは二組で、担任は市野《いちの》先生というおばさんだったな、と思いだして、「女の先生のほうがよかったよな」と言うと、「はあ？」と間の抜けた声で返された。「いいわけないじゃん、オンナが担任だと」

「……そうかなあ」

「あったりまえだろ、オレら男子なんだもん、オトコだもん」

「市野先生、いい先生だったじゃん」

「全然。べたべたしてて、すげえ面倒くさかったよ。あんなのよりイコマンのほうが一億倍いいって。イッさんやカネさんも、みんな言ってるし」

「イコマンのほうがいいって？」

「うん。ほっといてくれるから楽だって」

小松は別の友だちに呼ばれて、すぐ行く、と応《こた》えてから、最後に付け加えた。

「おまえ、やっぱりちょっと変わってるよな。オンナの先生のほうがいいって、ふつう、いないよ、男子でそんなの」

僕は、自分が思っているほどにはオトコらしくないのかもしれない——。

それ以上に「やっぱり」という言葉が気になって、「なにが変わってるんだよ」と少し声を強めて訊《き》いた。

小松はうっとうしそうに「ぜんぶ」と応え、僕の返事を待たずに駆け出していった。

小松が教えてくれなかった「変わってる」ところは、たぶん、こういうことだったのだろう。

四月の終わり頃、同じ班で少しずつ仲良くなっていた須藤に言われたのだ。

「村田って、去年の合唱大会で三組の指揮やってなかった？」

「うん、やってたけど……」

一瞬、胸がふわっと浮き立った。須藤は今年の指揮を譲《ゆず》るつもりかもしれない。合唱はへただったけど、指揮は村田がいちばんうまかったよ、と言ってくれるかもしれない。そういうときの想像は、なぜかすばやくめぐる。

だが、須藤はにやにや笑って言った。

「めちゃくちゃだったよなあ、村田の指揮。急に速くなったり遅くなったりするんだもん、オレ、席で見てて笑っちゃったよ」

夢はあっけなくひしゃげてしまった。

「三組もよくおまえなんか指揮者に選んだよなあ。あれって音楽の成績順？　選挙で決めたの？」

少し間をおいて、「それとも立候補？」と付け加えたのは、きっと須藤にも見当がついていたからだろう。

僕は黙ったままだったが、頬《ほお》がカッと火照《ほて》って赤くなったので、やっぱりな、と笑われた。

「村田って音楽得意だったわけ？」

「そうじゃないけど……」

「へえーっ、それで指揮に立候補したんだ」

「だって……」

やりたいひとは手を挙げてください、と宮原先生が言ったから。みんなの前でさっそうとタクトを振る指揮者はカッコいいと思っていたから。

手を挙げたのは僕だけだった。みんなも反対しなかったし、宮原先生は「やっぱり、こういうときは村田くんよね」と笑ってうなずいてくれたのだ。

「信じらんない。勇気あるよなあ、おまえ」

須藤は笑いながら言った。褒めてもらったわけではないことぐらい、僕にも、もう、わかっていた。

「学級委員にも立候補したんだもんなあ」

いけないのかよ、と言い返した。文句あるんだったら、おまえが立候補すればよかったじゃないか、と言ってやった。大事なときになにもしないで、あとから悪口を言うのは、ひきょうだ。

「違う違う、悪口じゃないって」

須藤はあわてて言って、「えらいよなあ、って思っただけだよ」と、また笑った。

チャーリー、きみは野球だけでなく、凧揚《たこあ》げも好きだったな。

野球だけでなく、凧揚げもへたくそだったな。

木の枝に凧をひっかけてしまったり、糸がからまったり、ぷつんと切れてしまったり、失敗ばかりだった。遠い昔のうろ覚えの記憶だが、きみは凧揚げで誰かと競争していたわけではなかったと思う。勝ち負けのない、のんびりと楽しむための凧揚げなのに、うまくいかない。

きみは野球では連戦連敗だった。それはそれで同情したい。だが、四十代の半ばになったいまは、凧揚げにしくじったときのきみの顔のほうが、せつなく胸に迫ってくる。

勝ち負けなんて考えてもいないのに、何度やってもうまくいかない。つらいよな。

背丈より高い枝にひっかかった凧を取りに行ったり、こんがらかった糸をほどいたりという後始末だってある。つらいよな、ほんとうに。紙が破れ、骨が折れて、糸が途中で団子になってしまった凧を抱いて、空き地からとぼとぼとひきあげる、そんなきみの後ろ姿を、マンガには描かれていなくても、僕は確かに何度も見たことがあるのだ。

チャーリー、わかってほしい。きみなら、きっとわかってくれる。

僕は――あの頃の僕は、ほんの一度だって、誰かに勝ってやろうなんて思ってはいなかった。僕はただ、うまくやりたかっただけなのだ。

オールスターの最強クラスで学級委員をつとめるのは、予想していたよりはるかに大変だった。

学級会で司会をするときも、僕のペースでは進まない。「ほかに意見のあるひとはいませんか?」と僕が訊くと、誰かが必ず「誰も手を挙げてないんだから、もういいだろ、早く多数決で決めようぜ」と言うし、逆に僕の判断で投票を始めようとすると、別の誰かに「もうちょっと意見とか質問を聞いてからのほうがいいんじゃないか?」と言われる。そのたびに僕は「そうですね……」とうなずいて、自分の考えを引っ込める。

みんな意地悪をしているわけではない。僕に反抗しているのでもない。決まったことには従ってくれるし、困っているときには助けてくれる。

だが、みんなは僕をリーダーにはしてくれなかった。僕がクラスを引っぱるのではなく、みんなのほうが先に進んで、こっちこっち、と僕を呼ぶ。急いで追いかけようとしても、最強クラスの足取りは速い。速すぎる。僕を待ちきれずに、誰かが手を差し伸べてくれることもある。ときには、後ろにまわって背中を押してくれることも。

僕は学級委員でも、クラスの中心にはいない。遊ぶときでも、おしゃべりをするときでも、クラスでなにかを決めるときでも、真ん中にいるのは別の誰かだった。僕はその誰かを囲む輪にいて、一所懸命に体を前に出して自分の居場所を確保しながら、相槌を打ったり笑ったりするだけだった。

そんな僕を、生駒先生はいつも遠くから見ていた。

3

クラスの女子は、学級委員の夏井《なつい》さんを中心にまとまっていた。夏井さんは、僕が男子の委員に決まったあと、ほかの女子の何人かから推薦されて選ばれた。クラスの女子でいちばんはきはきしていて、勉強もできるし、バレエ教室にも通っている。学年の有名人の一人だ。たとえ投票をしても、二位を大きく引き離して当選していただろう。夏井さん本人も、推薦されたときに嫌がるそぶりは見せなかった。僕はたぶん、だったら、最初から立候補すればいいのに。不思議でしかたなかった。クラスの中で一人だけ、子どもだったのだろう。

女子は五月になるとドッジボールのチームをつくった。夏井さんが休み時間に何日もかけてクラスの女子全員のチームをつくり、二組から六組までの女子の学級委員にも話を持ちかけて、放課後の体育館で学年のリーグ戦を始めた。もちろん十数人いる女子が全員ドッジボールが得意なわけではないし、中には球技なんて大嫌いな子もいたはずだが、夏井さんはエースとして活躍するだけでなく、内野と外野にみんなをうまく割り振って、手持ちぶさたの子が出ないように作戦も立てて、試合の連勝記録と全員参加の記録を更新しつづけていた。

だから僕は、べつに男子の誰かに「おまえはなにやってるんだよ」と言われたわけではなくても、一人であせっていた。夏井さんと張り合うつもりはない。ただ、ちゃんとしなくちゃ、学級委員らしいことをしなくちゃ、自分が中心になってみんなをまとめられることをしなくちゃ、とずっと考えていた。

だが、考えても考えても——考えれば考えるほど、なにも浮かんでこなかった。

「学校の中の水道の『冷たい水コンテスト』をやりませんか？」

学級会で提案すると、「つまんねえよ、そんなの」とカネさんにあっさり反対されて、票決をとるまでもなく、却下になった。

「みんなで学区の絵地図をつくりませんか？」

次の週の学級会で提案した。今度は反対の声すらあがらず、みんなあきれて笑うだけだった。

「班に分かれて学区を回って、どこの班が空き缶をいちばんたくさん集めてくるか、競争しませんか？」

その次の週に提案すると、みんなはもう笑ってもくれず、黙って顔をしかめた。書記の夏井さんも黒板になにも書かなかった。

代わりに、教壇の脇《わき》に立っていた生駒先生が言った。

「学校の外で勝手なことはしちゃだめだ」

ぴしゃりと叩《たた》きつけるような、強い口調だった。「許可もとらずに、勝手に決めちゃだめじゃないか」――「勝手」という言葉を二度繰り返して、僕をにらんだ。

やることになったら、ちゃんと学校の許可をとるつもりだった。先生がだめだと言ったらあきらめよう、と決めていた。だが、弁解する前に先生は僕から顔をそむけ、みんなのほうを向いて言った。

「クラスのみんなでなにかをやるというのは、とてもいいことだと思います」

おだやかで、諭《さと》すような、いつもの口調になる。みんなも少しほっとして、そうそうそう、とうなずいた。

すると、先生は教室の緊張がゆるむのを待っていたように、「でも」とつづけた。

「全員参加は禁止です。もう五年生なんだから、みんなひとかたまりっていうのは、やめなきゃ。中学受験をするひとだっているだろうし、塾や習いごとで忙しいひともいるんだから、学校の行事以外でなにかやるんだったら、希望者だけでやりなさい」

口調はおだやかなままだったが、教室の空気は沈んでしまった。

特に夏井さん――ちらりと盗み見ると、顔を赤くしてうつむいていた。

「みんなが全員集まれば、集めたほうは気分がいいかもしれません。でも、集められたひとの中には、いろんなひとがいるんだっていうこと、忘れてはいけません。しかたなくイヤイヤ付き合ってるひともいるんですから」

先生は夏井さんに語りかけていたのだろうか。僕に伝えようとしていたのだろうか。

「いいですね、行事以外になにかやるときには、希望者だけの参加にしなさい」

それで先生は自分の話を終えて、「じゃあ、司会、つづきをやってください」と僕に言った。黙ってうなずくと、先生はすっと目をそらして、窓のほうを向いた。

僕は先生に嫌われているのかもしれない。ふと浮かんだ不安は、胸の奥に居座ったまま、消え去ってくれなかった。

悲しかったわけではない。悔しいというのとも違う。ただ、このままでは次の議題に移れない、と思った。

顔を上げて、「野球チームをつくりませんか？」と言った。希望者だけで、と付け加えた声が震えた。

サッカーだけでなく野球も得意なカネさんが、「さんせーい！」と手を挙げてくれた。カネさんが賛成すれば決まりだ。反対すればなにも決まらない。新学期が始まって二カ月近くたつと、僕にもそれくらいのことはわかるようになっていた。

先生は僕たちに背を向けたまま、黙って窓の外を見つめていた。

チャーリー、教えてくれないか。きみはなぜ野球チームの監督になったのだろう。

チームの創設者だから？　メンバーに推薦されて？　それとも、自分から立候補したのだろうか。

僕も監督になった。五年一組イーグルス。オールスターの最強クラスにふさわしい、カッコいい名前だ。だが、その名前を決めたのは監督の僕ではなく、キャプテンのカネさんだった。チャーリーのチームにキャプテンはいたっけ。もしもいたのなら、チャーリー、その子は監督のきみよりも偉かったのだろうか。

僕は、監督はチームでいちばん上だと思っていた。だが、僕たちのチームはそうではなかった。学級委員がリーダーではないのと同じだ。

イーグルスには、十五人のメンバーがいた。野球がうまい順に九人がレギュラー、十番目から十五番目までが補欠――僕は十三番目だった。

「だってしょうがないだろ」

キャプテンのカネさんは、レギュラーの打順とポジションを決めたあと、しょんぼりする僕に言った。

「去年の球技大会、おまえ三組のピッチャーだったけど、全然ストライク入らなかったし、球も遅かったし、打っても外野まで飛ばないし……おまえなんか三組だったから、いばってられたんだよ」

いばっていたつもりはない。だが、カネさんの言うことは確かにそのとおりだった。エースの座も、四番打者の座も、僕は自分から「オレがやるよ」と言って、「反対意見あるひと、はーい、いない、いない、じゃあ決まりね」とポジションを取ったのだ。

カネさんはクラスでいちばん背が高い。だから、背の低い順に並ぶと真ん中よりだいぶ前になる僕を、見下ろしてしゃべる。

「最強軍団だよ、イーグルスは」

「うん……わかる」

「五年生だと相手にならないよ」

「……だよね」

「でも、オレら、六年生やほかの小学校とも試合しようと思ってるから、おまえ、あんまり出しゃばるなよ」

指でピンとはじき飛ばすように言われた。

カネさんたちの「オレら」に、「おまえ」は入っていない。それが悔しくて、だから逆に頬をへへッとゆるめて、「べつに出しゃばってないけどなあ、オレ」と首をかしげた。

「なに言ってんだよ、出しゃばってるだろ、いつも。はいはいはーい、僕がやります、はいはいはーいっ……」

手を挙げる身振り付きでからかわれた。「はいはいはーいっ」と繰り返しながら、あざけるような目で顔を覗《のぞ》き込まれた。今度の悔しさは、もう薄笑いではごまかせなかった。

「やめろよ」と言った。マンガの主人公みたいに相手をびくっとさせるつもりだったが、僕の声はやっぱり、自分が思っているほどすごみはなかった。

「はあ？　なに？　なんか言ったかあ？」

とぼけて訊《き》くカネさんの声のほうがずっと怖い。

「……ふざけんな」

せいいっぱい声を低くして、詰め寄った。

カネさんも舌打ちして、自分からさらに距離を詰めてきた。背丈が違う。体のたくましさも違う。カネさんが壁のように見えて、そう見えてしまう自分が悔しくてたまらなくなった。

少し離れたところで話を聞いていた江藤が割って入り、「やめろよ」と僕に言った。

「どうせやっても負けるんだから」

悔しさが悲しさに変わった。泣きそうになるのを必死にこらえていたら、江藤が言った。

「だったらさ、村田、監督やってくれよ。おまえ学級委員だし、そういうの好きだろ?」

首を横に振る前に、機嫌を直したカネさんが「そうだよ」と笑った。「監督、カッコいいじゃん」

心が動いた。動くなよ、そんなので喜ぶなよ、と胸の奥から小さな声が聞こえたような気がしたが、このままだとただの補欠なんだから、とその声を振り払って小さくうなずいた。

「じゃあ決まりな、村田監督、けってーい」

カネさんの言葉にもう一度うなずいた。

すると、カネさんは顎《あご》をしゃくって言ったのだ。

「じゃあ、今日の昼休みから練習するから、場所取りしろよ。バックネットの前だぞ、六年生に取られるなよ」

「……一人で?」

「監督なんだから、おまえがやるの当然だろ。場所が取れなかったら、村田の責任だからな」

カネさんは江藤をトイレに誘って、二人で廊下に出て行ってしまった。歩きながら、江藤がカネさんに言った。あんまりいじめてやるなよ、かわいそうだろ――声は聞こえなかったが、口の動きでわかった。

僕は監督の仕事を一所懸命やった。悔しさや悲しさや納得のいかないところはあっても、なにも言わずにがんばった。

昼休みは、給食が終わると一息つく間もなくダッシュしてグラウンドに出た。バックネットの前のいちばんいい場所を取って、みんなが来るのを待った。六年生に文句を言われても絶対に譲らなかった。

一度、六年生の奴《やつ》らに囲まれて、小突かれたこともある。怖かった。だが、僕は場所を守り抜いた。脅しに負けなかった。

勇気をふるって――というのとは、少し違う。「勇気」や「努力」は、こういうときにつかう言葉ではない。カネさんに怒られたくないからがんばったのでもない。僕は僕のためにがんばった。おとなになった僕が言葉をあてはめるなら、それは「意地」がいちばん近いだろう。

みんながグラウンドに出てくると、昼休みの場所取りの仕事は終わる。試合に備えてシートノックやバッティング練習をする選手たちに場所を譲って、僕は監督としての次の仕事にとりかかる。

グラウンドを見渡して、五年生の別のクラスの連中を探し、駆け寄って声をかける。今度、ウチのクラスと試合やらない——？

「ウチのクラス」の代わりに「オレら」と言うこともあった。そのたびに、なんだか嘘《うそ》をついているような、嘘ではなくても大事なことをごまかしているような、背中がもぞもぞする居心地の悪さを感じた。

試合相手を決めると、僕はまたチームのもとへ戻る。みんなの邪魔にならないように隅っこのほうに立って、練習を見守る。僕は監督だから試合には出られない。試合に出られない奴は練習にも参加できない。外野を越えたボールが、六年生の使っているスペースに転がっていった。邪魔をされた六年生が怒っているのがわかる。外野を守る武藤《むとう》と荻原《おぎわら》が拾いに行くと、六年生に呼び止められ、文句を言われた。僕の出番だ。監督の仕事だ。もめているところに駆け寄って、チームの代表として謝る。武藤と荻原には、いいよいいよ、ここはオレがやるから、早く戻って練習しろよ、と言って、六年生に、ごめんなさい、ごめんなさい、と頭を下げる。そういうときには、カネさんも僕のことを「出しゃばり」とは呼ばない。

チャーリー、監督というのは大変だな。きみは監督なんてもうやめちゃおうと思ったことはないのか？　きみのマンガには、監督がぺこぺこ頭を下げる場面は出てこない。作者はきっと優しいひとなのだと思う。

ふと校舎のほうに目をやると、職員室の窓から、生駒先生がグラウンドを見ていることがある。何度もあった。僕を見ていたかどうかはわからない。ただ、僕がそれに気づくと、決まって先生は窓辺から離れてしまう。

泣きだしたくなってしまうのは、そういうときだ。つらいことをやっているのを誰にもわかってもらえないときは、あんがい幸せなのかもしれない。いつか、誰かがわかってくれる、と信じていられるから。ほんとうにつらいのは、自分のことをちゃんと見てくれているひとがいるのに、そのひとに冷たく突き放されてしまったときなのだ。

チャーリー。

正直に打ち明けておこう。

おとなになり、父親になった僕は、ときどき息子から顔をそむけてしまうことがある。

息子はとても元気で明るい少年だ。ほかの子に比べて秀《ひい》でているものは、ほとんどない。むしろ、みんなより劣っているところのほうが多いはずだ。それでも本人は引け目に感じることなく、元気よくやっている。

先月締切だった市の読書感想文コンクールには、クラスで一人だけ、三冊の本を選んで感想文も三編書いた。三編とも校内予選で落ちてしまったが、本人は〈よくがんばりました〉のシールを三枚もらったことを喜んでいた。野球チームの練習日にも張り切って早起きをして、誰よりも早くグラウンドに出て、試合の日には重たい数字の背番号をつけてベンチから声援をおくる。

そんな息子も、やがて気づくだろう。思い知らされるだろう。

ぼくはじぶんでおもっているほど――。

あどけなさを残す声が胸の奥から聞こえてくる日が、きっと訪れるだろう。

それが僕にはわかるから、屈託《くったく》なく笑う息子の顔を正面から見るのがつらい。さりげなく目をそらすことも、きょとんとした息子のまなざしを耳の後ろに感じることも、最近少しずつ増えてきた。いずれ、さりげなさを装《よそお》う余裕もなくなるかもしれない。僕を見る息子のまなざしが寂しそうになってしまうかもしれない。

チャーリー、きみはそのことを知っていて、僕に会いに来てくれたのか？

4

イーグルスは五年生を制覇した。連戦連勝――それも、高校野球の予選ならコールドゲームになる大差の試合ばかりだった。六年生にも二クラスに勝った。ほかのクラスは、忙しいだのメンバーがそろわないだの、五年生が六年生と試合するなんて生意気だのと理由を並べ立てて対戦に応じてくれなかったから、不戦勝と言ってもいい。

七月になると、カネさんと江藤は「夏休みには、ほかの学校と試合しようぜ」と言いだした。「こっちに呼んでもいいし、遠征してもいいから」

相手を探してくるのは、やはり、監督だった。

「なるべく強そうなの選べよ」と言われても、ほかの学校に友だちや知り合いはいない。

途方に暮れる僕に、江藤は「あ、オレ、いいこと思いついちゃった」と、アイデアを出してくれた。

「イコマンが前にいた学校と試合しない？」

カネさんも「ナーイス！」と賛成して、「じゃあ、監督、よろしくぅ」と僕の肩を小突くように叩いた。

「……イコマンの前の学校って知らないけど」

「訊けばいいだろ、そんなの。訊くだけじゃなくて、イコマンに頼めばいいんだよ。監督なんだから、それくらい自分で考えろよ」

面倒くさそうに答えたカネさんは、ああそうだ、と不機嫌な顔のままでつづけた。

「ついでにイコマンに謝っとけよ」

「……なにが？」

「さっきの国語の時間、おまええまた出しゃばっただろ」

ちょうど吸い込むところだった息が、喉《のど》の奥でつっかえた。

教科書に載っていた詩を、みんなで音読したのだ。特に声を張り上げて読んだつもりはなかったが、みんなぼそぼそとしか読まないので、自然と僕の声だけが場違いなほど大きく響いてしまった。

「なあ、村田。おまえって、なんでそんなに目立ちたがるわけ？」

僕はあわてて首を横に振った。だが、カネさんは「目立とうとしてるじゃん」と決めつけて、「あんなに読み間違えたのも、目立ちたかったからなんじゃねえの？」と憎々しげに言った。

それも違う。絶対に、違う。ひらがなばかりの詩だったから、どこで切っていいかわからず、つい間違えてしまっただけだ。声が大きかったからみんなにも聞こえて、笑われて、音読が途中で止まってしまったので、最初からやり直しになっただけなのだ。

「ま、どうでもいいけどさ、あんまり張り切るなよな、うっとうしいから」

カネさんは「張り切るのは、試合の相手を決めるときだけにしろって」と、とどめを刺して、僕から離れた。

江藤はちょっと困った顔でカネさんを見送り、「ダメでもともとでいいからな」と小声で言ってくれた。よかった、江藤だけはわかってくれている。

だが、わかってくれているから、江藤はさらに声をひそめてつづけた。

「あのさ、本読みとか、あんまり得意じゃないことって、無理してがんばらなくてもいいんじゃないの?」

カネさんに意地悪なことを言われたときよりも、そっちのほうが、悔しさも悲しさもずっと深かった。

その日と次の日、僕はほとんど誰とも口をきかずに過ごした。学校でこんなにしゃべらずにいたのは、入学して以来初めてだった。

職員室には行かなかった。

僕は先生に嫌われているのだろう。先生は僕のような子が嫌いなのだろう。不安や予感ではない。もう、わかっていた。先生と直接話をすれば、すべてが現実になる。推理小説でいうなら、犯人の目星はついていて、あとは証拠を見つけだすだけ――僕は探偵なのに、その証拠が出てこないように、と祈っていた。

カネさんはいらいらしながら待っている。初日の昼休みからさっそく「なにやってるんだよ、早く訊いてこいよ」とせっつかれた。「グラウンドの場所取りはサボらせてやるから、早くイコマンに訊いてこいって」

ごまかそうか、と思った。訊いてみたんだけど教えてくれなかったんだ、と嘘をつけば、カネさんにこれ以上せっつかれずにすむ。江藤も、しょうがないよ、とかばってくれるかもしれない。

それでも、監督をクビになりたくなかった。なにもできない奴だと思われたくなかった。

休み時間になると、僕はすぐに教室から出て行くようになった。カネさんのいる教室にはいたくないし、生駒先生のいる職員室にも行けない。授業と授業の間の休憩は十分間だったのでなんとかなったが、一時間近くある昼休みには校内をひたすら歩きまわるしかなかった。渡り廊下、百葉箱《ひゃくようばこ》のある中庭、体育館の裏、広いグラウンドの隅にある花壇……なるべく、ひとのいない場所を探した。学級会で提案した『冷たい水コンテスト』を、一人でつづけた。

三日目の昼休みに、グラウンドで一組の女子と五組の女子がドッジボールの試合をしているのを見かけた。応援の人数はだいぶ減ったし、選手の数も少なくなったが、一組はあいかわらず強かった。エースの夏井さんが外野に回って、内野の子からパスを受けるとすぐさま強くて速いボールを放り、内野にいる五組の子を次々にアウトにしている。よく見てみると、選手の数は減っても、逆に体育の得意な子ばかりが残っているので、作戦も立てやすそうだった。おとなしい子は教室や図書室で昼休みを過ごしているのだろう。

そっちのほうがいいのかな。いいんだろうな。「みんないっしょ」なんて、やっぱり、もう、おかしいんだろうな。イーグルスだって、男子は全員参加ということにしていたら、監督はもっと大変だっただろう。そうだよな、ほんと、そうなんだよな……。

くちびるを噛《か》んで何度もうなずいていたら、後ろから「わっ！」と大きな声で驚かされた。

カネさんがいた。イーグルスのほかのメンバーもいた。

「なにやってるんだよ、村田。早く行ってこいよ」

肩を小突かれた。カネさんの大きな体は、また壁になっていた。

「イコマン、いま職員室にいるから、早くしろよ」

もう一発小突かれると、後ろによろめいた。なんとか転ばずに踏ん張っても、誰もすごいとは言ってくれない。江藤も、かわいそうな奴を見るような目になっただけで、かばってくれなかった。

みんな職員室の前までついてきた。「オレら応援団だからな」とカネさんは言ったが、職員室の中に一緒に入ってくれるのは誰もいない。

生駒先生は自分の席で書きものをしていた。後ろから「すみません……」と声をかけると、「うん?」と振り向き、僕だと気づくと、ちょっと顔をこわばらせた——ように見えた。

「どうした、村田くん」

先生はボールペンにキャップをはめ、椅子《いす》を回して僕に向き直った。不機嫌で、怒っている——ような気がした。

試合のことを早口に話した。顔は先生に向けていたが、目は合わせなかった。ネクタイの柄を見ていた。ペイズリーだった。いや、あの頃はそんな言葉は知らなかった。ゾウリムシみたいなヘンな柄だな、こんなのどこがいいんだろう、と無理やり心の中で笑ったのだ。

最後まで話して、「お願いします」と頭を下げた。

先生が椅子を小さく左右に回すのが見えた。あとで知った。職員室の戸口から中を覗《のぞ》き込んでいたカネさんたちは、そのとき先生と目が合ったらしい。先生はいままで見たことがないほどおっかない顔をしていて、カネさんたちはあわてて逃げ出したのだという。

「お願いします」

僕はもう一度頭を下げる。

先生は大きくため息をついた。顔を上げると、いつものように、すっと目をそらされた。眉《まゆ》を寄せ、目を半分閉じた、うんざりしたような横顔だった。

「先生は嫌いだな」

ぼそっと言った。

「そういう試合をするのも、そんなことを一人で言ってくるのも、嫌いだ」

机に向かって、ボールペンのキャップを取った。

「それ、誰かにやらされてるのか？」

一瞬、いろいろな思いが湧《わ》き上がった。ぐちゃぐちゃで、もやもやとして、うめきたくなるほど熱くて、ぞくっとするぐらい冷たくて、絵の具のぜんぶの色を混ぜ合わせたような暗い灰色に、胸の中が染まった。

「……自分から、監督になりました」

僕は言った。ほんとうのことではなかったが、嘘でもなかった。ほんとうと嘘の区別なんてつかなくなっていた。

先生は僕を振り向かず、書類に字を書き込みながら言った。

「嫌いなんだ、そういうの」

椅子の背もたれが、ギイッ、と軋《きし》んだ。

カネさんは意外とあっさり「じゃあ、しょうがないな」と許してくれた。むしろ先生との話がうまくいかなくて、ほっとしているようにも見えた。職員室で見た先生の顔がよほど怖かったのだろう、とあとになって思った。ずっとあと——すべてが終わったあとのことだ。

とにかく、僕もカネさんに怒られずにすんで、ほっとした。

だが、カネさんは僕が職員室から戻ってくるまでに、次の手を考えていた。

「さっきも言ったけど、オレと江藤はサッカーのほうで相手を探すから、塾に行ってる奴《やつ》は塾、親戚《しんせき》とかのいる奴は親戚に訊《き》いてみるってことで」

まわりにいたみんなに言って、「いいな、じゃあ、けってーい」と一人で決めた。

メンバーがそれぞれ自分のツテをたどって、相手のチームを見つけてくる。最初からそうすればよかったじゃないかと思う気持ちが半分、残り半分は、監督の仕事を失った寂しさが、確かに、あった。

カネさんやほかの奴らが立ち去ってから、江藤が「よかったな」と小声で僕に言った。「オレがそうしろって言ったんだぜ」と笑いながら、自慢するようにも言った。

僕は笑い返さない。「だいじょうぶだよ」と言った。「オレ、探すから」とつづけた。

自分で自分を追い詰めているのはわかっていた。もうこのまま監督から降りて、イーグルスもやめてしまったほうがいいことも、わかっていた。ぜんぶわかっているのにそんなふうに言ってしまうことだけが、わからなかった。

家に帰ると、叔母《おば》さんに電話をかけた。叔父《おじ》さんと叔母さんは、バスで三十分ほど行った町で小さな本屋を営んでいた。文具店も兼ねていたので、夕方には小学生がたくさん来る。その子たちに、試合をしてくれるかどうか、叔母さんから訊いてもらおうと思ったのだ。

気のいい叔母さんは、すぐに話に乗ってくれた。

「まかせといて。叔母さんからも声をかけてあげるし、紙にも書いてお店に貼《は》っといてあげるから……タカくんの学校って、なんていう名前だっけ」

答えると、叔母さんは「あれ？　その学校、このまえ聞いたことあったなぁ……」と言って、少し間をおいてから、「ねえ、タカくんの学校に、四月から生駒先生っていう先生が来てない？」と訊いてきた。

びっくりして、すぐには答えられなかった。

叔母さんはせっかちな性格なので、僕のクラス担任のはずがないと勝手に決めつけて、「あの先生が担任になったら楽しいけど、大変よお」と言った。

「……どんなふうに？」

「張り切っちゃうの」

叔母さんは笑いを噛み殺しながら、「子どもたちに思い出をたくさん残してあげるのが先生の役目だ、なーんて言っちゃってね、ボーイスカウトみたいなことをすぐにやりたがるのよ」と言った。

去年の夏休みには、クラス全員で、何人も乗れるほどの大きなイカダをつくった。九月の水泳の授業のときにそれをプールに浮かべて、みんなで順番に乗って遊んだのだという。

嘘だ、そんなの絶対に嘘だ、と思った。叔母さんが言っているのは、同じ「生駒」という苗字《みょうじ》でもまったく別の先生のことだ。

「……なんで知ってるの？　叔母さん」

「ウチのお客さんだもん。学校の先生の雑誌も毎月取り置いてるし、おとしは百科事典も買ってもらったのよ」

同じ町内に住んでいる。いまでもちょくちょく本を買いに来る。僕たちの学校に異動になったことも、叔母さんは直接聞いていた。

「でもねえ、ああいう先生はやっぱりいろいろ大変なのよ」

「クラスの子が？」

「子どももそうだし、先生もね、去年は六年生の担任だったから、まあ、どんなに楽しくても、みんながみんな遊んでいられるわけじゃないしね……」

叔母さんはそれ以上くわしく話すのはためらっていたが、もともと話し好きのひとなので、僕がわざと無邪気な声で「なんで？　なんで？　どういうこと？」と訊くと、学校の友だちや生駒先生のクラスの子には内緒にしなさいよ、いろんなひとから聞いただけの話のほうが多いんだからね、と釘《くぎ》を刺しながら、結局最後まで教えてくれた。

先生が去年受け持っていたクラスには、中学受験をする子が何人かいた。塾の夏期講習で忙しい夏休みにイカダをつくる暇なんてない。受験はしなくても、夏休みはずっと田舎で過ごす予定だった子もいたし、いくら暇があっても、もともと工作の嫌いな子や水泳が苦手な子もいた。だが、先生は全員参加にこだわって、イカダづくりを進めた。板に釘を打ちつけるときにケガをしてしまった子や、完成したイカダから落ちて溺《おぼ》れそうになった子もいたが、先生は、それもたいせつな思い出の一つなんだ、と自分の考えを曲げなかった。

「そんなことばっかりだったの。合唱大会の前は毎日朝早く登校して特訓したり、球技大会のときは補欠の子も全員ちょっとでも試合に出られるようにしたり、毎日みんなに日記を書かせて、先生も毎日全員に感想を書いてあげたり……いい先生なのよ、いい先生はいい先生なんだけどね……ちょっと浮いちゃうよね、一つのクラスだけイベントをたくさんやってたら」

ときどき問題になっていたという。叔母さんは「問題」としか言わなかったが、おとなになった僕には見当がつく。職員室で同僚から向けられる冷ややかな視線も、電話口で抗議する父親や母親の声も、想像できる。

「おとなになったときに楽しかった思い出になってればいいんだ、なんて言ってたんだけどね……最後の最後で、大変なことになっちゃったのよ」

今年の一月のことだった。

「大雪が降ったでしょ、覚えてる?」

一月の終わり、雪が三十センチ近く積もった。雪はひと冬に何度か降るが、積もってもせいぜい五センチだった。そんなに降り積もったのは生まれて初めてだったし、その後もなかった。

生駒先生は授業を中止にして、クラス全員をグラウンドに出した。午前中は雪合戦をして、午後からはみんなで大きな雪だるまをつくった。

うらやましいな、と一瞬思った。あの日、宮原先生はふだんどおりに授業をした。グラウンドに積もった雪の照り返しで目がちかちかするから、と窓にカーテンをかけたので、街が真っ白になった眺めを楽しむこともできなかった。それは宮原先生一人の判断ではなく、職員会議で決まっていたのだろうか、授業中にグラウンドから歓声が聞こえてくることはなかった。

「雪合戦は陣地をつくるところから始めて、雪だるまもおとなより背が高いのを三つもつくったんだって。楽しそうでしょ？」

「うん……」

「叔母さんも、そういうのっていいことだと思うんだけどねえ……」

時期が悪かった。受け持っていた学年も悪かった。

「中学受験する子が、それで試験受けられなくなっちゃったのよ。もともと風邪気味だったらしいんだけど、外に出て走り回ったからこじらせちゃって、肺炎になったとか、なりそうだったとかで、結局、試験を受けることもできずに、地元の公立に入ったの」

男子だった。勉強のよくできる子で、ふつうに試験を受けさえしていれば、まず間違いなく合格していたはずだった。

風邪をこじらせなければ。

生駒先生が、無理やり外に連れ出さなければ――。

「無理やりだったの？」

「風邪気味だから教室に残りたいって言ったのに、先生にだめだって言われた、って」

「ほんと？」

「わかんないわよ、その子が言ってるだけなんだから」

「嘘《うそ》ついたの？」

「それも、わかんないって。先生、最初から最後までずーっと黙ってたままだったみたいだし」

「なんで？」

「なんで、って……まあ、先生にも先生の言いぶんはあるかもしれないけど、やっぱり、その子の人生が変わっちゃったわけだから……」

両親は学校に激しく抗議をした。ほかの子どもの親も巻き込み、PTA会長や市の教育委員会に話を広げ、最後はマスコミに訴えるとまで言いだして、大変な騒ぎになったのだという。雪の日のことだけでなく、それまでのイベントつづきの毎日まで蒸し返された。

「意外と、みんな困ってたのよ。なにかやるって先生が言いだしたら、早起きしたり、工作の材料を準備させられたり、親としては負担が増えちゃうの。子どものほうも全員が全員、楽しんでたわけでもないだろうしね。イベントをやることじたいは悪いことじゃないから、いままではみんな黙ってたんだけど、あんなことが起きちゃうと、やっぱりね、溜《た》まってたものがいっぺんに出てきちゃうのよ」

「溜まってたものって?」

さすがに今度は、叔母さんも「まあ、いろいろあるの」としか教えてくれず、しゃべりすぎてしまったのを後悔するみたいに、「おとなのアレなんだからね、タカくん、学校でしゃべっちゃだめよ」と念を押した。

「それでウチの学校に来たの?」

「まあ……そうだって言うひともいるし、関係ないって言うひともいるし、本人がなんにも言わないから……」

学校を舞台にしたテレビドラマやマンガの最終回を思い浮かべていた。熱血教師はたいがい、生徒たちに惜しまれながら別の学校に転勤してしまう。生駒先生もそうだったのだろうか。いまの叔母さんの話だと、なんとなく、そんな感じではなかったようだ。そしてなにより、熱血教師は新しい学校に移ってもあいかわらず熱血をつづけているはずだが、生駒先生は——。

「じゃあ、野球の試合のことは五年生と六年生の子に訊けばいいのね?」

叔母さんの声に我に返った、と同時に、「やっぱりやめる」と言った。考えるより先に声が出た。

「はあ?」

「さっきの話、ぜんぶなし、もういいから、試合しないから、ごめんなさい」

早口に言って、そのまま電話を切った。

受話器を置くと、ため息が勝手に出た。いままで胸のどこにあったんだろうと驚くほど深いため息になった。

5

イーグルスの試合相手は、カネさんと江藤が見つけてきた。サッカーの選抜チームの友だちに試合の話をしたら、たちまち十試合近く決まったのだ。
役に立たなかった僕のことを、二人はなにも責めず、かえって「しょうがねえよなあ、オレたちぐらい顔が広くないと」と喜んでいるようにも見えた。あんがい僕が探してきたら、逆に「出しゃばるなよ」と言われていたかもしれない。
生駒先生のことは話さなかった。クラスの友だちにも、父や母にも、もちろん先生本人にも。誰にも話せない秘密を持ったのは、生まれて初めてのことだった。そ
考えると頭がこんがらかってしまいそうなので、あまり思いだしたくなかった。

れでも、忘れてしまいたくもない。

胸の奥の、くぼんだところにしまい込んだ。そういう場所があるんだと初めて知った。のちに——中学生になった頃からだろうか、そこにはいろいろなものが収められるようになる。樹木でいうなら年輪の、いちばん芯《しん》の部分にあるものは、生駒先生のことだ。


「夏休みは忙しいぞ」

カネさんは張り切って言って、僕にメモを二枚差し出した。

一枚目は、夏休みのカレンダーに○と×をつけたものだった。

「×がついてるのはオレと江藤の都合が悪い日だけど、それ以外だったら、いつでもOKだから」

二枚目のメモは、試合相手の連絡先の一覧表だった。

「そいつらに電話して、試合の日と場所を決めろよ。自転車で行けるところだったら遠征してやってもいいけど、バスだったら金もかかるし面倒だから、なるべくこっちに呼ぶようにしろよ」

オレがやるの？　とは訊かない。なんでカネさんと江藤の都合にみんなが合わせなきゃいけないんだよ、とも言わない。

僕は黙ってうなずいて、メモを受け取った。

チャーリー、そのときの僕の気持ちがわかるかい？　きみなら、きっとわかってくれる。きみにしか、わかってもらえないかもしれない。

悔しさや悲しさだけが胸にあるのなら、むしろ楽だった。だが、そうではなかった。悔しさも悲しさも、おとなになった自分から見れば意外なほど少なかった。

子どもというのは、ほんとうはいろいろと複雑なくせに、ときどき、ぽかんと穴が空いてしまったように単純になる。きみと仲間たちのマンガが半世紀もつづいたのも、子どもの単純さがあってこそだったのだろう。特にチャーリー、きみが一つの失敗にくよくよしていたら、マンガはいつまでたっても次の回に進めなかったはずだ。

僕だってそうだ。カネさんに好き勝手にこき使われるのは嫌でも、「市のチャンピオン目指そうぜ」と言われると、胸がわくわくした。自分がスタメンで試合に出られるわけでもないのに。

あの頃の僕がもっとおとなだったら、落ち込んで、カネさんや江藤のことを嫌いになって、憎んで、恨んで、毎日がつまらなかったはずだ。いじけて、ひねくれて、反抗的になっていたかもしれないし、逆に学校に行くのがつらくなって、頭痛や腹痛や吐き気に苦しめられていたかもしれない。

だが、僕はあいつらのことが嫌いなわけではなかった。ムッとしたり悔しい思いをしたりすることはあっても、それが長続きしない。子どもは心のサイズが小さいのだ。心に入るものは限られている。目先の楽しいことを心に入れると、それまでの嫌なことはどこかに隠れてしまう。まったくもって単純で、その単純さに救われていたこともあるんだろうな、といまは思う。

それでも、つらい思いは消え去ったわけではない。心を満たしていた楽しいことの興奮が収まると、また戻ってくる。

もうすぐ一学期が終わる。学級委員として過ごすのも、あと少しだ。

ウチの学校では学級委員の再選は認められていないので、二学期と三学期は別の誰かが委員になる。持ち上がりで六年生に進級したら、僕はもう立候補はしない。五年生の秋におこなわれる児童会の選挙も、四月までは会長を狙《ねら》っていたが、いまはまったくその気はなくなってしまった。

出しゃばらなければよかったのだ。学級委員になんて最初からならなければ、イーグルスの監督になることもなかった。オールスターの最強軍団の隅っこにいる、ただの補欠でいれば、カネさんにもこき使われずにすんだのだ。

もうやめよう。監督なんて、もうやめよう。どうせ試合にも出してもらえないのなら、イーグルスもやめてしまえばいい。夏休み最初の試合のスケジュールだけ決めて、「悪いけど、あとはカネさんたちがやってよ。オレ、もうやめるから」と言えばいい。これが最後だから、これで終わりだから、と自分に言い聞かせ、萎《な》えそうな気分を奮い立たせて、城山小学校の六年生との試合を決めた。

だが、その試合の日にちと場所を伝えると、カネさんは「やったな！」と大喜びしてくれた。「すげえよ、村田、よくやったよ！」

ウチの学校で試合をするというのが気に入ったらしい。江藤も「やっぱり慣れたグラウンドのほうがやりやすいもんな」と満足そうに言ってくれた。

うれしかった。悔しいほどうれしくなってしまう、というのは確かにある。

「お礼に試合に出してやるよ。スタメンは無理だけど、どこかで代打とか代走とかで使ってやるから」

カネさんに言われると、頬が自然とゆるむ。

「よし、じゃあ次の試合もバシッと決めてこいよ。頼むぜ、監督」

うん、とうなずいた。よーし、がんばるぞ、と体に力を込めた。小さな心の中に、楽しいことが勝手に入ってきて、嫌なことを追い出した。悲しいほど張り切ってしまう、というのも、確かにあるのだ。

そしてまた、僕は同じ悔しさと悲しさを繰り返す。

城山小学校との試合には出られなかった。接戦になったので、カネさんは約束をうっかり忘れてしまったのだ、と思うことにした。

次の東小学校との試合を決めてきたときには、カネさんも江藤も、最初のときほど喜んではくれず、試合に出すとも言ってくれなかった。三試合目はジャンケンに負けて、相手の港北小学校まで自転車で出向くことになった。江藤は「ウォーミングアップだと思えばいいか」と言ってくれたが、カネさんには「なにやってんだよ、バーカ」と怒られてしまった。

もうやめよう、絶対にこれを最後にしよう、と思って決めた本郷小学校との試合は、ウチの学校で、しかもダブルヘッダーになった。少しでもたくさん試合をやって連勝記録を伸ばしたいカネさんは躍り上がるほど喜んでくれて、二試合目に僕を代打で出してくれた。七点リードで迎えた最終回のツーアウト、ランナーなし、という面白くない場面だったが、打球は三遊間を抜けた。一塁ベースに立って、カネさんの「村田、ナイスバッティン！」という声を聞いたら、やっぱり、頬がゆるんだ。今度はもっと大事な場面で出られるかも、と期待もした。

チャーリー。

僕はいじめられていたのかな。

おとなになった僕がテレビや新聞で見聞きする——そして、息子のことでなによりも心配している、いまどきのいじめのような陰湿さはなくても、あの頃の僕が過ごしていた毎日も、いじめに遭《あ》っていた日々になるのだろうか。

よくわからない。

ただ、いじめの被害者がなぜかいじめグループにくっついていて、傍目《はため》には仲良しのように見えた、という報道があるたびに、胸がうずく。「勇気を持って『嫌だ』と言うことも大切なんです」と訳知り顔のコメンテーターが言うと、そうじゃないんだよ、そんな単純な話じゃないんだよ、と腹が立つ。

小さな心に嫌な思いがずっと居座っていれば、断ることができる——？

そのほうが、まし——？

ほんとうか——？

子どもは大変だな、チャーリー。子どもが生きていくのはずいぶん疲れるものなんだな、チャーリー。僕はおとなになってから、しみじみとそう思うのだ。

夏休みが残り一週間になった頃、母に「そろそろ叔母さんの家に行かないと、間に合わないんじゃない？」と言われた。宿題の読書感想文の本を選んで、叔母さんにプレゼントしてもらうのだ。去年までは夏休みに入ると早々に出かけていたが、今年はイーグルスの試合で忙しいのを口実に、ずるずると延ばしてきた。万が一にでも生駒先生に会ってしまったら、どうすればいいかわからない。できればこのまま、行かずにすませたかった。

「ウチにある本で書く」

「なに言ってんの、マンガばっかりじゃない」

「じゃあ、学校の図書室でなにか借りてくる」

「五年生の貸し出し日って、もう終わってるでしょ。叔母さんもお薦《すす》めの本を選んで待ってくれてるんだから、明日にでも行ってらっしゃい」

しかたなく、バスに乗って叔母さんの町に出かけた。バスの中では、窓におでこをあてて外を見ていた。なにも考えずに、ただぼんやりと景色を眺めているだけのつもりだったが、知らず知らずのうちに生駒先生を探していた。それに気づくとあわてて窓から顔を離し、それでもまた、いつのまにか窓の外を見ている、そんな繰り返しだった。

結局一学期が終わるまで、先生とは馴染《なじ》めなかった。学期末の保護者面談でも、先生は母に勉強の成績のことしか話さなかった。通知表の所見欄にも〈二学期は算数をがんばってみましょう〉とあるだけで、学級委員をつとめたことへのねぎらいはなかった。

嫌われている——。

先生は、そんなことはない、と言うだろう。僕もいま振り返ってみると、どうだったんだろうな、と苦笑交じりに首をひねる。

だが、四年生までの僕は、おとなにかわいがられたという記憶しかなかったのだ。ものおじせずにはきはきしゃべるところがいいんだと言われ、いつも元気で積極的なところを褒められていたのだ。

おとなのそっけなさに慣れてくるのは、中学生になってからのことだ。その頃には僕のほうも、おとなの前ではいつも不機嫌になっていた。

五年生が境目だったのかもしれない。

四年生までの僕は、おとなはいろいろなことをすべて解決しているんだと思い込んでいた。ほんとうはそうではなく、誰にも言えない秘密だってあるんだということを、先生が初めて教えてくれた。そして、それから長い時間をかけて、誰にも言えない秘密はおとなのほうがたくさん持っているんだということも、わかった。

なにかの終わりと次のなにかの始まりの境目に、五年生の日々がある。

生駒先生はいまもそこにいる。黙って窓の外を見つめている。


叔母さんの店に着くと、さっそくお薦めの本を渡された。

「五年生だったら、このあたりが感想文も書きやすいんじゃないかなあ」

壺井栄《つぼいさかえ》の『二十四の瞳《ひとみ》』と、夏目漱石《そうせき》の『坊っちゃん』と、ケストナーの『飛ぶ教室』——偶然なのかどうか、三冊とも学校が舞台で、教師が主人公や重要な脇役《わきやく》で登場する。

読書感想文の苦手な子は、作文を書くこと以前に、どんな本を選べばいいのかがよくわからない。僕もそうだった。だから、叔母さんが本を選んでくれるのはとてもありがたかったのだが、それ以上に楽しみなのは、店にある中から好きな本を一冊プレゼントしてもらえることだった。

時間をかけて、江戸川乱歩の少年探偵シリーズから、まだ友だちが誰も持っていない『大暗室』を選んだ。三月の春休みに遊びに行ったときはマンガを選んだので、叔母さんは「やっぱり五年生になったんだもんねえ」と褒めてくれた。「推理小説の名作は叔母さんもたくさん知ってるから、今度来るときまでに入門セットをつくっといてあげるね」

生駒先生の話は出ない。逃げ出すように断った野球の話を蒸し返したりもしない。叔母さんは話し好きでせっかちなぶん、少し前に言ったことや聞いたことをケロッと忘れてしまうところがある。

ほっとして、読書感想文用の三冊と『大暗室』を抱きかかえて、店の奥にある茶の間に上がった。叔母さんはカルピスとクッキーを出してくれて、「あとで叔父さんの車でウチまで送ってあげるね」と店に戻った。叔父さんは、待合室に置く雑誌を定期購読してくれている病院に配達に出かけているのだという。

ほんとうは、用をすませたらすぐにバスで帰りたかった。ぐずぐずしていて、もしも生駒先生に会ってしまったら、と思うと身がすくむ。

だが、ほんとうのほんとうは、会えるかもしれない、と思っていた。楽しみにしているわけではないし、先生が店に来たらどうしようという思いはずっと背負っているのに、それでも、小さな心の奥のどこかに、隙間《すきま》が空いていた。

クッキーをかじり、カルピスを飲んで、寝ころんで『飛ぶ教室』をぱらぱらめくってみた。物語の舞台は外国で、季節は冬、クリスマス――夏休みの読書感想文には似合わないけどなあ、と思っていたのは最初だけで、たちまち物語に引き込まれた。

廃車になった鉄道の禁煙車両に住んでいる「禁煙先生」という先生が登場する。禁煙先生は貧しくて変わり者だが、知恵を持っている。いつも正しい「正義先生」という舎監の先生もいる。生徒たちは正義先生を尊敬しているのだが、正しいのか正しくないのか区別がつかないことが起きると、正義先生ではなく禁煙先生を頼って相談する。

生駒先生はどっちなんだろう。ふと思い、正しいのか正しくないのか区別がつかないというのは、たとえばどんなことなんだろうと思うと、今度はカネさんと江藤の顔が浮かんだ。

ストーリーがわからなくなってしまいそうなので、起き上がって首を横に振った。カネさんの顔も江藤の顔も払い落としたが、生駒先生の顔は消えなかった。

氷が溶けて薄くなったカルピスを啜《すす》った。やっぱり外国の本はだめだな、登場人物の名前が覚えきれないもんな、と『飛ぶ教室』を閉じたとき、「あら、先生、おひさしぶり」という叔母さんの声が店から聞こえた。

磨りガラスの引き戸越しに見てみると、レジの前におとなの男のひとが立っていた。なんとなく雰囲気が……と思う間もなく、叔母さんは「そうだそうだ、あのね、ウチの甥《おい》っ子が先生の学校にいるのよ」と言った。

「あ、そうなんですか」

応《こた》える声は、間違いない、生駒先生だった。

「五年生なんだけどね。村田っていう子なんだけど、学級委員なんかやったりして、けっこうしっかりしてるのよ」

返事の声は聞こえない。先生のまわりの空気が急にこわばったのが、引き戸をすり抜けて伝わった。

「先生はいま何年生を受け持ってるの？」

返事はない。

僕は『飛ぶ教室』を座卓に置き、背筋を伸ばして座り直した。茶の間から奥の部屋に移ることもできたのに、不思議と逃げ出そうとは思わなかった。

引き戸が開いた。叔母さんが顔を出して「ちょっとタカくん、あんたの学校の先生よ。ごあいさつしなさい」と言った。

叔母さんの後ろに、生駒先生がいる。目が合うと、よお、と声をかけてくれて、ちょっと困った顔で笑った。膝《ひざ》立ちした僕も少しだけ笑い返して、ぺこりと頭を下げた。

叔母さんは「え？　え？　そうなの？　そうなの？」と僕たちを交互に見て、よけいなことを思いだして、言わなくてもいいことを口にしてしまった。

「やだ、ごめんね、先生、わたし知らなかったから、前の学校のこと、この子に話しちゃった……」

先生は一瞬びっくりした顔になったが、空気はこわばらなかった。むしろ逆に、張り詰めていたものがゆるんで、ほっとしたようにも見えた。

6

チャーリー、僕は思うのだ。

きみと仲間たちのマンガでいちばんの憎まれ役は、ガミガミ屋のルーシーだろう。彼女さえいなければ、失敗だらけのきみの毎日だって、もうちょっとは平穏で心安らかなものになっていたはずだ。

だが、ルーシーのカンシャクやイヤミのおかげで気づいたことや思い知らされたことはなかったか？　無神経なルーシーがきみの繊細な心にずかずかと踏み込んできたからこそ、ほかの誰も教えてくれなかった自分の間抜けさがわかったりしなかったか？

あの日の叔母さんは、僕と生駒先生にとってのルーシーだったのだろう。申し訳なさそうな顔をしていたのは最初のうちだけで、「せっかくだから少し涼んでいって」と先生を茶の間に招き入れた。先生も、用事があるとか忙しいとか理由をつけて帰ってしまえばよかったのに、「はあ……いや、あの……」とぼそぼそ言いながら、結局断らなかった。

前の学校での出来事を僕に知られたので、覚悟を決めたのかもしれない。もしかしたら、先生もいつか僕とゆっくり話そうと思ってくれていて、その「いつか」がたまたま「いま」になってしまったのかもしれない。

叔母さんがカルピスを置いて店に戻ると、先生はそれを一口飲んで、ふーう、と息をついた。座卓を挟んで僕と向き合う格好で座っていたが、先生の体は微妙に斜めになって、視線もあぐらをかいた脚のほうに落ちていた。

座卓の上に置きっぱなしにしていた『飛ぶ教室』に気づくと、先生は、へえ、という顔になり、本の表紙を見つめて「感想文の本、これにしたの?」と訊《き》いてきた。

僕も表紙に目をやって「まだ決めたわけじゃないけど……」と答えた。表紙の絵は、降り積もった雪の上で二人の少年が取っ組み合いのケンカをして、それぞれの応援団が声援を送っているというものだった。しまっておけばよかった、と悔やんだ。先生はこの絵を見て、一月の雪合戦のことをあらためて思いだしてしまうかもしれない。

だが、先生は表紙を見たまま、「面白いんだぞ、すごく」と言った。

「読んだことあるんですか？」

「ああ……おとなになってからだけどな」

僕は『飛ぶ教室』の上に『坊っちゃん』と『二十四の瞳』を載せて表紙を隠し、「この中のどれかにしようと思ってるんですけど……」と言った。「先生はどれがいいと思いますか？」

口にしたあとで、こういうのがだめなのかな、と思った。張り切ったり出しゃばったりしているわけではなくても、こんなふうに先生に話しかけたりするのが、カネさんから見るといらいらしてしまうのだろう。

「三冊ともいい本だよ」

先生はぼそっと言って、「自分で気に入ったのを選べばいいんだ」とつづけた。そっけない口調ではなかったが、話は先に進まない。宮原先生なら、きっと「そんなの自分で決めなきゃ意味ないでしょ、ぜんぶ名作なんだから」と僕を含み笑いの顔で軽くにらんで、「で、『飛ぶ教室』はどこまで読んでみたの？　いまのところ面白そう？」と訊いてきて、僕も「禁煙先生と正義先生が面白いです」と答えて……おしゃべりは、いつまでもつづけられるのに。

話が途切れた。生駒先生は膝を小さく貧乏揺すりさせて、カルピスをまた一口飲んだ。

僕も叔母さんがお代わりしてくれた自分のカルピスを啜って、それだけでは間がもたずに、クッキーの皿を押して先生に近づけた。

先生は「いいよいいよ、気をつかわなくても」と初めて笑って、やっと目を僕に向けた。うつむいていた僕も、上目づかいで先生を見た。

先生は目をそらさなかった。顔も笑っていた。だが、その笑顔は、向き合う僕のほうが泣きそうになるほど寂しげだった。おとなのそんな笑顔を見たのは、初めてだった。

「村田くん」

「……はい」

「イーグルスっていうんだっけ、一組の野球チーム。最近の成績はどうなんだ？　なんか、連戦連勝だって聞いたけど」

「ずっと勝ってます。兼光《かねみつ》くんと江藤くん、サッカーもうまいけど、野球もうまいから」

「あの二人はスポーツ万能だもんなぁ」

「……はい」

先生に「村田くんはどうなんだ?」と訊かれたくなかったので、自分のほうから「僕は全然だめだけど」と言った。「補欠だし、たまに出ても、あんまりヒット打てないし」

そうか、と先生は寂しそうな笑顔のまま相槌《あいづち》を打って、「監督、まだやってるんだろ?」と訊いた。

今度は声に出して答えられず、黙ってうなずいた。

「二学期からもやるのか?」

わからない。首をあいまいにひねって、そのまま目をそらした。

先生も黙った。右手が座卓の三冊の本に伸びるのが見えた。『坊っちゃん』と『二十四の瞳』を横に置いて、『飛ぶ教室』を手に取って開いた。

「ここ……ちょっと見て。先生のいちばん好きなところなんだ」

最初のほうのページだった。ここだよ、と指差したのは、作者のまえがきだった。

〈どうしておとなはそんなにじぶんの子どものころをすっかり忘れることができるのでしょう? そして、子どもは時にはずいぶん悲しく不幸になるものだということが、

どうして全然わからなくなってしまうのでしょう？〉

さっきはなにも気にとめずに読み飛ばしていた。それは僕が子どもだから、子どもが悲しく不幸になるなんてあたりまえじゃん、と思っていたからかもしれない。

「あと、ここも好きだったな」

同じページの、少し先の箇所に指が移った。

〈この人生では、なんで悲しむかということはけっして問題でなく、どんなに悲しむかということだけが問題です〉

こっちも同じ。さっき読んだときは、うんうん、そうだよな、ほんと、と軽くうなずくだけで次のページに移っていた。あまりにも納得できたから、かえって気に留まらなかったのだろう。まだ幼かった頃、母は僕が泣いていると決まって「なんで泣いてるの？　なにかあったの？」と理由を訊いた。そんなのどうだっていいから、早く泣きやませてよ、早くなんとかしてよ、と嗚咽《おえつ》交じりに思っていたものだった。

僕が二つのくだりを読み終えるのを待って、先生は言った。

「まあ……なかなか、思いどおりにはならないよな、なんでも……」

僕のことを言っているのか。先生自身のことなのか。遠くを見る先生の笑顔は、寂しそうだったが、おだやかでもあった。

「二学期の学級委員は、どうする?」

先生は言った。前の学校では再選が認められていて、先生はまだウチの学校の決まりを知らないのかもしれない。

教えてあげたほうがいいのかどうか迷っていたら、先生はつづけて言った。

「今度は立候補や推薦なしで最初から選挙をしようかと思ってるんだけど……やっぱり先に立候補を訊いたほうがいいのかな」

なんで——?

そんなの、なんで、僕に訊くんですか——?

先生の目はいつのまにか天井のほうに向いていた。視線を僕に戻すつもりはなさそうだった。

僕は「どっちでも……」と言いかけて、息を吸い直し、答えも変えた。

「選挙でいいです」

自信があるんだと勘違いされるかも、と思って、「僕、江藤くんに入れようと思ってるから」と付け加えた。

先生は少し間をおいて「そうか」と言って、うん、うん、とゆっくりと二度うなずいた。

店のほうからにぎやかな笑い声が聞こえてきた。小学生の子がグループで文房具を買いに来たようだ。男の子たち。僕より下級生の声だ。はいはい、さわってもいいけど、元の場所に戻しといてよ、と叔母さんが言う。

あ、そうだそうだ、あんたたち、去年までいた生駒先生って覚えてる？ いま来てるのよ——と叔母さんが言いだすんじゃないかとひやひやして、オレがひやひやする理由ないじゃん、と気づくと、なんだか急に悔しくなってきた。

「先生……」

「うん？」

先生は天井のほうを向いたままだった。

意地悪なことを言おう、と決めた。

「今度の冬も大雪になると思いますか？」

急に話が変わったので戸惑ったのか、もっと別のことで戸惑ったのか、先生の「さあな……どうなんだろうな……」の声が揺れたのがわかった。

「雪が積もったら、雪合戦するんですか？」

今度は返事がなかった。天井を見つめるまなざしも動かなかった。

店はまた静かになった。買い物をしたのは一人だけで、あとはみんな付き合っていただけなのだろう。三年生ぐらいだったのかな、二年生かもな、と思って、なつかしいなあ、と心の中でつぶやくと、さっきの悔しさが急に悲しさに変わった。

「雪合戦……みんなでやりたいです、僕」

言うつもりのなかった言葉が、こぼれるように出た。

先生は振り向かず、「たくさん積もったらな」と言った。

それきり僕たちは黙り込んだ。

長い、長い、静かな時間だった。

気まずい沈黙だったかもしれない。重苦しい沈黙だったかもしれない。逃げだしたくなるほど居心地の悪い沈黙だったかもしれない。記憶を細かくたどっていくと、よくない言葉ばかり浮かぶ。だが、そんな言葉をぜんぶ呑《の》み込んで——あの頃より少しはサイズの大きくなったおとなの心にまるごと放り込んでみると、それは、不思議と幸せな時間だったようにも思える。

配達から戻ってきた叔父さんが「悪い悪い、遅くなっちゃって」と引き戸を開けて、僕たちの沈黙は終わった。

叔父さんの車に乗り込む僕を、先生は店の前で見送ってくれた。「さようなら」「うん、じゃあ始業式の日に、またな」とふつうどおりのあいさつをして、あとはなにも言わなかった。

車が走りだすと、僕は助手席の窓を開け、顔を出して先生を振り向いた。「タカくん、危ないぞ」と叔父さんに言われても顔を引っ込めなかった。

先生も店の前にたたずんだまま、僕を見ていた。じっと、ずっと、車が遠ざかって見えなくなるまで、先生は目をそらさなかった。


思い出話はこれでおしまいだ。

二学期になって、イーグルスの活動はあっけなく終わった。サッカーの選抜チームで五年生からただ一人Aチームのレギュラーに昇格したカネさんが、「野球なんかやってる場合じゃないって」と言いだしたせいだ。二学期の学級委員に選ばれた江藤も、十月からは児童会の副会長にもなったので、放課後はずっと児童会室で過ごすようになった。そういえば、その頃からカネさんと江藤はしっくりいかなくなっていたな、カネさんがAチームになって江藤がBチームのままだったというのが大きかったのかな……と、おとなになってから思った。

とにかくイーグルスはなんとなく解散してしまい、僕はもう監督ではなくなった。ほっとしているのに寂しかった。なぜかは、おとなになってもわからない。

僕は少しずつ目立たない少年になった。授業中に答えがわかっていても手を挙げないことが増えてきて、中学生の頃には、がんばって張り切る同級生を見ると、冷ややかに笑うようにもなった。それがいいことなのかどうかは、わからない――ほんとうに。

生駒先生は小学校を卒業するまで僕たちのクラスの担任だったが、その後は、とりたてて話すような特別なできごとはない。ただ、先生が僕にそっけない態度をとることはなくなった。あの日二人で話したからなのか、僕が張り切らなくなったからなのか、そもそも最初から僕の思い過ごしだったのか、先生とは小学校を卒業してからは一度も会っていないし、叔母さんの本屋も僕が大学生の頃に店をたたんでしまったので、わからないままだ。もしも再会する機会があっても、訊くかどうか、たぶん訊かないだろう。

五年生の冬も、六年生の冬も、雪合戦ができるほどの雪は積もらなかった。

もしも大雪が降っていたら、先生はどうしただろう。

あの頃よりもサイズが大きくなったおとなの心には、答えの出ない問いをしまっておくこともできる。いつまでも。

チャーリー。

きみと初めて会ったのは、中学二年生の夏休みだった。叔母さんが「英語の勉強にもなるから」とスヌーピーの本を何冊かプレゼントしてくれたのだ。

五年生の夏から三年後ということになる。忘れてしまうには短すぎるが、思いだすと胸が押しつぶされるというような感じではなくなっていた。傷がかさぶたになって、それが少しずつ固まりかけていた時期だったのだろう。

だから、凧揚《たこあ》げに失敗して、プレースキックにしくじり、牽制球《けんせいきゅう》でタッチアウトになるきみの、どたばたした奮闘ぶりを、笑いながら楽しませてもらった。

本を閉じたあと、少しだけ、泣きそうになった。

ひさしぶりに会ったきみは、子どものままだった。インターネットで調べた。きみたちのマンガは、作者のシュルツ氏が二〇〇〇年に亡《な》くなったので、もう新作が発表されることはない。僕たちは、おとなになったきみと会うことはできない。

だが、チャーリー、もしもきみがどこかでおとなになっていたら——きみは、子どもの頃の自分をどんなふうに振り返るのだろう。いや、その前に、きみはおとなになっても、あの失敗つづきでも張り切るチャーリー・ブラウンのままなのだろうか。そうであってほしい気もするし、そうでないほうがいいような気もする。

チャーリー、僕はいま、日曜日の市民グラウンドのスタンドにいる。息子の入っている少年野球チームの応援だ。

もっとも、わが家のチャーリー・ブラウンは、いつものようにベンチの端に座って、来るか来ないかわからない出番をじっと待っている。試合は四回の表を終えたところで、十一対十七の劣勢だった。子どもたちは、みんな、ちょっとずつチャーリー・ブラウンなんだな。にぎやかなスコアボードを眺めて思い、たったいまみごとなトンネルをしてしまった味方の三塁手の子に、ほかの親と一緒に「ドンマイ、ドンマイ!」と声援をおくった。

おとなだってそうかもしれない。僕は昨日の土曜日、日帰りで出張した。代休を取れる余裕はしばらくない。くたくたになって仕事に追われて、その果てにバラ色の未来が待っているとはとても思えなくても、とにかく、くたくたにならなければ仕事は終わらないのだから、くたくたになるしかない、と自分に言い聞かせている。おとなになると、意外と張り切ったふりをするのはうまくなるのだ。

そういえば、数年前に中学校の同窓会があった。カネさんや江藤にひさしぶりに会った。二人ともずいぶん腰が低くなって、証券会社に勤めるカネさんは、国債のパンフレットをせっせとみんなに配っていた。小学校の頃は二人とも野球かサッカーのプロ選手になると思っていたが、たしか江藤は高校の野球部ではずっと補欠だったし、カネさんもサッカーで名前を聞くことはなかった。シュローダーは作曲家になれただろうか。ライナスは哲学者になっただろうか。スヌーピーは小説を書き上げることができたのだろうか。

チャーリー、見てくれ――。

息子の出番だ。最終回の攻撃、ツーアウト、ランナー一塁。監督は息子をピンチランナーに送った。点差はさらに広がって八点になっていた。勝ち負けにはなんの意味もないランナーでも、息子は張り切って膝《ひざ》を屈伸《くっしん》させ、慎重に、慎重に、リードを取っている。

牽制球に気をつけろ――。

そうだろう、チャーリー。

じっと見つめるグラウンドの中で、息子の姿が小さく踊るように揺れる。

僕はいまでも、ほんとうは、あの頃の自分のことが嫌いではないのだ。なつかしくて、いとおしくて、痛々しさに目をそらしながら、ずっと好きでいたいのだ。

息子は少しずつリードを広げる。ピッチャーはセットポジションから牽制球を送る。球が大きく逸《そ》れた。ベンチとスタンドの歓声に背中を押されて、息子は二塁に駆け出した。

速く、速く、速く、速く……回れ、回れ、回れ、回れ……。

ボールはファールゾーンを遠くまで転がっていく。一塁手はフェンスに当たったボールの処理にもしくじってしまった。息子は三塁を蹴《け》り、コーチの制止を振り切って本塁へ向かう。ようやくボールを拾った一塁手が、いい球でバックホームする。

滑り込む。タッチする。砂が舞い上がる。

相手ベンチの歓声を背に立ち上がったわが家のチャーリー・ブラウンは、しょんぼりとベンチに戻る途中、立ち上がって拍手をする僕に気づくと、悔しそうな顔になり、恥ずかしそうな顔にもなって、それでもなんとなくうれしそうに口をすぼめて、帽子のツバを少し下げた。

人生はブラの上を

1

幼なじみの話をします。

とても大切なものをお母さんのおなかに置き忘れて生まれてきた女の子です。

ムウ、と呼んでいました。

睦美《むつみ》という名前だからムウ。それと、太っていたので、ムーミンのムウ。

学校ではふだんは「ムウ」と呼び捨てにされていました。ときどき「ちゃん」を付けて呼ばれることもありましたが、あの子はあまりうれしくなかっただろうと思います。まるい猫なで声で「ムウちゃん」「ムウちゃーん」と呼ばれるときには、ろくなことがない――それくらいはあの子も知っていたはずだから。

「ムウちゃん」

にこにこ笑って近づいてくる友だちを、ムウはいつもきょとんとした顔で迎えます。

もともとそういう顔つきなのです。話がよくわからなかったり、間がもたなくなったりしたときには、あはっ、と空気が抜けたように笑います。笑うと目が細い線になって、頰《ほお》にめり込んでしまいます。

「ねえねえ、ムウちゃん、ちょっといい?」

取り囲まれると、ほんの一瞬、ひやっとした顔になります。肩が小さく揺れて、きゅっとすぼむときもありました。それがせいいっぱいの拒否のサインでした。もしかしたら本人には拒んでいるつもりすらなくて、ただ、体が勝手に、やばいよ、と反応していただけかもしれません。

どちらにしてもムウの拒否のサインは、いつも、誰にも、気づいてもらえません。気づいた子がいても、なにも変わりません。

本人もあっさりと表情を元に戻し、肩の力を抜いて、「なに?」と聞き返します。

「あのさ、悪いけど、ノート貸して」

ちっとも悪いと思ってない顔で言うのです、みんな。

手を突き出して、ほら、ほら、早く、とせかす子もいるし、もっとせっかちな子は、ムウが返事をしないうちに、机の上のノートを取ってしまいます。

「宿題、答え合わせさせて。いいよね? じゃあね、あとで返すから」

そんなの嘘《うそ》です。ムウが書いた答えをただ書き写すだけ。それだけではすまずに、返す前にムウの答えを消してしまったり、数字や記号を書き換えてしまったり、ノートにいろんな落書きをしたり……。

ムウは、クラスでそういう扱いを受けている子でした。

授業が始まってもノートが返ってこないことも、ときどきありました。でも、ムウは授業開始のチャイムが鳴ってしばらくはあせっていても、やがて、ま、いいか、というふうに大きく息をつくのです。しょうがないか、とうなずいて、別の教科のノートを代わりに机に出して広げるのです。先生に「ノート忘れたの？」と声をかけられても、ほんとうのことはなにも言いません。「はあ……」とはっきりしない声で応《こた》え、そのもごもごした返事を先生に叱《しか》られてしまうのです。

いじめっ子をかばっている、という形になります。でも、本人にはそんな意識はなかったようにも思います。いじめっ子たちも、だからといって心を入れ替えるようなことはありませんでした。ムウはそういう子なんだからと、みんな気にしませんでした。きっとムウ自身も、わたしってこういう子なんだから、と思っていたのでしょう。

ヘンだよ――。

わたしはいつも思っていました。不思議で、不満で、しかたありませんでした。

あんた、ちょっとアタマおかしいんじゃない——？

難しい言い方ができなかった子どもの頃は、そんなひどいことも言っていました。もともと、ムウのことが友だちとして大好きで大好きでたまらない、というわけではありません。ウチの母とムウのお母さんが幼稚園のママ同士の付き合いで仲良くなったついでに、子ども同士もなんとなく一緒にいるようになっただけでした。だから、ムウを守ってあげたいというより、とにかくいじめるほうにも黙っていじめられているほうにも腹が立って、こういうのって嫌だからあんたが自分でなんとかしてよ、と思うのです。

断ればいいじゃん、と言いました。怒らなきゃだめだよ、とも言いました。先生とかお母さんに相談しなよ、もしアレだったらわたしが手紙とか書いてあげてもいいよ、だっておかしいじゃん、ひどいじゃん、わからないの？

いろんなことを言いました。でも、ムウはきょとんとした顔でわたしの話を聞くだけで、どこまでわかっているのか、話が途切れると、あはっ、と困った顔で笑うのです。

ムウはそういう子でした。

あんたが言えないんだったら、わたしがみんなにガツンと言ってあげてもいいよ、

「そんないじめなんてやめろって――」。

ムウはわたしの力み返った口調をいなすように、顔の前で手を横に振って、「そんなことしなくていいって」と笑うのです。そして、「ありがとう、ユミちゃんって優しいね」とお礼を言って、「正義の味方みたい」と細くなった目を頰にめり込ませるのです。

わたしは、ああもうほんと腹立つなあ、と口をとがらせ、もういいよ勝手にしなよ、とカンシャクを起こしてしまい、話はいつもそこで終わってしまいます。

ほんとうは少しだけホッとしていました。もしもムウが「じゃあお願い、みんなに文句言って」と応えたら、わたしは困っていたはずです。でも、ムウはそんなことは言わない。絶対に言わない。それがわかっていたから、わたしは安心して優しい正義の味方になれたのです。

最初からなにも言わなければいいのに。そもそも、ムウがいじめられているその場ですぐに怒ればいいのに。

おとなになったいまだから自分のずるさを正直に認められる、というわけではありません。小学生の頃からちゃんとわかっていました。わたしってひきょうだな、と自分でも思っていました。

小学生の子どもでも、世の中や自分自身についての、たいがいのことはわかっているのです。ただ、その「わかる」をうまく説明できないだけ——ということが、おとなになってから、やっとわかってくるのです。

ムウとわたしは、幼稚園の頃から同じピアノ教室に通っていました。ピアノがうまかったのはわたしのほうでしたが、ムウのほうがずっと熱心にレッスンに通っていました。ピアノが好きだったのです。

あまりにも好きだから、あの子は両手でピアノを弾くだけでは気がすまなくて、メロディーをいちいち口ずさんでいました。歌いながら弾くのです。

もちろん、手はなかなか口に追いつけません。そういうときでも、ムウはあわてません。運指が難しい箇所は、ゆっくり、ゆっくり、歌います。もっと難しい箇所にさしかかったら、最初から指は動かさず、歌うだけでそこのフレーズをやり過ごしてしまうのです。

幼稚園の頃ならともかく、小学生になると、さすがに先生もその癖を直そうとしました。でも、だめなのです。最初は我慢していても、調子が出てくると、どうしても歌が交じってしまいます。歌うだけでなく、体を揺すって、足踏みでリズムまでとって、肝心の指がお留守になる時間のほうが長いほどでした。

そんなわけで、ムウは小学生になっても幼稚園児と同じクラスのままでした。年に何度か開かれる発表会でも、独奏ではなく、電子ピアノの合奏のコーナーにしか出してもらえません。ぷっくり太って体の大きな子が一人だけ、幼稚園の子と一緒にステージで演奏するのです。わたしなら恥ずかしさに耐えられない。発表会は休んでいただろうし、それ以前にピアノ教室をやめていたはずです。

でも、ムウはちっとも気にしていませんでした。舞台袖《そで》で幼稚園の子と一緒に出番を待ちながら、にこにこと上機嫌に笑っているのです。緊張して泣きだしそうな子を笑わせてあげたり、トイレに付き合ってあげたり、本番でしくじって舞台袖に戻ってきた子を慰めてあげたりして、自分の番が来ると、電子ピアノを弾きながら歌って、足踏みをして、客席をあきれさせて、先生に恥をかかせてしまうのです。

客席の笑い声の意味が、ムウにはどこまでわかっていたのでしょうか。きっと応援してもらっていると思い込んでいたはずです。だから、レッスン室でピアノを弾くときよりさらに張り切って、元気いっぱいに歌うのです。

おかしな子でした。とにかく大らかで、のんきで、マイペースで、ずれていました。

ムウのまわりにはみんなとは違うゆっくりした時間が流れているみたいだったし、

ムウの目にはわたしたちにはわからない楽しいことがたくさん見えていたのかもしれません。

わたしは違います。ピアノは好きでも、発表会が大嫌いでした。ふだんの練習ではうまくやっているのに、本番になるとどうしてもうまくいきません。緊張して、あがってしまって、つまらないミスばかりしてしまうのです。

先生はわたしに期待をかけていました。「あなたは才能があるんだから、しっかりがんばりなさい」としょっちゅう言われていました。そのぶん、発表会の本番で失敗をすると、わたし以上に先生のほうががっかりして、次の日からレッスンはいっそう厳しくなってしまうのです。

ムウがうらやましかった。先生はムウに困っているはずなのに、なにか、ときどき、ムウのいちばんのファンは先生なのかな、と思うことがあるのです。口に出して褒《ほ》めたり励ましたりするわけではなくても、マイペースを貫くムウを見ていると先生まで元気になるみたいなのです。

確かに、ムウはほんとうに元気いっぱいに、楽しそうに、ピアノを弾きながら歌っていました。あんなに楽しそうにピアノを弾く子には、その後――おとなになるまでも、おとなになってからも、出会ったことがありません。

ムウみたいにピアノを弾けたらいいな。いつも思っていました。それができないから、ときどき、ムウのことが嫌いになっていました。みんな迷惑してるんだよ、と意地悪く言ったこともあります。発表会の日には風邪をひいて休んでくれたほうがいいのにって、みんな思ってるんだよ。仮病を使って休んでしまいたいのは、わたしのほうでした。

ムウのお父さんやお母さんは、発表会に来ていたのでしょうか。来ていたはずです、きっと。でも、不思議なほどぽっかりとムウの両親についての記憶は抜け落ちていま す。一人だけみんなと違っている自分の娘を見て、恥ずかしく思っていたのでしょうか。いたたまれない思いだったのでしょうか。それとも、がんばれがんばれ、と手拍子をとって応援していたのでしょうか。

ムウは勉強ができませんでした。スポーツも苦手だったし、手先も不器用でした。顔がかわいいほうでもないし、もともと太っていた体つきは小学校の高学年になるといっそうまるくなってきて、学校の健康診断では、美容ではなくて健康のために少し体重を減らしなさいと校医の先生に言われてしまったほどです。

そんなムウの将来について、お父さんやお母さんはどんなふうに思っていたのでしょう。ちょっとずれている一人娘のことを心配していたのか、なんとかなるよと安心していたのか、どっちなのでしょう。

ムウの両親のことを最近よく思いだします。

わたしも親になったから。

わたしの子どももムウと同じように、なにをやらせても、あまりうまくいかない女の子だから。

名前はエリカといいます。まじめで優しい子ですが、要領が悪いというか、なにごとも器用にこなせないというか、勉強でも友だちとの関係でも、しょっちゅう蹴《け》つまずいてしまいます。

ただ、ムウとは違って、エリカはみんなから遅れまいとして、はずれまいとして、いつも必死です。まわりの様子をうかがう目は、いつも不安そうです。そういうのが逆にみんなの意地悪な心を刺激してしまうのか、まだ小学二年生なのでそれほどひどくはなくても、クラスの一部からは、いじめのような目にも遭《あ》っているようです。

わたしはいじめに遭ったことはありません。ずば抜けて勉強がよくできたり、特にしっかりしていたりしたわけではなくても、一人だけ取り残されてしまったことや、みんなにできることが自分にはできないという体験は、ほとんどなかったと思います。

でも、エリカを見ていると、ピアノの発表会の記憶がよみがえってしまいます。薄暗い舞台袖で出番を待っているときの胸がひしゃげてしまいそうな気持ちも、簡単なところをたくさん失敗して舞台袖に戻ってくるときの悲しさや悔しさも、忘れていたはずなのに思いだしてしまうのです。

子どもの頃のわたしを知っていて、いまのエリカのしんどい毎日を知らないひとたちからは、よく「エリカちゃんはママそっくりだね」と言われます。

ムウは確かに、いじめられることの多い子でした。

小学生の頃から中学を卒業するまで、ムウに意地悪をしたり、からかったり、うまいことを言って利用したり、という子は必ずどこかにいました。

でも不思議と、そのいじめは、取り返しのつかないような事態にはならずに終わってしまうのです。みんな意地悪は意地悪だし、かわいそうなことをしているのは間違いなくても、ムウをとことんまで傷つけたり追い詰めたりすることはなかったのです。

あの頃はいまと違ってのどかだった、ということではありません。

ひどいいじめは昔だってありました。

ただ、ムウの場合は、なんとなくみんな、途中で飽きてしまうのです。もうやーめた、とあっさりおしまいになって、別の誰かに標的を移すというのでもなく、アサガオの花がしぼむように、いじめそのものが終わってしまうのです。

張り合いがない、ということなのでしょうか。せっかくいじめるのなら、もっと困ったり苦しんだりしてくれないとつまらないのかもしれません。

もちろん、いじめをかわそうというつもりなんて、ムウにはなかったと思います。とにかくマイペースで、きょとんとして、あはっと笑っていただけだったのだと思います。中学の校長先生は、キゼンとしていればいじめなんて吹き飛ばせます、と全校朝会で言っていました。ムウが大らかに笑うことも、キゼンとした態度の一種だったのでしょうか。でも、ムウのようなキゼンは、胸を張ってがんばるよりもはるかに難しい。それはあの頃のわたしにもわかっていました。

ムウはすごい。誰にも真似《まね》ができない。

でも、うらやましいとは思いませんでした。

ムウはのんきな性格に生まれついたのと引き替えに、とても大切なものをお母さんのおなかに置き忘れてしまったから。

星占いや手相占いは信じていません。でも、幸運や不運というのはあるのだろう、と思います。

ムウは、幸運を忘れたまま生まれてしまったのです。

わたしはムウほど楽しそうにピアノを弾く子を知りません。

ムウほど運の悪い子にも、会ったことがありませんでした。

2

ムウがピアノ教室をやめたのは、小学三年生に進級するときでした。

「お母さんがもうやめなさい、って言うから……」

ウチに遊びに来てそのことを伝えたムウは、さすがにしょんぼりとしていました。

「代わりに塾に行くの？」とわたしが訊《き》くと、しょんぼりしたまま首を横に振って、「なんにもしない」と言いました。

「じゃあ、なんでお母さんがやめなさいって言うの？」

短気な性格ではないはずなのに、ムウと話していると、つい怒りっぽくなってしまいます。

「わたしが文句言ってあげようか？」――また、ずるい正義の味方になってしまいました。

ムウは少し迷ったあと、「なんかねー」とのんびりした声で言いました。「なんかねー、よくわかんないんだけどねー、もうウチはそういうことできないんだから、って」

「そういうことって?」

「ピアノ教室とか」

「だって……」

いままで何年も通っていたのに。

「なんでできなくなっちゃったの?」

なんでもかんでも訊かないでよ、言いたくないこと言わせないでよ。おとなのわたしがその場にいたら、子どものわたしの手をギュッとつねっていたはずです。

きょとんとした顔になったムウは、一呼吸置いてから、あはっと笑って、首をひねりました。

「よくわかんないけど、ウチ、今度からビンボーになるみたい」

軽い言い方だったから驚くのを忘れて、ふうん、とうなずいてしまいました。ムウにも「貧乏」の重みはよくわかっていないみたいでした。貧しさの貧乏ではなく「ビンボー」というまったく別の言葉があるみたいに、さらりと言って、よくわかんないけど、と繰り返して、あはっと笑うだけでした。

「じゃあ、もうピアノやめちゃうの？」

「うん……ウチのピアノも、なんか、親戚《しんせき》の子にあげちゃうんだって」

残念そうな顔を見ていると、わたしも胸が締めつけられました。かわいそう。ムウはいつでも、なにをやらせても、かわいそうな目にばかり遭ってしまう。誰かが助けてあげないと。親切で優しい友だちがそばにいてあげないと。

「ときどき、弾きに来ていいよ」

わたしは壁ぎわに置いたアップライトのピアノを指差して言いました。

あんのじょう、「いいの？」と聞き返すムウの声ははずみ、表情もパッと光が射《さ》したように明るくなりました。

「たまにだったら、いいよ」

ムウはこくんとうなずいて、「ありがとう、ユミちゃん」と言いました。

「うれしい？」

「うん、うれしい」

「どれくらい？」

「すごーく」

「でも、わたしがウチにいるときで、ピアノ弾いてないときで、あとテレビとか観《み》てないときで、宿題とかもしてないときだけだからね」

「うん、わかってる、だいじょうぶ」

「うるさかったら、途中でも、やめてって言うからね」

わたしは、あの頃のわたしが嫌いです。

ムウはわたしのずるさに気づいていなかったのでしょうか。気づいていても、まあいいや、とゆるしてくれていたのでしょうか。

「いまから、ちょっと弾いてみる？」

一瞬、細い目がまるくなりました。ふわっと体が伸び上がったようにも見えました。でも、ムウは首を横に振って、「今度にする」と言いました。目はもういつもの細い線になって、頬にめり込んでいました。肩をすぼめて「ユミちゃん、優しいね」とお礼を言ってくれるのを、わたしは知っていました。どうせムウは遠慮して弾かないだろうとわかっていたから、全然その気はないのに、弾いてみれば、と誘ったのです。

わたしはそういう子でした。嫌な子でした。ずる賢くて、ひきょうな子でもありました。

子どもの頃からそれはわかっていても、おとなになって、子どもができると、いっそうあの頃の自分のことが嫌いになってしまいます。

エリカのそばに昔のわたしみたいな子がいたらどうしよう――。

いる気がするのです。毎朝エリカと誘い合って学校まで一緒に行っているルナちゃん、あの子は危ない。エリカとマンガやゲームの貸し借りをしているミイちゃんも、ちょっと心配です。二人とも、のろまで内気なエリカと仲良くしてくれる優しい子だから、わたしはあの子たちのことをどうしても信じ切ることができないのです。


あとで知ったことを、いくつか。

ムウの家が貧乏になった理由は、お父さんが会社を辞めてしまったからです。

お父さんはお母さんの反対を押し切って、貯金をはたき、たくさん借金もして、友だちと二人でつくった会社の副社長になりました。仕事のくわしい内容は知りません。ただ、ウチの両親が「そんなに世の中は甘くないんだから」「いくらなんでも難しいんじゃないかな」と話しているのを、廊下で立ち聞きしたことがあります。二人とも、ムウのお父さんの決断にあきれて、これからの生活を心配している様子でした。

その不安があたって、会社は一年もたたないうちにつぶれてしまいました。ただ倒産しただけでなく、一緒に会社をつくった友だちはほとんど詐欺師《さぎし》みたいなひとだったらしく、あとに残ったいろいろな責任はすべてムウのお父さんが背負い込むはめになりました。ムウは学校ではなにも言いませんでしたが、借金取りが毎日家まで押しかけてきて、真夜中になっても催促《さいそく》の電話が鳴りどおしだった時期もあったようです。四年生の夏休みに自宅が競売にかけられて、ムウは両親と一緒に同じ学区内の市営住宅に引っ越しました。お父さんとお母さんはもっと遠くの、誰も知り合いのいない町に引っ越したかったのですが、ムウがどうしても転校したくないんだと泣きながら訴えたのです。

ウチの母からそれを聞いたときには、嘘《うそ》だ、と思いました。信じられない。だって、ムウはいまの学校にいても、みんなにいじめられるだけで、ちっとも楽しいことはないはずなのに。

「ユミと別々の学校になりたくないって言ったんだって」と母が教えてくれました。

思わず「なんで？」と聞き返すと、「そんなのあたりまえでしょ、友だちなんだから」と母に軽くにらまれてしまいました。

「泣いたのって、ほんと？」

「そう。わんわん泣いちゃって、ものを投げたりして、大騒ぎになったんだって。そんなの初めてだったって、おばさんもびっくりしてた」

「だよね……」

でも、やっぱり信じられない。「わたしなんかのどこがいいんだろう」とつぶやくと、母はその言葉の意味を勘違いして「ほんとよねえ」と笑って、ちょっと真顔になってつづけました。

「家のこと、睦美ちゃんにくわしく訊いちゃだめよ。あと、お父さんの会社のことも」

「うん……」

「引っ越しの荷物も片づけなきゃいけないから、今度からはウチで遊びなさい」

黙ってうなずいたあと、いままでと同じじゃん、と声に出さずに言い返しました。

ムウとは学校でよくおしゃべりしています。ピアノ教室で一緒にならなくても、ときどきウチに遊びに来ます。でも、わたしがムウの家に遊びに行くことはめったにありません。来るんだったらべつにいいけど、わざわざ出かけるのは面倒だから——という程度の友だちなのです、わたしにとってのムウは。

ムウはウチに来ても、ピアノを弾かせてほしいとは一度も言いませんでした。ピアノ教室のことはいろいろ訊いてきて、ときには「いいなあ……」とうらやましそうな顔もするのに、ウチのピアノを弾きたいとは決して言わないのです。

気をつかって、遠慮していたのでしょうか。わたしに「だめ」と断られるのが怖かったのでしょうか。おとなになってから、いろいろなことを思うようになりました。わたしのほうから「ピアノ弾く？」と誘ってあげればよかった。「順番にピアノ弾いて遊ぼうか」と言ってあげたら、ムウはきっとうれしそうに「うん」とうなずいてくれたはずです。

子どもの頃の思い出話が好きなひとがいます。わたしにはそういうひとの気が知れません。

わたしがおとなになって思いだすのは、後悔する出来事がほとんどです。

それにしても、ムウがわたしと別れたくないから転校しないと言ったのは、ほんとうだったのでしょうか。本人に訊いたことはありませんでした。答えを知りたくなかった。「そんなことないよ、お母さんが勝手に言っただけだよ」と言われるより、「うん、そうだよ」と言われるほうが——なんとなくそっちのほうが正解のような気もしていたから、怖かったのです。

市営住宅に引っ越してしばらくたった頃、ムウのお父さんは体調をくずして入院してしまいました。

「胃かいようだから、二週間ぐらいで退院できるんだって」とムウは言っていたのに、ずっと入院したまま、その年の暮れにお父さんは亡《な》くなってしまいました。ガンでした。会社がつぶれたときに生命保険を解約していたので入院費や治療費の支払いが大変だったんだと、あとで知りました。

お葬式にはわたしも母に連れられて参列しました。祭壇のすぐ前の遺族席に座ったムウは、うつむいて、退屈そうに手遊びをしていました。母と並んで焼香を終えると、親戚のひとに背中をつつかれたムウは顔を上げて、やっとわたしに気づいてくれました。目が合うときょとんとして、あはっ、と笑って、すぐにまたうつむいてしまいました。

退屈そうに、なんて思ってごめん。お父さんが息を引き取るときにはじっと手を握って、亡くなったあとも手や足を泣きながらさすりつづけていたことを、わたしはずっとあとになってから知ったのです。

お母さんと二人暮らしになったムウは、ウチに遊びに来ることが減りました。朝早くから仕事に出かけるお母さんに代わって、家事をぜんぶ自分でやることになったからです。

ときどき、ウチの母が多めにつくった晩ごはんのおかずを、ムウに届けに行きました。最初のうちはついでに二人でおしゃべりをしたり一緒にテレビを観たりしていましたが、しだいに玄関でおかずを渡すだけで「じゃあね、バイバイ」と帰ってしまうようになりました。

ムウのせいではありません。わたしが勝手に、なんかキツいな、と思ってしまったのです。ムウは一所懸命、家のことをやっていました。洗濯をして、掃除をして、ごはんをつくって、家計簿までつけていました。しゃべっているとあいかわらずのんきで、話をよく聞いてみると意外と失敗だらけのようでしたが、でも、ムウはがんばっているのです。そのがんばっているところを見るのが、なんともいえずキツかったのです。

狭い居間には仏壇が置いてありました。わたしが訪ねるときにはいつも線香がついていました。ウチの母は「睦美ちゃんは一足先におとなになったね」とムウのことをしょっちゅうほめていました。

そういうのがぜんぶ、とにかく、キツかったのです。

ムウはピアノ教室の話をしなくなりました。

小学校を卒業したらピアノ教室をやめよう、とわたしは決めていました。

3

中学生になると、ムウの体はひときわまるくなりました。晩ごはんを一人ですませたあと、お母さんの帰りを待っている間に、ついついスナック菓子を食べすぎてしまうのです。

「まいったなあ、やせなきゃ、ダイエットしなきゃ」

口ではそう言っていても、お菓子を食べるのをやめようとはしません。そもそも、太ってしまったことを真剣に気にしている様子でもありませんでした。

あとで知りました。

その頃、ムウのお母さんは家に帰ってこない日がときどきありました。好きなひとがいたのです。ウチの母が「睦美ちゃんのことも考えてあげないと」と諫《いさ》めても、恋人に夢中になっていたお母さんは聞く耳を持たず、最後はお金を騙《だま》し取られて、捨てられました。

太ってまんまるになったムウの顔は、ムーミンというよりアンパンマンやドラえもんに似ていました。盛り上がった頬の肉のせいなのか、本人にそのつもりはなくても、自然といつも笑っているような表情になっていました。

勉強の成績は悪いままだったし、クラスの子にからかわれたり意地悪をされたりすることも多かったのですが、ムウが怒ったり悲しんだり落ち込んで元気をなくしたりという顔は、見たことがありませんでした。

ムウって仏像みたいな子だな、と思ったのは、二年生に進級した頃です。社会科の資料集をぱらぱらとめくって、奈良時代の仏教文化のページに載っていた写真を見て、ふとそう思ったのです。

写真の仏像はすっきりとした細い体つきでしたが、その仏さまがぷっくり太って、おっぱいもふくらんだら、ムウみたいになる――。

友だちはみんな「えー、全然違うよ、似てないよ」と相手にしてくれなくても、ムウにそう言ってみると、なんだか妙に喜んでくれて、言いだしたこっちが困ってしまうぐらい、「うれしーい、うれしーい」とはしゃいでくれました。

あとで知りました。

ムウのお母さんは、その頃、また新しい恋人と付き合いはじめていました。

ムウはおっぱいの大きな子でした。

太っているからというのを割り引いても、やっぱり大きい。ブラジャーをしていても、ちょっと小走りするだけで、ゆっさゆっさ、と揺れるほどです。

でも、それは女性としてセクシーだったというのとは違っていました。クラスの男子も、ムウのことを女の子として見ていたひとはほとんどいなかったと思います。

お母さんのおっぱい、というのがいちばん近いかもしれません。

誰の母親というのではなく、みんながそれぞれ思い浮かべる「お母さんってこういう感じだよね」というイメージの交じり合ったところにいる、お母さんの中のお母さん――ムウのおっぱいは、男のひとと抱き合うときより、赤ちゃんを抱っこするときのほうが似合うのです。

自分のお母さんが母親ではなく一人の女性になりたがっていたから、代わりにムウが、わたしたちの誰よりも早く、子どももいないのに、お母さんになったのかもしれません。

最近、わたしは自分のおっぱいを見ると元気がなくなってしまいます。お風呂《ふろ》に浸《つ》かって、大きくもなく小さくもない自分のおっぱいを見て、ムウのことを思いだすと、深いため息が漏《も》れてしまうのです。

初めてブラジャーをつけたのは、ムウと同じ中学一年生のときでした。あの子がブラジャーを大きなサイズに買い換えるペースにはとても追いつけなくても、わたしも自分なりに、少しずつおとなになっていったのです。

でも、わたしはいつお母さんになる準備をしてきたのでしょう。

エリカが生まれるまで、わたしはお母さんではありませんでした。あたりまえのことなのに、いまはそれがすごく、間違っていたように思えてしかたないのです。

十代の頃のわたしは、自分のおっぱいを赤ちゃんが欲しがるなんて、想像もしていませんでした。頭では理解していても、体は、というより心は、なにもわかっていなかったのです。

実際にお母さんにならなければわからないことは、たくさんあります。でも、昔はわかっていたはずなのに、お母さんになったとたんわからなくなってしまったことも――そっちのほうがもっとたくさんあります。

なにをしてもうまくいかないとき、どうやって元気を取り戻したのか。友だちに意地悪なことをされたとき、親や先生には言いつけず、でもやられっぱなしで我慢しつづけるのでもなく、どんなふうにそれを解決したのか。

「お母さんの頃はね」とエリカに教えてあげたいのに、思いだせません。浮かんでくることもなにかぜんぶ嘘っぽく思えて、こんなのいまの子どもたちには通じないよ、という気もして、そんなもどかしさをついエリカにぶつけて、キツくあたってしまうことさえあります。

エリカみたいに要領の悪い子は、教室や友だちの輪の中で、どこに居場所を見つければいいのか。

みんなにちょっとバカにされても嫌われずにいるには、どうすればいいのか。

勉強ができない子や、顔がかわいらしくない子や、おしゃべりをしていても面白いことがすぐに思いつかない子は、どんな言葉で励まされて、どんなことで張り切って、どんなことで落ち込んで、どんなことをいつまでもくよくよと気にしてしまうのか。

昔はわかっていたはずなのに。

幼稚園の頃からいままで、数えきれないほどのひとと知り合って、その中には、確かにエリカみたいなタイプの子もいたのに。

わたしは、そういう子と友だちになったことがありませんでした。

「ピアノ、まだウチに置いてある？」

ムウに不意に訊《き》かれました。

中学二年生の秋でした。

「もう全然弾いてないけど、あることはあるよ」

答えると、ムウはホッとした顔になって、それから急にもじもじしはじめて、あのね、えーとね、あのさ、ちょっとさ、と手まり歌みたいなことをつぶやいてから、顔を上げました。

「弾きに行っていい？」

「ピアノ？」

「うん。いつでもいいから、ユミちゃんの都合のいいときに、弾かせて」

初めてでした。約束とも呼べないような話をしてから五年半もたって、やっとムウはピアノを弾きたいと言いだしたのです。

「迷惑だと思うけど、お願い、弾かせて」

「べつに迷惑じゃないけど」

「じゃあ、いい？」

「うん……でも、なんで？」

ムウはまたもじもじして、顔まで赤くして、理由を教えてくれました。

どうしても弾いてみたい曲があるのだといいます。ビートルズの曲でした。家にあったカセットテープを聴いて、すっかり気に入って、聴くだけでなく自分でも弾いてみたくなって、お小遣いでピアノ譜まで買ったのです。

へえ、そうなんだ、と素直にびっくりしました。なにかに夢中になるとか、これだけは絶対にやるんだとか、そういうのはムウにはないんだと思っていたから。

「けっこう有名な曲だから、ユミちゃんも聴いたことあると思うけど」

『オブ・ラ・ディ、オブ・ラ・ダ』――知っています。元気で明るくて、楽しくなってくる曲です。

「そのテープがあったの？」

「うん。レコードから録音したみたい。レコードだと真っ白なジャケットで、ホワイトアルバムっていうんだって」

本かなにかで知ったのでしょう、ムウの口調や表情は自信なさげでした。わたしだって、ビートルズのことは、昔のすごいバンドだという程度しか知りません。歴史上の人物といった感じです。

「お母さんのテープ？」

ムウは首を横に振って、少しだけ頬をゆるめました。あはっ、といういつもの笑い方ではなく、なにか寂しそうな、声のない笑顔でした。

「お父さんが持ってたの」

処分せずに家に残していたカセットテープのうちの一つでした。お父さんの写真や思い出の品と一緒に箱に入れて、押し入れにしまってあったのだといいます。

べつにビートルズだからというのではなく、ムウはたまたまそれを選んで聴いて、『オブ・ラ・ディ、オブ・ラ・ダ』が気に入ったのです。でも、押し入れから箱を出して、その箱を開けてテープを取り出したのは、「たまたま」ではなかったはずです。

「お母さんと一緒に聴いたの？」

ムウはきょとんとして、また首を横に振りました。

「じゃあ、一人で出して、聴いたんだ……」

つぶやくと、ムウはあっさり「うん、そう」と答えました。わたしが訊いたことの意味も、つぶやいた一言の意味も、察してはいなかったのでしょう。のんきで鈍い子です、ほんとうに。でも、そんなムウが一人でお父さんの形見のカセットテープを聴いていたんだと思うと、急に息が苦しくなってしまいました。

なんで、そんなことしたの――？

訊きませんでした。

小学生の頃より、少しはわたしもおとなになっていたのでしょう。

ピアノ譜を持ってウチに来たムウは、さっそくピアノに向かって『オブ・ラ・ディ、オブ・ラ・ダ』を弾きはじめました。

最初はまったく演奏になりませんでした。ピアノ譜は弾き語りのための伴奏程度のものでしたが、リズムが意外と難しい。ピアノを弾いていなかったブランクも長すぎる。イントロの短いフレーズすら、音が一つか二つで止まってしまいます。

ゆっくり、ゆっくり、音符をたどるように弾きました。左手でリズムをとるのをいったんあきらめ、右手に集中してメロディーを覚え込みました。右手が疲れると、今度は左手だけで和音をとって、ズンチャッ、ズンチャッ、ズンチャッ、ズンチャッ、とリズムの練習を繰り返しました。

一日では、もちろん終わりません。

二日や三日でなんとかなるというものでもありません。

「ごめんね、邪魔だったり迷惑だったりしたら、いつでも言ってね」

申し訳なさそうに言いながら、ムウは毎日ウチに来ました。おやつを食べる間もなく、一息つく時間すら惜しんで、ひたすらピアノを弾きつづけました。なかなかうまくいかなくても、ムウは楽しそうでした。左手のリズムのコツをつかんでくると、だんだん昔のように体がはずむようにもなってきました。右手のメロディーは指よりも口のほうで先に覚えて、ハミングするメロディーにピアノの音が追いすがるようになりました。最初は、よいしょ、よいしょ、ちょっと待って、という感じで、三分そこそこのところを十分近くかかっていたメロディーも、少しずつ、形になってきました。

わたしはムウがピアノを弾いている間、なにもすることがありません。ピアノの置いてあるリビングのソファーに座って、おやつを食べたり本を読んだりして時間をつぶすだけでした。

ムウを放っておいて自分の部屋で宿題をやってもよかったし、音を消してゲームをしていてもよかったし、わたしが同じ部屋にいるのがムウにとってはかえって気をつかうもとになってしまったのかもしれません。でも、リビングにいて、ムウのたどたどしいピアノの音を聴いているのは、あんがい悪い気分ではありませんでした。ちょっと進んだかと思えばすぐに左手のリズムが止まってしまい、今度はいいかなと期待しかけると右手のメロディーがはずれてしまう。いかにも欲求不満のつのりそうな練習なのに、不思議とイライラしません。大きなお尻《しり》を椅子《いす》からはみ出させて、だるまの起き上がりこぼしみたいな格好で体を揺すりながらピアノを弾くムウの後ろ姿を見ていると、つい、微笑《ほほえ》みまで浮かんでしまうのです。

ウチの母も、キッチンで晩ごはんのしたくをしながら、ムウのピアノを聴いていました。いままでのお付き合いと世話焼きの性格からすれば、リビングに顔を出しておしゃべりをしてもいいはずなのに、毎日、最初にちょっと顔を出してあいさつをするだけで、あとはずっとキッチンにこもりきりでした。でも、機嫌が悪いというわけではなく、わたしのテレビやゲームの音にはすぐに「ご近所に迷惑だから、もっとボリューム下げなさい」と言うのに、ムウには黙って、好きなように弾かせてあげていました。

一週間たつと、ムウのピアノはなんとか形になってきました。

リズムは途中で速くなったり遅くなったりするし、メロディーの音もときどき派手にはずれてしまうのですが、とにかく、最後までたどり着けるようになったのです。練習に付き合ったおかげで、わたしの耳の奥にも『オブ・ラ・ディ、オブ・ラ・ダ』がすっかり染《し》み込んでしまって、いったいどんなことを歌っているのか知りたくなりました。

ホワイトアルバムをレンタルして歌詞カードを見てみると、曲と同じように詞のほうも、ひたすら明るくて元気が出るものでした。

市場で働くデズモンドとバンドの歌手モリーが、出会って、結婚をして、子どもができる、という物語形式の詞です。「オブ・ラ・ディ、オブ・ラ・ダ、ライフ・ゴーズ・オン・ブラ、ララ、ハウ・ザ・ライフ・ゴーズ・オン」というのがサビのフレーズ――歌詞カードでは「オブ・ラ・ディ、オブ・ラ・ダ／人生はまだまだ先が長いわ／オブ・ラ・ディ、オブ・ラ・ダ／そうよ　人生はまだまだつづく」と訳してありました。

「オブ・ラ・ディ、オブ・ラ・ダって、どういう意味なんだろうね」

わたしが訊くと、ムウは「おまじないの呪文《じゅもん》かなにかじゃないの？」と答えました。

「じゃあ、ブラとララは？」

英語の綴《つづ》りだと、braとlala。lalaは、ラララ、と歌うときのララかもしれません。間投詞というやつでしょうか。でも、braはなんだろう。

ムウがピアノを弾いている間に英和辞典をひいて確かめました。

bra――ブラジャーの略。

あはっ、と笑ってしまいました。ライフ・ゴーズ・オン・ブラは、「人生はブラの上を進む」という意味だったのです。

最初にびっくりして笑ったあとも、じわじわ、じわじわ、とおかしさが湧《わ》いてきました。おっぱいにつけたブラジャーの上を、なぜかテントウムシが歩いている光景が目に浮かびました。

山あり、谷あり。

人生もブラも。

これ、いいなあ、最高だなあ、とおなかを抱えて笑いをこらえるわたしをよそに、ムウは一所懸命ピアノを弾いていました。メロディーを口ずさんで、体を揺すって、遠慮がちながらも足踏みをして、たどたどしくぎごちない指づかいで、楽しそうに弾いていました。

あとで知りました。

直接これが答えだと教えられたわけではないのですが、いろいろな出来事から逆算してみて、こういうことだったのかな、と思うことがあります。

年が明けてほどなく、ムウのお母さんは二人目の恋人と再婚しました。

ムウがお父さんのカセットテープを聴いたのは、ちょうどお母さんが再婚の話をムウに告げた頃でした。

ムウはしばらくいじいじしていましたが、ある日、お母さんに「再婚してもいいよ」と言いました。

その日の夕方、ムウは初めて『オブ・ラ・ディ、オブ・ラ・ダ』を最後までとちらずに弾いたのです。

わたしもよく覚えています。イントロのタンタカタンタカタカタカズンチャズンチャズンチャズンチャのところから、いい調子でした。リズムも乱れなかったし、メロディーもきちんと弾けていました。

オブ・ラ・ディ、オブ・ラ・ダ、ライフ・ゴーズ・オン・ブラ――。

そこのフレーズだけ、わたしもピアノに合わせて小声で歌いました。

曲の後半になると、ムウの体は躍るようにはずんでいました。床を踏み鳴らす音はかなり大きく響いていましたが、母はキッチンから出てきませんでした。

オブ・ラ・ディ、オブ・ラ・ダ、ライフ・ゴーズ・オン・ブラ――。

わたしは手拍子もつけて歌いました。

ムウの制服のブラウスの下では、おっぱいがゆさゆさ揺れていました。

それが、ムウと一緒につくったいちばん楽しい思い出です。

そして、最後の思い出になりました。

ムウとお母さんは再婚を機に市営住宅を出て、別の街に引っ越してしまったのです。

4

ウチの母は、ムウのお母さんが再婚してからも、ときどき連絡をとっていました。心配していたのです。あとで知りました。母はムウのお母さんから再婚の相談を受けたとき、相手の仕事や人柄に信頼がおけずに、賛成しなかったのです。

「でも、あのひとは夢中になるとだめなの。すぐにこうなっちゃってたから……」

母は顔の横についたてのように手をかざして、「まわりが見えなくなるの」と苦笑しました。

昔話になりました、もう、ぜんぶ。

学校が夏休みに入ったエリカを連れて、ひさしぶりに日帰りで実家に顔を出しました。

母から昨日電話で、取りに来なさい、と言われたものがあったのです。

「じゃあ、ムウの親は似たもの夫婦だったってことだね」

「そうよねえ、ダンナさんも、あんなね、会社なんてつくっちゃって……ガンになったのだって、ストレスのせいかもしれないし、元の会社にいれば健康診断だって受けてたはずなんだから」

運が悪かったのでしょう、ムウのお父さんは。そんなお父さんと結婚したお母さんも運が悪かったのかもしれないし、その二人の子どものムウも、やっぱり、生まれついて不運な巡り合わせだったのかもしれません。

「ムウはどっちにも似てなかったね、性格」

「ほんとね、あの子、おっとりしてたから。そうやって神さまがあの家族のバランスをとってあげてたのかもしれないね」

でも、神さまはお父さんをムウから奪い、お母さんを母親から女のひとに戻してしまいました。ひとりぼっちになったムウは、新しいお父さんにも新しい学校にも新しい街にも馴染《なじ》めませんでした。

わたしとムウは年賀状のやり取りをするだけでしたが、ムウのお母さんは電話で母にしょっちゅう愚痴《ぐち》っていました。

ムウが新しいお父さんと口をきこうとしないとか、お父さんにぶたれているとか、学校でひどいいじめに遭っているとか、友だちがいないから修学旅行に行かないと言っているとか、買ったばかりの自転車を盗まれたとか、盗まれたのではなく学校のいじめグループに川に捨てられてしまったらしいとか、高校受験に失敗したとか、しかたなく入学した私立の女子高でも中学時代以上のいじめに遭ってしまったとか、摂食障害で心療内科に通いはじめたとか……ムウのお母さんとウチの母経由で知るあの子の近況は、つらい話ばかりでした。

年賀状には、そんなことはなにも書いていませんでした。コンビニで売っている、ありきたりのイラスト付きのはがきに、毎年「お元気ですか？」と書いてくるだけ。もうムウは笑っていないのかもしれない。そんな気がしました。ムウはもう、これからずっと笑えないままなのかもしれない、とも思いました。

わたしは毎年の年賀状に「今度会おうね」と書いていました。でも、本気でそう思っていたのかどうか、わかりません。わたしはやっぱりまだ、ずるくてひきょうな優しい子だったのです。

ムウは高校を二年生の途中で中退してしまい、美容師の専門学校に入り直しました。そこを卒業すると、どうしても新しいお父さんとは一緒に暮らしたくないからと家を出て、専門学校の友だちと一緒にアパートを借りました。でも、三カ月後、その子はムウのキャッシュカードを盗んで、口座のお金をぜんぶ引き出して、どこかに逃げてしまいました。ムウは被害者なのに、暗証番号をあっさり教えるなんて非常識だと警察のひとに叱《しか》られたそうです。

わたしの出した年賀状が「宛先不明《あてさき》」のスタンプを捺《お》されて返ってきたのは、二十歳になった年のことです。その年はムウからの年賀状は来ませんでした。ムウのお母さんに引っ越し先を訊《き》こうと思っても、返送されたわたしのはがきから一日遅れで、母がムウのお母さんに出した年賀状も「宛先不明」で返ってきてしまいました。

それっきりです。

「運が悪い」という言い方は、ほんとうは間違っているのでしょうか。ムウはただ、鈍くて、とろくて、隙《すき》だらけで、のんきすぎるだけなのかもしれません。ムウのお母さんだって、男のひとを見る目がなかったせいで苦労したのです。お父さんも起業したタイミングが悪かったのかもしれないし、相棒を信じすぎたのかもしれないし、健康管理がきちんとできていれば、手遅れになる前にガンも見つけられたはずです。うまくいかないのは自分自身が悪いからでしょ、と誰かに言われたら、ですよね、とうなずくしかありません。

それでも、わたしは「運が悪い」という言い方が嫌いではありません。しくじったり、うまくいかなかったりしたひとをかばってあげる、優しい発想だな、と思っています。「そんなこと言わずに、運のせいにしてあげればいいじゃない」とか「すみません、運が悪かったんだっていうことにしてもらえませんか」と誰かに言いたくなることが、最近増えました。母親になったからだと、思います。

ムウは、あの日のことをまだ覚えているでしょうか。

『オブ・ラ・ディ、オブ・ラ・ダ』をエンディングまで弾き終えると、ムウは「やったー！」と歓声をあげ、わたしも「すごいすごいすごい！」と拍手をして、二人でハイタッチを交わしたのです。

ピアノをじょうずに弾くにはいかにも不向きな、ムウのぷっくりした手のひらが、わたしの手のひらにピチャッと音をたてて当たったとき、急に胸が熱くなって、涙が出そうになりました。

ハイタッチを誘ったのはわたしのほうです。自分でも意外でした。ムウもわたしに応《こた》えて両手を上げるとき、ちょっと戸惑っていました。でも、そのときのわたしに迷いやためらいや照れくささは、まったくありませんでした。そうするのがあたりまえのように、すうっと両手が上がって、すうっと体が伸び上がったのです。

ハイタッチのあとも、胸の熱さは消えませんでした。もっと、もっと、もっと……いてもたってもいられなくなりました。

「おめでとー、やったねー」

わざとのんびり言って、おどけて大げさなポーズで両手を広げ、ガイジンさんが喜びを分かち合うときのように抱きつきました。

ムウも「ありがとー」と歌うように言って、わたしに抱きついてくれました。

最初は腕を背中に回すだけのつもりでした。形だけでいいと思っていたのに、体がくっつくと胸はさらに熱くなって、理屈を考える間もなく、気がつくと本気で、思いっきりムウを抱きしめていました。

ムウの大きなおっぱいは、ブラジャーをしていてもやわらかくひしゃげて、胸の谷間から、汗のにおいとは違う、ふだんのムウには似つかわしくない甘酸《あまず》っぱい香りがたちのぼってきました。

最後はまた冗談に戻って、「なーんて」と笑って体を離したあと、わたしは少しだけ泣いたのでした。あのときはまだお母さんの再婚の話なんて知らなかったのに、ムウが転校してしまうなんて想像すらしていなかったのに、そもそも、ムウのことを大事な友だちだとは思っていなかったのに、胸の熱さはいつのまにか、ムウが『オブ・ラ・ディ、オブ・ラ・ダ』を弾けるようになった喜びから、理由のよくわからない悲しみに変わっていたのです。

友だちだからわかったんだよ――とムウは言ってくれるでしょうか。

わたしは、いまなら言えます。

いまになって、やっと、わたしたちは友だちだったんだと気づいたのです。

「ねえ、運が悪くても幸せなことって、あるよね……」

ぽつりと言ったわたしに、母は「幸せに運の良し悪《よ あ》しなんて関係ないわよ。ラッキーとハッピーは違うんだから」と笑ってテーブルから離れました。

そうだね、とわたしはうなずいて、テーブルの上に置いてあった暑中見舞いのはがきを裏返しました。

今日は、実家宛に届いたこのはがきを取りに来たのです。

はがきの上半分は写真で、印刷されたあいさつの文面の脇《わき》に、手書きのメッセージが添えてありました。

〈ごぶさたしています。おぼえていますか？　なつかしいです〉

ひらがなばかりというのが、いかにも、あの子らしい。

写真の真ん中にいるのは、間違いなく、ムウでした。

あの頃よりさらに太って、髪形も変わって、お化粧もしていたけど、頬の肉にめり込んだ目も、鼻も、口も、やっぱりムウでした。

子どもと一緒に写っていました。病院のベッドに腰かけて、パジャマ姿の男の子二人を両脇に抱き寄せて、にっこり笑っていました。

写真の上に金色のマーカーで子どもたちの名前が書いてあります。健太と康太――ふたごでした。合わせて健康。そんな名前を付けたのは親としての夢なのか、祈りなのか、ムウが手で肩を支えないと崩れ落ちてしまいそうな健太くんと康太くんの座り方を見ていると、重い障碍《しょうがい》を持っているのだとすぐにわかりました。

でも、ムウは笑っていました。うれしそうに、幸せそうに、笑っていました。たくましい太い腕で子どもたちを支えていました。なにより、おっぱいが、びっくりするぐらい大きい。黒いTシャツの胸にプリントされたイラストが横に広がってしまうほどの、風船のようなおっぱいです。

はがきには携帯電話の番号が書いてありました。引っ越してきたばかりだという住所は、いまのわたしの家からそれほど遠くない街でした。苗字《みょうじ》が違っています。括弧《かっこ》をつけて旧姓が添えてありました。ダンナさんはどんなひとなのかな、写真を撮ってくれたのがダンナさんなのかな、だったらいいな、そういうひとだったらうれしいな……と、急にむずがゆくなった背中をもぞもぞさせながら、ゆっくりとバッグの中を探り、もっとゆっくり、携帯電話を取り出しました。

母はエリカを連れて庭に出て、植木に水をやっています。わたしを一人に、ではなく、ムウと二人にしてくれたのでしょう。

携帯電話を持ったままテラスに面した窓辺に行きました。エリカはジョウロでヒマワリに水をやっていました。その背中を見つめていると、気配で察したのか、エリカはきょとんとした顔でわたしを振り向いて、目が合うと、あはっ、と笑いました。わたしも笑い返しました。いつもよりちょっと優しく笑えたような気がして、それがうれしくて、『オブ・ラ・ディ、オブ・ラ・ダ』をハミングしながら、テーブルに戻りました。

はがきの上に、網戸の隙間《すきま》から入ってきたのか、小さなテントウムシがとまっていました。ちょうどムウのおっぱいのあたりを、ちょこちょこと歩いています。あの日ふと思い浮かんだ光景は、このことだったのかもしれません。

オブ・ラ・ディ、オブ・ラ・ダ、ライフ・ゴーズ・オン・ブラ――！

口ずさんで、またふふっと笑って、わたしのブラの上を進む人生はいまどのあたりなんだろうと首をかしげながら、携帯電話のキーを一つずつ、体を軽く揺らしながら押していきました。

再会

1

新しい現場は、初恋のひとと出会った小学校だった。もう遠い昔——六年生の途中で転校してしまった彼女と別れてから、二十年になる。

「瀬尾《せお》ちゃんの母校なんだって？　ここ」

現場に入った初日、工事図面を手に校内を案内してくれた班長に訊《き》かれた。

「ええ……でも、校舎も新しくなってるし、昔の面影はほとんど残ってません」

実際、校舎とグラウンドの位置関係はあの頃のままでも、いかにも殺風景だったコンクリートの校舎は、木をあちこちに配した温《ぬく》もりのあるものに変わっていた。県のモデル校に指定されていることもあって、バリアフリーや屋上緑化のシステムも最新式のものが導入されているらしい。

今回の工事もその一環だった。校内の排水を循環装置で浄化してトイレやスプリンクラーの水に再利用し、さらには夏の冷房や冬の暖房にも使えるようにする。夏休みをまるまる使っても間に合うかどうかの大がかりな工事だった。

地元の工務店では手に負えないので、県内では大手のウチの会社が受注した。担当チームは安いビジネスホテルに泊まり込んで、学校が夏休みに入るのと同時に工事を始めたが、七月は天気がぐずついたので工程が遅れている。会社は別の現場を終えたチームを追加で送り込むことを決め、僕も八月の頭から工事の遅れを取り戻すまで、班長補佐として工事に携わることになったのだ。

「母校ってことは、家も近所なの?」

「歩いてすぐのところだったんですけど、もうだいぶ前に実家は引っ越しちゃってますから。だから、ほんとうにひさしぶりで……なつかしいです」

「なにしんみり言ってるんだよ、まだ若いのに」

四十代の班長には軽く笑われてしまったが、本音だ。

帰ってくるとは思わなかった。この学校にも、この街にも。

三年前まで東京で暮らしていた。なにもいいことがなかった。それなりに名の通った大学を卒業したのに、超氷河期と呼ばれた就職難にぶつかってしまい、正社員として就職することはできなかった。最初は契約社員として小さなメーカーに勤めていたが、人員整理で真っ先に切られた。その後は派遣会社に登録して、事務、営業、工場のライン、さまざまな職場を転々としたすえに、東京暮らしに見切りをつけて両親のもとへ戻った。いまの会社も、両親の知り合いや親戚《しんせき》のコネを手当たり次第に使って、なんとか管理職見習いとして入社した。拾ってもらった、と言い直したほうがいいかもしれない。

三十二歳。独身。親と同居。手取りの月給は二十万円をなんとか超えるかどうか。結婚の見通しはまるでなく、そもそも、そんなことを考える相手もいない。なんだかなあ、と苦笑交じりのため息をつくしかない人生になってしまった。小学生の頃の夢がそのまま叶《かな》っていたなら、いまごろ、僕はサッカーの日本代表チームの中心になって活躍していたはずなのだ。

校舎の三階に上がった。五年生と六年生のフロアになっているのはあの頃と同じだったが、校舎そのものが変わってしまうと、思い出がよみがえるきっかけも見つけられない。

ただ、教室に入って、窓から街を見わたすと、胸が締めつけられた。

昔は教室の窓から見えていたものが、いまはない。まだ駅前に高層ビルは一棟もなかった頃、あの建物と屋上の広告塔だけ、街並みからぴょこんと突き出していた。学年の女子でいちばん背が高かった彼女と同じだ。

「ここのベランダからパイプ通すんだ」

図面を指差して説明する班長に生返事をしながら、僕の目はちらちらと窓の外を向く。

班長もそれに気づいて、「どうした？」と怪訝《けげん》そうに訊いてきた。

「昔、駅前にデパートがあったんですよ」

「ああ、あれだろ、『ガーデン』。いまでもあるし、あそこはデパートっていうより、ショッピングセンターだろ」

あそこだよな、と班長が指差す先に十階建てのビルが見える。上層階はマンションになっていて、地下から二階までが、駅前広場と直結したショッピングセンターだった。僕も知っている。中学二年生のときにビルが完成して、『ガーデン』が開業したのだ。高校の頃は、しょっちゅう買い物や遊びに出かけていた。

「あのビル、昔は古いデパートだったんですよ」

「へえ、そうなんだ」

「そこがつぶれたあと、ビルを建て替えて、『ガーデン』が入ったんです」

小学六年生の夏だった。

「『ちどりや』っていうデパートだったんです。景気のよかった頃にはレストランとか土産物の工場とか、いろいろやってたんですけど……つぶれちゃいました」

広告塔に大きく書かれた『ちどりや』の文字は、いかにも古くさい書体だった。品《しな》揃《ぞろ》えやテナントや催し物のセンスも、いまにして思えば時代から取り残されていたのだろう。老舗《しにせ》だったぶん創業者一族が経営を牛耳り、最後の社長が無謀な多角化に失敗して、どうにもならなくなった。

あんなずさんな経営をしていたら店がつぶれるのはあたりまえだ、と誰もが言った。創業者一族の悪口を、いろいろなひとが言っていた。それまで遠慮して口に出せなかったことが、一気に噴き出したのだろう。

おとなだけではなかった。親が『ちどりや』やその関連の会社で働いていた同級生の子も、さんざんひどいことを言いふらしていた。

標的は、『ちどりや』の一人娘だった。

鳥谷美智子《とりたにみちこ》という。

片思いのままで終わった僕の初恋の相手は、彼女だった。

「それで？」

班長に訊かれて、我に返った。「その『ちどりや』がどうかしたのか？」と重ねて訊かれると、「いえ、べつに……」としか答えられなかった。

「ただの思い出話？」

「すみません」

「頼むよ、瀬尾ちゃん。ほんと時間なくて大変なんだから、ぼーっとしてる暇ないんだよ」

丸めて筒にした図面で軽く頭を叩《たた》かれた。

「よし、行くぞ、次だ次」とうながされて廊下に出る前に、がらんとした教室を振り返った。

鳥谷さんはいつも最後列の席に座っていた。背が高いからというだけでなく、クラスの女子の中でもひときわ目立つ存在だった。『ちどりや』がつぶれるまでは、休み時間のたびに取り巻きの女子に囲まれ、「美智子ちゃん、美智子ちゃん」とちやほやされていた。あの頃、彼女は間違いなくクラスの女王だったのだ。

「よお！　なにやってんだよ、ほんとに」

班長のいらだった声が廊下に響く。

僕はあわてて教室を飛び出した。

浄水タンクを設置する予定の裏庭に回って、現場の案内は終わった。

「工事じたいはそれほど難しくないんだけど、とにかくタイムリミットがあるから大変だよ」

班長の言葉どおり、忙しさは覚悟している。僕の担当はパイプ敷設《ふせつ》の進行管理だったが、実質的には雑用係のようなものだろう。それも覚悟している。

「まあ、瀬尾ちゃんにとっては母校の後輩のためにがんばるんだから、やり甲斐《がい》があるだろ」

ええ、まあ、と苦笑いで応《こた》えた。

やり甲斐など、いままでの現場で感じたことは一度もない。工事のパートを取り仕切る班長や、その上の現場監督ならともかく、僕のような立場は、ただ言われたことをこなすしかない。それ以上のことは求められていないし、いまの立場の仕事でさえヘマばかりで、監督や班長や現場の作業員にしょっちゅう怒鳴られている。今度の現場もどうせそうだろう。ゆるみかけた空気を引き締めたり、溜《た》まっていたストレスを発散させるための怒鳴られ役も現場には必要なんだから、と自分に言い聞かせたりしながら、三年近い年月が過ぎた。

最近よく思う。年月でも月日でも歳月でも、呼び方はなんでもいい、とにかく時間は、ただ過ぎていくだけだ。流れていくだけだ。自分で舵《かじ》を取っているという気がしない。そもそも帆を張って風を受けているのかどうかも、わからない。

社会に出て十年たった。小学校の卒業式のとき、校長先生が式辞で高村光太郎の『道程』という詩を読んでくれた。「僕の前に道はない／僕の後ろに道は出来る」という有名な詩だ。でも、僕が社会で生きてきた十年間には、自分はこんな道をこんなふうに歩んできたんだ、というしっかりとした道ができているのだろうか。怖くて、ずっと振り向けないでいる。

「お盆の終わる頃までには、なんとか予定どおりのペースに戻したいよなあ」

「ええ……」

「二週間足らずでお役御免にしてやるつもりだから、全力疾走で突っ走ってくれよ、頼むぜ」

黙ってうなずいた。

こういうときには元気よく張り切った声で応えたほうがいいことぐらいは、僕にもわかっている。でも、なぜかそれができない。いつの頃からか、そうなってしまった。あんのじょう班長は鼻白んだ顔になったが、どうしようもない。小学生の頃は必要もないのに廊下や教室やグラウンドを走りまわり、むだに大声を張り上げてばかりだったのに。

体育館脇《わき》につくったプレハブの事務所に戻る途中、簀の子《すこ》を渡した通路に黒いものが丸まっているのが見えた。

なんだろうと思っていたら、その黒いものはゆっくりと動いて、形を変えた。猫だった。全身が真っ黒の猫が、風通しのいい通路で涼んで昼寝をしていたのだ。

体を簀の子の上で伸ばした黒猫は、こっちを見て、近づいてくる僕たちに気づいても逃げようとしない。

「野良《のら》猫ですかね……」

半分ひとりごとのつもりだったが、班長は、あ、そうだそうだ言うの忘れてた、と足を止めた。

「あの猫、スクール猫なんだって」

「なんですか？　それ」

「学校に棲《す》みついてるんだ。だから、スクール猫。名前はニャンコって、そのまんまなんだけど」

二、三年前からいるらしい。最初は裏庭や中庭やグラウンドの隅をちょろちょろしているだけだったが、子どもたちが給食のパンを与えているうちに人間に馴《な》れ、いまでは校舎にも自由に出入りして、教室に入ってくることもあるのだという。

「子どもたちもかわいがってるんだ。野良猫は野良猫なんだけど、べつに悪さをするわけでもないし、学校としても……ほら、命の重さを教える教育とかなんとかってあるだろ、そういうのに使えるっていうんで、学校公認になってるんだ」

工事を始めるにあたっても、くれぐれもニャンコを学校から追い払ったり、ニャンコがひとにおびえてしまうような怖い目に遭《あ》わせたりはしないでほしい、と校長先生から言われている。

「それだけならいいんだけど、もう一つ面倒なことも頼まれちゃって」

ニャンコの食事のことだった。学校では児童会の中にニャンコ委員会というのをつくって、その委員の子が毎日放課後、食事を与えている。

「夏休みにも毎日交代で夕方に来るっていうんだけど、工事中だろ、やっぱり危ないだろ、せめて地面をほじくり返してる間ぐらいは立ち入り禁止にしてもらわないと、こっちも責任負えないし……」

学校側と話し合ったすえ、工事の担当者が付き添って子どもたちを校内に入れることになった。

「俺やほかの班の班長で、手の空いてるのが相手してやってるんだけど、夕方なんていったら、とにかく陽が暮れるまでになんとか今日の工程はクリアしなきゃ、っていうんで、こっちも必死だろ？　なかなかそっちまで手も気も回らないから、瀬尾ちゃんも様子しだいで手伝ってほしいんだ」

また歩きだす。ニャンコは逃げない。目もそらさない。緑色と褐色の交じり合ったような、木の実に似た目の色だった。

「野良猫にしては、けっこう上品だろ」

「ですね……」

「ふつうは黒猫って目が薄緑色をしてるらしいんだけど、この猫、ちょっと変わって て……なんて言ったっけかなあ、こういう色のこと、このまえ校長から聞いたんだけどな……」

「ヘーゼル」

言葉が不意に浮かんだ。思いだすという意識もなく、けれど確かに、記憶から出てきた。

「あ、それだそれ、ヘーゼルっていうんだ。瀬尾ちゃん、意外と物知りだな」

ヘーゼルの目をした黒猫――。

胸が、どくん、と高鳴った。忘れていた思い出が、驚くほど鮮やかによみがえってきた。黒い猫がいた。そうだ。あの家にいた。鳥谷さんの顔が浮かぶ。ピアノの置いてある広い部屋で、おいでおいで、と黒猫を手招く姿が浮かぶ。名前は、そうだ、ノアといった。フランス語の「黒」の「ノアール」からとったんだと、彼女は得意そうに教えてくれた。ノアを抱いて、ほら見て、ノアの目、すごくきれいでしょ、珍しいんだよ、ヘーゼルっていう色なの、ともっと得意そうに言うと、取り巻きの女子が口々に、すごーい、きれい、かわいーい、と褒《ほ》めたたえた。みんなまだ幼い。二年生か三年生あたり。よそゆきの服を着ていた。鳥谷さんも、ピンクの、ドレスのようなワンピースだった。ケーキ。大きなケーキをみんなで食べた。鳥谷さんがロウソクの火を吹き消していた。お誕生日会だったのか。一度だけよばれたことがある。同じ班の男子三人で招かれた。二年生だ。思いだした。僕は、その年から彼女のことを好きになっていたのだ。

「おい、瀬尾ちゃん、行くぞ。なにやってるんだ、ほんと」

班長はもうニャンコを追い越していた。

僕は「すぐ行きます」と返し、もう一度ニャンコを見つめた。ニャンコは僕を見つめ返し、にゃあ、と小さく鳴いてから身をひるがえして、中庭の植え込みに姿を消した。

2

その日の仕事を終え、ひさしぶりに街を歩いてみた。

駅前は高校時代に比べてもすっかり変わっていた。小学生の頃と比べると、記憶と重なる店や建物を探すほうが難しい。あの頃は五万人ほどだった人口は、いまは七万人近いという。地方都市には珍しく、工業団地の誘致やニュータウン造成や旧市街地の再開発が成功して、一時はさびれていた駅前もにぎやかになった。でも、山に囲まれた盆地が広がったわけではない。窮屈になっただけだ。ビルが増えて空は狭く切り取られてしまったし、昔は一日中でも遊んでいられたアーケードの商店街も、おとなの足で歩いてみるとあっけなく出口まで来てしまった。

実家は僕が大学二年生の年に県庁のある街に引っ越していたが、高校卒業まで過ごしていたので、友だちの数は多い。地元に残って就職した友だちも何人かいる。携帯電話のアドレス帳で検索すれば、電話番号もすぐにわかるはずだ。

でも、会う気は起きなかった。なつかしさよりも億劫《おっくう》さのほうが強い。東京にいた頃もそうだった。大学生時代の友だちとも、卒業後はほとんど連絡をとっていない。「瀬尾はいま、なにしてるの?」と訊かれるのが嫌だった。正直に言うなら、怖かった。そんな言葉にびくびくとおびえてしまうような人生を送るなんて、小学生の頃には夢にも思っていなかった。

あの頃はよかった。勇気があった。負けず嫌いだった。五年生のときには、サッカーの場所を強引に奪おうとした六年生を相手に取っ組み合いをした。算数が苦手科目になりかけた四年生のときには、必死に夜中まで勉強してみんなに追いつき、気がつくと追い抜いていた。勇気はみんなから称《たた》えられ、努力は必ず報われた。そういう時代が確かに僕にもあったのだ。

商店街から一本裏の道に入った。高校時代によく食べていた中華料理屋が、まだあった。味はたいしたことはない代わりに、安くてボリュームがある。ひさしぶりに食べた。昔をなつかしむというより、もっと切実に、安さに惹《ひ》かれた。高校を卒業してから十四年。なにも進歩してないってことか、と情けなくなってくる。

夕食を終えると、あとはもう、することがない。でも、ビジネスホテルの狭苦しい部屋に戻る気にもなれず、閉店間際《まぎわ》の『ガーデン』にふらりと入った。

テナントの入れ代わりを確かめながら売り場を歩いていたら、『満月堂』を見つけた。かつては『ちどりや』にも出店していた和菓子屋で、社長の娘が同級生にいた。大家と店子《たなこ》の関係だったからなのか、鳥谷さんに子分のように扱われ、本人もそれを喜んで、「美智子ちゃん、美智子ちゃん」といつもくっついていた。

記憶を探って、なんとか名前を思いだした。川島《かわしま》さんだ。下の名前は、鈴香《すずか》。女子は「スズちゃん」と呼んでいた。

川島さんなら——。ふと思い、ためらいながらも店員に声をかけた。

もう結婚していた。遠い街に住んでいる。あきらめて帰ろうとしたが、やはり気になって、名刺の裏に携帯電話の番号を書いて店員に渡した。不審そうな顔の店員に「いつでもけっこうですので、ここに電話してもらえるよう伝言していただけますか」と頼み込み、欲しくもない水ようかんを箱で買って、なんとか受け取ってもらった。

電話はその夜のうちにかかってきた。

「八木《やぎ》です。旧姓、川島ですけど……」

声であの頃を思いだすほど親しかったわけではなくても、小学校のときの同級生と話しているんだと思うと、ただそれだけで、なんともいえないなつかしさを感じる。

ベッドに起き上がり、コンビニで買い込んだペットボトルのお茶を飲みながら、小学校の工事をしていることを伝えた。川島さんも「学校、変わってた？」「誰か先生に会ったりした？」と興味深そうに話に乗ってくれた。小学生の頃はおっとりして、正直に言えば少しトロい印象だったが、電話の会話のテンポは速く、声もはっきりしていた。

「それで、俺、ちょっと思いだしたんだけど」

「うん、なに？　なに？」

「鳥谷さんっていただろ、ほら、『ちどりや』の」

彼女がいまどこでなにをしてるか、知ってる——？

いちばん訊《き》きたいのはそこだったが、さすがにいきなり切り出すわけにもいかず、ニャンコの話にそらした。黒猫。へーゼルの目。「鳥谷さんも猫を飼ってたような気がするんだけど、覚えてない？」と訊くと、川島さんは少し間をおいて「ノアでしょ」と言った。

「そう、ノア。で、いま学校に来てるニャンコって、ノアそっくりだと思ったんだけど……鳥谷さんって、引っ越すときにノアも連れて行ったんだっけ？」

川島さんはまた少し間をおいてから、「ううん」と答えた。「逃げたのか置いていったのか知らないけど、引っ越したあとも、ノア、いたよ。野良猫になってた」

「見たの？」

「うん。ときどき、あのひとの家の前、通ってたから。取り壊されてビルが建ってからのことは知らないけど、家があった頃は、いたよ。よく塀の上から、こっち見てた」

あれから二十年たっている。まさかニャンコがノアだとは思えないが、ノアの子どもや孫、ひ孫という可能性はあるかもしれない。

川島さんも「そうかもしれないね」と言う。なつかしそうだったが、寂しそうな言い方でもあったし、触れたくない思い出から早く立ち去ろうとしているようにも聞こえた。

「鳥谷さんとは、連絡とったりしてるの？」

「……ううん、全然。転校したあとは、どこに引っ越したかも知らない」

落胆を隠して、「誰かいないかなあ、鳥谷さんが転校したあとも付き合ってたひとって」と訊いた。

「いないよ」と川島さんはすぐに言った。「わたしにも手紙くれなかったんだから、ほかの子に出してるわけない」——きっぱりと、なにか腹を立てたみたいに。

その口調におされて言葉に詰まったら、川島さんは、あっ、と声を出し、肩の力が抜けたように「そうかぁ」と笑った。「瀬尾くんって、美智子ちゃんが転校する日に、告白したんだよね」

「違う違う、元気でな、って言っただけだよ」

「でも、気持ち的には告白でしょ？」

「そうじゃなくて……」

「なつかしくて、会いたくなったの？」

「そんなことないって」

猫のことを教えてやろうかなって、ちらっと思っただけで——と言いかけたら、川島さんに先を越された。

「みんなは知らないと思うけど、わたしは知ってるよ、美智子ちゃんのこと」

「だって……連絡とってないんだろ？」

「でも知ってるの」

さっきの腹立たしさとも、その前の寂しさとも違う、きっぱりしていても感情のない声だった。

「……どういうことなんだ、それ」

「瀬尾くん、お盆はそっちにいるの？」

「うん、たぶん」

「じゃあ、わたしも子どもを連れてお盆に帰るから、そのときに会わない? やっぱり会って話したほうがいいような気もするし。帰ったら、また電話するね」

応《こた》える間もなく、電話は切れてしまった。

鳥谷さんのことも気になったが、それ以上に、川島さんの「子どもを連れて」という一言に驚いた。驚くことはないよな、もう三十二なんだし、と思うと、今度は落ち込んだ。

コンビニで買って冷蔵庫に入れておいた第三のビールを開けた。本物のビールを飲むのは、現場監督や班長のおごりで飲みに行くときぐらいのものだ。こんな人生を送るはずではなかったのだ、あの頃の僕は。

川島さんの言うとおり、鳥谷さんに告げた「元気でな」は、「好き」と「さよなら」の代わりだったのだろう。片思いを打ち明けていた男子の友だちにはさんざんからかわれたが、先生と一緒に廊下を歩く彼女を、勇気を出して追いかけてよかった。

鳥谷さんは最初びっくりしていた。元気のない顔だった。転校する前、『ちどりや』がつぶれた頃から、ずっとそうだった。

僕は鳥谷さんが『ちどりや』の娘だから好きになったわけではない。お金持ちだということは知っていたし、もしも結婚したら僕が『ちどりや』を継ぐんだろうなあ、とも思って、一人で照れていた。でも、そんなものはなにも関係なく、好きだった。鳥谷さんよりかわいい子は何人もいたし、性格もわがままな気がしたが、そういう理屈抜きで、好きだったのだ。

鳥谷さんは僕が声をかけても、びっくりしたまま、なにも応えてはくれなかった。できれば引っ越し先の住所を教えてほしかったし、もっとできれば見送りにも行きたかったが、僕も声をかけたあとは頭の中が真っ白になってしまって、逃げるように教室に駆け戻ってしまった。

僕の初恋は、それで終わった。三日もすればケロッと忘れてサッカーボールを夢中で追いかけていられるような、幼い恋だった。その後も思いだすことはほとんどなかった。大学時代に昔の友だちと会ってその話になると、「そんなこともあったよなあ」と軽く笑えた。いまでも、きっとそうだと思う。

だから、会いたいわけではないのだ。

ただ、知りたい。彼女はあれからどんな人生を歩んだのだろう。小学生の頃に思い描いていたものとはまったく違う人生になってしまったのは、僕も彼女も、同じはずだから。

3

工事は急ピッチで進められた。覚悟していたとおり、僕は雑用係としてこき使われ、現場を駆けずり回った。よく言えば無我夢中、でも自分がいまやっている仕事が工事ぜんたいのどういう位置にあって、どういう役目を果たしているのか、じつはよくわかっていない。ただひたすら、監督や班長に命じられたことをこなしているだけだった。

やり甲斐《がい》なんて、なにもない。

それでも、小さな楽しみはあった。

ニャンコを見かけるとほっとして、自然と頬《ほお》がゆるむ。犬と違って尻尾《しっぽ》を振って甘えてくるわけではなくても、不思議とニャンコは僕の目の届く場所にいるし、もっと不思議なことなのだが、いつも僕を見ている。ノアの細かい風貌《ふうぼう》までは覚えていない。でも、ニャンコを見ているうちに、ノアと血がつながっているに違いない、と思うようになった。野良猫になってしまったノアが、その後たくましく生きて、子どもをつくって、孫ができて……というのを想像すると、僕も少し元気になる。

ニャンコ委員会の子どもたちは、毎日五時に校門の前に集合する。工事現場に入るときの付き添いは、ごく自然に、たいした仕事をしているわけではない僕の役目になった。

子どもたちにヘルメットをかぶらせ、縦一列に並ばせて、校舎と体育館をつなぐ簀《す》の子《こ》敷きの通路まで連れて行く。ニャンコも子どもたちが通路に来ると、「お待たせ」というようにゆっくりと、どこからともなく姿を見せる。児童会の予算から出しているキャットフードの食事をすませると、子どもたちに抱かれたり、毛づくろいされたりする。ニャンコにしてみれば、食事をもらうお礼にサービスしているのかもしれない。子どもたちの危なっかしい手つきと、いつも平然と落ち着いているニャンコの様子を見比べると、ニャンコのほうが子どもたちに「抱かせてあげている」「毛づくろいをさせてあげている」……子どもたちが振る猫じゃらしに飛びつくときでさえ、「遊んであげている」と言ったほうがいいんじゃないか、という気がする。

「ニャンコって、すごく頭がいいんだよ」

子どもたちが言う。よくわかる。

「それに美人なんだよねー」

そうか、メスだったのか、と知ると、よけいしぐさが気取っているように見える。

「家庭科の小林《こばやし》先生がね、ニャンコってもともと血統書付きの猫の子孫じゃないかって。だって、すごく上品でしょ？」

鳥谷さんの姿が思い浮かぶ。小学校の低学年の頃は、鳥谷さんだけ別の世界のお姫さまのように見えていた。でも、それはいかにも田舎臭くやぼったい上品さや華やさだったのだと、五年生や六年生の頃には、もうみんなわかっていた。

ニャンコと子どもたちの遊びの時間は、いつもあっけなく終わる。ニャンコが軽くジャンプして子どもたちから離れたら、もうおしまい。あとはどんなに呼んでも、食べ物で釣っても、戻ってこない。子どもたちに付き合うのはせいぜい五、六分といったところだ。

僕が「よし、じゃあ、帰ろう」と声をかけても、みんな名残《なご》惜しそうにニャンコが姿を消したあたりを見つめている。食事当番は委員会の五年生と六年生がローテーションを組んでいるので、今日はこれで終わっても、また次がある。理屈ではわかっていても「いま」にこだわってしまうのが、子どもなのだろう。

それがなつかしく、なんともいえずくすぐったく、そして、うらやましさと寂しさとが胸の中で入り交じる。あの頃の僕もしょっちゅう「いま」に夢中になっていた。

目の前いっぱいに「いま」が広がっていて、その先には、確かに「未来」もあったはずなのだ。

ニャンコは子どもたちにはなついていたが、僕が一人だと決して自分からは寄ってこない。遠くにいるときはいいのに、こっちから近づいていくと、手を伸ばして届くかどうかの距離でさっと逃げる。子どもたちと遊んでいるときに隙《すき》を見て触ろうとしても、すばやく身をひるがえして、子どもたちの陰に隠れてしまう。

「おじさん、嫌われてるーっ」

子どもたちが笑う。ニャンコが遠くに逃げて戻ってこなかったら、「おじさん、よけいなことしないでよ」とふくれっつらでにらむ。おじさんという呼び方にがっかりしながらも「ごめんごめん」と謝って、「なんでみんなはニャンコと仲良しなんだろうな」と訊いてみた。「やっぱり、抱っこできるまで時間かかったの？」

「そんなことないよ。最初から全然ＯＫ」「ニャンコって人見知りしないもん」「おとなだからダメっていうんじゃないんだよ。だって、先生とか平気だもん」「四月から来た先生もすぐに抱っこさせてもらったもんね」「おじさん、女のひとにモテないでしょ」……。

二十年前の小学生に比べると、ずいぶん生意気になったものだ。

子ども同士で話しているのを聞くと、それぞれの子の性格がよくわかる。おしゃまな女子もいれば、イタズラ坊主《ぼうず》の男子もいる。みんなから一目置かれている子もいれば、キツい言葉をぽんぽんぶつけられどおしの子もいる。ニャンコがトイレにしている花壇の一角を黙々と掃除する子もいれば、口先だけ達者で手がちっとも動かない子もいる。主従関係に似たような二人組も、いないではない。

いろんなタイプがあるんだなあ、とあらためて思う。僕たちもきっとそうだったのだろう。自分が子どもだった頃より、おとなになってからのほうがよくわかる。だから逆のことも、思う。「子どもたちは皆、一人ひとり違った個性を持っているのです」と言うのなら、おとなだって同じではないのか。でも、おとなに「自分の個性を大事にしなさい」と言ってくれるひとはいない。子どもの頃には許されていた個性の幅が、おとなになると急にすぼまってしまうのだろうか。うまくやっているひとと、そうでないひと——おとなには、その二種類しかないのだろうか。

はーい、しつもーん、と六年生の女子が手を挙げた。

「工事のひとはどうなんですか？　ニャンコと仲良しのひとっているんですか？」

「いや、いないな。みんな仕事で忙しいし、ニャンコも現場のほうには来ないし」

「っていうか、ニャンコって、油っぽいにおいが嫌いなんじゃない？」

機械のオイルのにおいのことだった。

「五年生のとき、図工の授業で電動糸ノコが壊れちゃったんですよ。それで、図工の石原《いしはら》先生が修理して、手が油で汚れちゃって、その手でニャンコに触ろうとしたら、すごい怒っちゃって、先生の手をひっかいたりして大変だったんだけど、それ、まだ覚えてるんじゃないかな、って」

横から別の子が、「車の排気ガスのにおいも嫌いだよねー」と言うと、みんなも、そうそう、とうなずいた。

僕は思わず自分の手のにおいを嗅《か》いだ。よくわからない。でも、工事現場にはオイルのにおいも資材《しざい》を運び込むトラックの排気ガスのにおいもたちこめていて、それは僕の全身にも染みついているだろう。

「今度おじさんも、いいにおいのするシャンプーとか石鹸《せっけん》とか使ってみれば？」

その場は笑って受け流したが、子どもたちが帰ったあとで、石鹸のいいやつを買おうかな、という気になった。現場で使う日用品の買い出しも僕の仕事だった。仮設トイレのトイレットペーパーがそろそろ切れそうだったし、中庭に足場を組む班からは蚊取り線香や虫除《むしよ》けスプレーをもっと用意しろとせっつかれている。

班長に車を借りて、買い物に出かけた。いつもなら『ガーデン』に向かうところだったが、たまには、と高速道路のインターチェンジの近くにある『シンフォニー』に出かけた。

『ガーデン』の数年前にオープンした『シンフォニー』は、この地域で初めての大型ショッピングセンターだった。広くて、新しくて、品揃《しなぞろ》えも豊富で、レストランもたくさんあって、ゲームセンターや映画館までついている。子ども心にも『シンフォニー』に出かけるのは楽しみで、日曜日に両親と買い物をしていると必ず同級生の誰かに会った。それ以前から経営が傾いていた『ちどりや』は、『シンフォニー』にとどめを刺されてしまった、ということなのだろう。

でも、いまの『シンフォニー』にあの頃のまばゆさはない。『ガーデン』を中心に再開発された駅前に客足を奪い返され、夕方の書き入れどきなのに広い駐車場は空きスペースのほうが多かった。細かな改装は繰り返しているのだろうが、建物ぜんたいのたたずまいが古びて、くすんでしまった。広いデッキにはお盆用品の特設コーナーが設けられていた。この地方は、お盆の最後にロウソクを立てた小さな舟を川に流す風習がある。売り場には盆飾りの提灯《ちょうちん》やお供え物の果物カゴと一緒に、薄く削《そ》いだ木で組んだ舟も置いてあった。灯籠《とうろう》に灯の入った舟もある。和紙を透かしてオレンジ色の光がぼうっと灯《とも》るのが、ずいぶんわびしく見える。

もしかしたら、ここもあと何年かすれば、かつての『ちどりや』のようにつぶれてしまうのかもしれない。『ガーデン』だってわからない。昔は小さな工場がいくつかあるだけだった駅の向こう側が、いまはすっかり様変わりした。マンションが何棟も建ち並び、小学校も新設された。工事中の跨線橋《こせんきょう》が完成したらもっと便利になって、空いている土地も見る間にビルで埋め尽くされるだろう。そこに新しくショッピングセンターができたら、『ガーデン』はきっと大きな痛手を受けてしまうはずだ。

ずっと勝ちつづけることは難しい。だからといって、負けていたものが一発逆転を果たすこともめったにない。一度うまくいかなくなったら、あとはずっとそのままだし、たとえうまくいっていても、いつかは負ける。

なにもいいことないじゃないか、と店に入って日用品コーナーを歩きながら笑った。笑うしかなかった。それが嫌なら、泣くか、怒るか。どっちもちょっとなあ、と結局また笑って、棚に並んでいる中でいちばん値段の高い石鹸をカゴに入れた。

4

現場監督に怒鳴りつけられた。

お盆の入りになって工事の遅れを取り戻すめどがようやくついた矢先、大失敗をしてしまった。注文する資材の番号を本社に間違えて伝え、口径の違うパイプが運ばれてきたのだ。

言い訳はできない。完全に僕のミスだった。正しい口径のパイプは明日の午後まで届かない。そうでなくてもお盆休み返上で働いてもらっている職人さんたちに、さらによけいな負担をかけてしまった。

「瀬尾、おまえやる気あるのか？」

「……あります」

「じゃあなんで同じ失敗ばっかりするんだよ。おまえ、どこの現場でも絶対にミスっちゃうだろ。なめてるんだよ、仕事を」

「……なめてません」

「なめてるんだ」

違います、絶対に違います、と首を横に振った。僕は僕なりに一所懸命やっている。それだけはわかってもらいたかった。ただうまくいかないだけなのだ。なぜかはわからないが、まじめにがんばっても、がんばっても、うまくいかないだけなのだ。

「現場は命がかかってるんだぞ。おまえの発注ミスで半日工事が遅れたよ。それを取り戻すのに、明日からはお盆のさなかに夜も工事だよ。暗いところで穴にもぐって、事故が起きたらどうするんだ」

なにもできない。使いっ走りの僕には、責任を取ることすらできない。

監督は聞こえよがしに舌打ちをして、「もうちょっとさ、覚悟持ってくれないかな」と言った。「三十ヅラ下げてバイトみたいな気分じゃ困るんだよ。みんな女房もガキもいて、家族のために体を張ってがんばって仕事してるんだから」

僕だって——。

唇を嚙《か》んでうつむいた。

「とにかく明日は徹夜してでも中庭の工事を終えないとどうにもならないから、今夜のうちに夜間照明のセッティングしとけ」

「……はい」

その返事も気に入らなかったのだろう、監督は「もうちょっと気合入れて返事してくんねえかなあ」とため息交じりに言って、もういいよ、あっちに行け、と手の甲で払った。

事務所を出ると、午後の強い陽射《ひざ》しを浴びて頭がくらくらした。耳に流れ込むセミしぐれは、頭の奥のほうではじけるようにうるさく鳴り響く。

仮設トイレの脇《わき》の洗面所で顔を洗い、手を洗った。いままで使っていた安い石鹼を『シンフォニー』で買った高級なものに取り替えて、すでに何日もたっている。洗い方も丁寧にしているつもりだ。でも、ニャンコは僕に寄ってこない。あいかわらず、遠くにいるときには逃げずに僕をじっと見つめているのに、近づいて手を伸ばそうとすると身をかわしてしまう。思いだすことはできても戻れないあの頃と同じだった。

その夜、職人さんたちに居残りを頼んで、中庭に照明用のやぐらを二つ組んでもらった。それぞれに大型のライトを載せ、明日の夜に作業をする場所が陰にならないよう光をあてる角度を調整して、とりあえず人手の要る仕事は終わった。

すみません、あとは僕がやっときますから、一人でだいじょうぶですから、ほんとにすみませんでした、ありがとうございました、お疲れさまでした、明日もよろしくお願いします……。頭をぺこぺこ下げて職人さんたちを見送り、一人で後片付けに取りかかった。

夜空にまるい月が出ていた。満月には端のほうがわずかに欠けているが、明るく、きれいな月だ。でも、片付けを終えて照明の電源を落とすと、暗い夜空にぽつんと浮かんだ月は、どんなに明るくても寂しい。

簀《す》の子《こ》を敷いた通路に戻って、事務所に持ち帰る作業道具を抱えたとき、暗がりからニャンコの鳴き声が聞こえた。真っ黒な体はほとんど闇《やみ》に紛れていたが、ヘーゼルの目がかすかに光っていた。

作業道具を床に降ろし、しゃがみ込んで、どうせ無理だろうと思いながら「来いよ」と手招いてみた。

すると、ニャンコはゆっくりと近寄ってきた。すぐそばまで来た。手を伸ばす。逃げない。だいじょうぶ。逃げない。首の後ろにそっと触れた。ニャンコはやわらかい声で鳴いた。撫《な》でてみた。ニャンコはさらに僕に近づき、頬と尻尾《しっぽ》を僕のすねに軽くすりつけた。

「……サンキュー」

ニャンコの首の後ろを撫でながら、つぶやくように言った。ニャンコに逃げる気配はない。僕のそばにいてくれる。

「なんなんだろうなあ、俺、ほんと、なにやってるんだろうなあ……」

猫を相手に愚痴《ぐち》をこぼすなんて、と自分でも情けない。でも、つっかえていたものを口に出すと、ほんの少し胸が軽くなった。

「がんばるしかないんだけどな、うん」

冗談半分のつもりだったが、自分の声を自分で聞くと、冗談だったのか本気だったのかわからなくなった。「ま、今度からは発注する前に番号確認するからさ」と、冗談の口調で本気のことを言った。逆に、本気の口調で「死にたくなっちゃうもんな、このままだと」と冗談も言ってみた。

ニャンコは静かに僕から離れた。逃げたのではなかった。ゆっくりと、まるで「ついておいで」と言うように、通路を校舎のほうに向かう。鍵《かぎ》の掛かった扉の前まで来ると僕を振り向いて、にゃあ、と鳴く。開けてちょうだい、と言っているのだろうか。半信半疑ながらも「ちょっと待ってろ」と作業道具の箱からキーリングを出して、鍵を開けた。ニャンコは細い体を滑り込ませるように校舎の中に入る。階段をのぼる。最初から行き先を決めているような、迷いのない足取りだった。僕も非常口の明かりだけを頼りにあとにつづいた。少しでも遅れて距離が空くと、ニャンコの姿は闇に溶けて消えてしまいそうだった。

三階までのぼった。〈6年1組〉とプレートの掛かった教室に入った。

がらんとした教室は、窓から月の光が射し込んでいるせいで、思いのほか明るかった。無人の机が教室の隅から隅までぜんぶ、くっきりと見える。

ニャンコはその机の一つ——最後列の窓際《まどぎわ》の席に、ふわりとジャンプして乗った。あとは僕にかまわず、香箱《こうばこ》座りをして窓の外を見つめる。

月が近くなった。影絵のように広がった街並みは、夜景と呼べるほどには灯りの数は多くなくても、駅前のにぎわいはここからでも、夜九時を回ったこの時間になっても、よくわかる。

僕は教室の真ん中あたりの席に座った。適当に腰かけたつもりだったが、椅子《いす》に座って見回す教室のたたずまいはむしょうになつかしい。そうだ、俺、この席だったんだ、と思いだした。六年生の二学期だ。覚えている。僕はこの席から立ち上がって、廊下に出た鳥谷さんを追いかけたのだ。

胸を高鳴らせて、ニャンコのほうを見た。間違いない。記憶がよみがえる。いまニャンコがいるのは、鳥谷さんが転校するまで座っていた席だった。それに気づくと、逆に、胸の高鳴りが消えた。ずっと中途半端《はんぱ》に漂っていたものが、落ち着くべき場所にやっと落ち着いて、深いため息が漏《も》れた。

「元気だった？」

ニャンコは黙って窓の外を見つめていた。僕も、ふふっと笑ったあとは、もうなにも言わない。

影絵の街に『ちどりや』の広告塔がうっすらと浮かぶ。

静かな教室に、遠くから子どもたちの声が聞こえてくる。なつかしい声だ。僕はあの頃、瀬尾っちと呼ばれていた。空いていた席に、一人また一人と子どもたちの姿が浮かぶ。なつかしい顔だ。僕はあの頃、いちばんの仲良しだった大野《おおの》くんと、しょっちゅう授業中に消しゴムのカスをぶつけ合っていた。

遠い、遠い、昔の話だ。

5

川島さんから電話がかかってきたのは、三日後——お盆の最後の日の朝だった。ゆうべ実家に帰省して、明日にはひきあげるのだという。

僕のほうも明日の朝にはホテルをチェックアウトする。この二日で、なんとか僕の発注ミスによる工期のロスは取り戻せた。今日からは仕上げの段階に入る。夏休み中にすべての工事を終えられるかどうかはまだ微妙なところだったが、本社から次の現場に向かうよう指示があった。もう雑用係はいなくてもいいと判断されたのか、いないほうがいいと思われたのか、たぶん両方なのだろう。

昼間は現場を抜けられないことを謝ると、川島さんは「うん、かえってそっちのほうがいい」と言った。「わたしも、どっちかっていうと夜に会いたかったし」

夜なら八時頃にはなんとか仕事を終えられるだろう。

「ってことは、九時に白鷺《しらさぎ》公園だったらだいじょうぶだよね？　間に合うよね？」

「白鷺公園って……河原の？」

「そう」

河川敷の公園だった。今夜、灯籠舟を流す場所の一つでもある。

「瀬尾くん、髪が薄くなったり太ったりしてない？　パッと見てわかるかなあ」

「だいじょうぶだと思うけど……」

「先に言っとくけど、わたし、太っちゃったから。びっくりした顔しないでよ」

笑いながら言った川島さんは、そのままの声で「灯籠流し、付き合ってよ」とつづけた。

「……いいけど」

「毎年やってることだから、今年も流したいの」

じゃあ九時によろしく、と電話は切れた。


予感はあった。

ニャンコが教えてくれていた。

あの夜、ふと目をやるとニャンコの姿は消えていた。僕が窓の外を見つめているうちにそっと教室を出て行ったのかもしれないし、そもそも最初から、すべては月の光が見せた幻だったのかもしれない。

おとといも昨日も、仕事中に何度もニャンコを見かけた。いつものように僕をじっと見ていた。でも、もう、呼んでも近寄ってはこなかった。

だから、予感はあったのだ。あの夜、教室をひきあげるときからずっと。


中庭の工事現場では、職人さんたちが地中に敷設《ふせつ》したパイプの最後のチェックをしていた。明日の午後には通水の試験をして、問題がなければ土を入れて埋めていく。

できれば通水試験までは立ち会いたかったが、それが叶《かな》わないのが半人前の雑用係ということなのだろう。一つの現場を離れるときにはいつも、なにかを置き忘れてしまったような気になる。物足りなさなんだと、いままでは思っていた。でも、ほんとうは寂しさなのかもしれない。今日初めて思った。

「瀬尾ちゃん、今日までなんだってな」

班長に声をかけられた。

会釈《えしゃく》を返し、それだけでは足りない気がして「お世話になりました」と付け加え、さらにもう一言「いろいろご迷惑をかけてすみませんでした……」とつづけた。

「なんだ、ちゃんとあいさつできるんだな」と班長は笑う。

「ほんとに……すみませんでした」

「いいんだよ、もう。すんだことだし、なんとか間に合いそうだし」

黙って頭を下げた。叱《しか》られているときより、ゆるしてもらったときのほうが、胸がじんと熱くなって泣きそうになってしまう。そういうところは子どもの頃と変わらない。

「どうせなら最後までやらせてやりたかったんだけどな」

「……僕も、やりたかったです」

班長は、へえーっ、と意外そうな顔になった。

「なんだかんだ言いながら、けっこうやり甲斐《がい》感じてくれてたんだな、瀬尾ちゃんも」

今度は僕のほうがちょっと困惑してしまった。

でも、班長は「そういうものなんだよ」と言った。「やり甲斐とか生き甲斐なんて、あとになってから初めてわかるっていうか、あとにならなきゃわからないんだよな」

相槌《あいづち》は打たなかったが、僕のまなざしに気づいた班長はまた、へえーっ、と目を見開いて照れ笑いを浮かべ、「最初からやり甲斐なんてわかるわけないし、仕事をやってるときには理屈もへったくれもなくて、やらなきゃいけないことは、キツくてもとにかくやるしかないわけだし」とつづけた。

「ええ……」

「で、終わったときにさ、寂しくなるんだよ。もっとやりたかったなって思えたら、それがやり甲斐があったってことなんだと思うぜ、俺は」

ほら、だから、あれだ、うん、と班長はたとえ話を見つけてくれた。

「卒業したあとの学校と同じかな」

わかるような気がする。

穴にもぐった若い職人さんから「瀬尾さん！　フレア一個持ってきて！」と呼ばれた。行ってこいよ、と班長はそっちに顎《あご》をしゃくって、「それが終わったら、校舎の中ぜんぶ回って、工具とか忘れものしてないかチェックしといてくれ」と言った。

今日やらなければならない仕事ではなかったが、班長は「母校だろ？」といたずらっぽく笑って、工具箱から出したフレアナットレンチを渡してくれた。

校内を回った。気をつかってくれた班長には申し訳なかったが、昼間の明るい陽光の射《さ》し込む学校には、やはりあの頃の面影はない。なつかしさが湧《わ》いてくるきっかけが見つけられない。六年一組の教室に入って自分の席に座り、目を閉じて耳をすませても、なにも聞こえてこなかったし、浮かんでもこなかった。

それでも、かつてこの場所には、確かに僕たちの学校があった。僕はここにいた。かつてこの街に『ちどりや』というデパートがあって、みんなからちやほやされていた女の子がいた。いまもいる。なつかしさよりももっと深い、思いだしたり忘れてしまったりということすらできない胸の奥の奥の奥のどこかに、僕たちは、ずっといる。

目を開けて、鳥谷さんの席を見つめた。ニャンコはいない。今日は朝から姿を見ていない。もう会えないだろうな、という気がした。ニャンコ委員会の子どもたちの前にあらわれるときも、ニャンコはきっと知らんぷりをして、僕には目を向けずに優雅に立ち去るだろう。

涙がじんわりとにじんできた。

予感はあったのだ、ほんとうに。

白鷺公園には、灯籠《とうろう》流しをするひとたちがたくさん訪れていた。すでに川面《かわも》は灯籠の灯で埋まって、濃いオレンジ色に染まっている。

約束の時間ちょうどに河川敷に降りた僕を、川島さんはすぐに見つけてくれた。会うのは中学の卒業式以来だったが、「全然変わってないね、若いよ、瀬尾くん」と川島さんはうらやましそうに言う。その川島さんは、予想以上にぷくぷくと太っていた。でも、「おばさんでしょ？　ほんと、おばさんになっちゃったでしょ？」と本人が言うほどではない。ダンナさんと幼稚園に通う子ども二人は、川島さんの実家でいま花火をしているのだという。幸せ太りというのは、こういうのを言うのかもしれない。

灯籠舟は『満月堂』の紙バッグに入っていた。岸辺に設けられた流し場は満員だったので、どちらからともなく、もうちょっとあとにしようか、と流し場から少し離れた石段に腰かけた。誰の灯籠を流すのかは、川島さんは言わなかったし、僕も訊《き》かなかった。代わりに、お互いの近況を話した。

川島さんのダンナさんは公務員で、『満月堂』はいずれ弟が継ぐのだという。去年までは本店に加えて『シンフォニー』と『ガーデン』の両方にテナントで入っていたが、売り上げの落ち込みがつづく『シンフォニー』のほうは撤退した。

「まあ、しかたないよね、そういうのも時代の流れだし、こっちも商売だから……」

最初はさばさばとした口調でも、途中から声は寂しそうに沈み、最後はしょんぼりと黙り込む。

僕の近況も、最初はなるべく明るく伝えるつもりだったが、無理だった。でも、嘘《うそ》はつかなかった。見栄《みえ》も張らなかった。大学を卒業してからの十年間をこんなにくわしく話したのは、考えてみれば初めてのことだった。

「なんかさ、俺、なにを間違えちゃったんだろうかな、って思って……」

「間違えてないよ」

「そうかな。じゃあ、やっぱり不況とか時代が悪いってことなのかな」

同級生でもうまくやってる奴《やつ》はいるんだけどさ、と寂しいオチをつけようとしたら、川島さんは「間違えてるひとなんて、誰もいないと思うよ」と言った。「でも、間違えなくても、うまくいかないこととか、どうにもならないことって、あるよ」

灯籠舟の流れる川面を見つめる彼女の横顔は、僕ではない誰かに語りかけているようだった。

そして僕は、その誰かの顔を——クラスの女王陛下だった頃の面影で、思い浮かべることができる。

川島さんは紙バッグから灯籠舟を取り出して、膝《ひざ》に載せた。

「瀬尾くんに会えるって思わなかったでしょ、美智子ちゃん」

僕がニャンコを撫《な》でたときのように、灯籠の和紙をそっと撫でながら言う。「よかったね」と笑う。

「……いつだったの？」

覚悟はしていたはずなのに、声がかすれ、震えてしまった。

「五年前。交通事故だった。新聞にちっちゃく出てたの。同じ名前で、歳《とし》も同じで……嘘みたいなんだけど、住んでる街も同じで、隣同士の区だったの」

もしかしたら、どこかですれ違っていたかもしれない。どちらかが「あれ？」と気づいていれば、声をかけて、また昔のように友だちになっていたかもしれない。

「本人だっていうのを確かめたのか？」

「市内の斎場に片っ端から電話かけて、お葬式に行ってみたら、美智子ちゃんの写真が飾ってあった」

享年《きょうねん》二十八。独身だった。勤務先の小さな会社から車で帰宅する途中、カーブを曲がりそこねてしまった。お葬式は斎場の中でも小さめのホールで営まれていた。花《はな》環《わ》は、鳥谷さんの勤め先から来ていただけだった。両親もいた。二人とも『ちどりや』があった頃とは別人のように老け込《ふ》んで、泣きじゃくる母親も、うつろな目の父親も、焼香する川島さんを見ても思いださなかったという。

「悲惨でしょ。こんなに悲しい人生ってないと思わない？」

僕は黙ってうなずいた。悲しいというより、やりきれない。

「とことん運が悪いよね」

「だよな……」

川島さんは膝の灯籠を上から覗《のぞ》き込むような格好で「ねーっ、美智子ちゃん、瀬尾くんなんて全然ましだよねーっ」と冗談めかして言ったが、僕が黙ったままでいると「ごめん、嘘……」とつぶやいて、「でもね」とつづけた。

「全然うまくいかない人生でも、価値がないとか、意味がないとか、生きててもしょうがなかったとか、そんなことないと思う。だってさ、美智子ちゃんのお葬式の写真、おとなになってからのだったんだけど、笑ってたんだよ。すごい楽しそうに笑ってる写真だったんだよ。いいことあったんだよ、絶対。うまくいかなくても、いいこと、あった……」

ハナをすすり、「わたしは、そう信じてるから」と涙声で言った。

鳥谷さんの笑顔が浮かぶ。子どもの頃の、幼い笑顔だ。おとなになってからの鳥谷さんの顔は想像できない。でも、それでいいのかもしれない。答えがわからないから、僕たちは信じることができる。鳥谷さんはおとなになってからも、笑うとあの頃の面影どおりだったのだと、僕も信じる。

川島さんは気を取り直すように背筋を伸ばし、さて、と灯籠舟の流し場に目をやった。

「毎年、鳥谷さんのために灯籠流しをしてるの？」

「勝手にやってる。だって、美智子ちゃん、ほんとうはここでずーっとお姫さまでいたかったんだから、お盆には帰ってきてるよ。だから、わたしが送ってあげなきゃだめでしょ」

「うん……帰ってきてるよな」

「今年は瀬尾くんと会うために帰ってきたんだよ、美智子ちゃん」

川島さんはそう言って僕を振り向き、「誰かに好きになってもらえたら、そのひとの人生はやっぱり幸せなんだよね」と泣き顔で笑った。

「川島さんも、友だちだったし」

「わたし？　わたしは、わかんない」

「そう？」

「すごーく憧《あこが》れてたんだけどね、美智子ちゃんに。でも気もつかってたし。あれは友情だったのかなあ、なんだったのかなあ、よくわかんない」

恋だったりして、と川島さんは灯籠舟に笑いかけて、立ち上がる。

「だいぶ空《す》いてきたから、そろそろ流そうか」

「ああ……」

流し場に向かって歩く途中、「せっかくだから瀬尾くんも持ってあげてよ」と言われ、片手で持てるサイズの舟を、両手で胸の前に捧《ささ》げ持った。

手が空いた川島さんは歩きながら紙バッグを畳み、「死んだひとのぶんもがんばって生きる、って嘘っぽいよね」と言った。「そんなのカッコよすぎるし、生きてるひとの勝手な理屈だと思う」

そうかもしれない。昼間の班長の話を思いだして「理屈もへったくれもなくて、生きるしかないよな」と言うと、「そうそう、子どもを育ててたら、それよーくわかるの」と川島さんは笑った。太ってたくましいお母さんの笑い方だった。

鳥谷さんは長くなかった人生の最後の最後の瞬間、もっと生きたかった、と思っただろうか。思っていてほしい。どんなに運が悪くて、悲しいことのほうがずっと多くても、生き甲斐のある人生を生きて、閉じたのだと、信じていたい。

足元の茂みで虫が鳴いていた。川島さんもそれを聞いたのだろう、「お盆が終わると、もう、すぐに秋だね……」とつぶやくように言った。猫じゃらしの穂が、かすかに揺れる。ニャンコと過ごした月夜の話は、しそびれてしまった。舟を流したあとも、たぶん話さないだろう。うん、それでいいんじゃない、と穂はうなずくように揺れる。

流し場に着いて、灯籠のロウソクに火を灯した。

「じゃあね、美智子ちゃん。また来年」

そっと川に流す。舟はゆっくりと流れに乗って進んでいった。オレンジ色の灯が、灯籠の中と川面の二つ、揺れながら遠ざかる。

僕と川島さんは手を合わせて、それを見送った。

僕が生まれて初めて好きになった女の子は、一人きりで、遠い遠い昔へと帰っていった。

文庫版のためのあとがき

本書には、ふたごのきょうだいのような存在の一冊がある。二〇〇八年八月に刊行され、いまは本書と同じ新潮文庫の棚に入れてもらっている『せんせい。』（単行本でのタイトルは『気をつけ、礼。』）――刊行順を歳《とし》の順にあてはめるなら、こちらが兄になる。一方、二〇〇九年十月刊行の本書は、多少の照れくささとともに、あえて弟ではなく妹と呼ばせてもらいたい。

二冊はいずれも短編集である。それぞれ六編の短いお話が収められている。合計十二編。雑誌初出はごくわずかな例外を除いて、ほぼ同時期になる。ゼロ年代の後半、書き手にとっては四十代半ばの二、三年である。その時期、僕は同じ骨格を持つ短いお話を繰り返し書いていた。「また似たようなことをやってる」と批判されるのは覚悟のうえで、一つのモティーフに憑《つ》かれたように、いわば同じコード進行にさまざまなメロディーやリズムを乗せつづけていたのだ。

ふたごの兄妹《きょうだい》の二冊には、その試みの記録が（成果と呼ぶほど図々《ずうずう》しくはない）そっくり収められている。十二編のお話がいまの形で二冊に割り振られていることには、もちろん自分なりの強い必然性があるのだが、十二編がシャッフルされてまったく違う組み合わせの二冊になるのも意外と「あり」かもな、と書き手の本音としては思う。

では、この十二編に（正確には一編だけを除いて十一編に）共通しているコード進行とは、なにか。さすがに書き手自身がそれを口にするのはヤボであり、愚かである。

ただ、ヒントだけ。本書の単行本版でのタイトルは『再会』だった。今回文庫版を刊行するにあたって、やはりこれではあまりにも直截《ちょくせつ》すぎるだろう、と思って改題したのである。と書くことじたい、まことに直截にして単純、ヤボで愚かなことをしてしまった。

まあいいや。ふたごの兄妹の二冊に収められているのは、再会のお話である。子どもの頃に出会って別れたひとに、おとなになって再び巡り会う、もしくは会えない──そういうお話を、四十代半ばのある時期、僕は集中して書きつづけていたのだった。

その中からまず、教師と生徒の関係を描いたものをまとめて一冊に編んだ。それが兄の『せんせい。』である。本書では、友だちや親戚《しんせき》のおじさんや子どもの頃の自分自身との再会物語を中心に編むことになった。少女の登場するお話が多くなった。文庫化にあたって全体をあらためて読み返してみると、やはりこれは弟ではなく、妹にあたるだろうな、と思ったのである。

そして、あらためて、こんなことも思った。

再会というのは、おとなの特権だよな——。

なにしろ再会は「会えない日々」がなければ成立しない。手間暇がかかるのだ。会えない時間が愛育てるのさ、と歌ったのは郷ひろみの『よろしく哀愁』（作詞・安井かずみ）だったが、再会物語でも同様だろう。再会物語の一番の魅力が「あの頃と変わっていないところ」と「変わってしまったところ」とのモザイク模様にあるのだとすれば、それを豊饒《ほうじょう》にしてくれるのは、じつは再会そのものよりも「会えない日々」の（物語の中では描かれることのない）ドラマではないか？「会えない日々」を「お互いに歩んできた、それぞれの人生」と言い換えれば、よりわかりやすくなるだろうか。

おとなは誰だって、たくさんのひとと出会い、そのほとんどと別れてきたはずである。僕たちは皆、数えきれないほどの「会えない日々」を胸の奥に抱いて、それぞれの人生を生きている。再会できる相手より会えずじまいの相手のほうがずっと多いだろう。だからこそ、再会はなべて僥倖《ぎょうこう》のドラマになる。誰もがささやかな運命論者になる。それが、どんな形での、どんな相手との再会であれ——「会わなければよかった」という苦い悔恨ですら、再会をしなければ得られないものなのだから。

そんなことを思いながら、何編ものお話をつくった。書き手としては、短い分量のお話の中に「会えない日々」の時間をいかに織り込むか、どう行間ににじませるか、といったところに腐心しつづける仕事になった。うまくいったかどうかはわからない。ただ、できあがったふたごの兄妹の二冊を文庫化に際してひさしぶりに読み返したとき、悪くない気分だった。自分の書いたお話と再会して喜んでりゃ世話ねえや、とあきれ顔になる自分も、どこかにいるのだけれど。


本書収録の六編は、いずれも『yom yom』に掲載してもらった。雑誌初出から単行本までお世話になった藤本あさみさん、文庫版の編集を担当していただいた大島有美子さんに、心から感謝する。また同様の謝意を、装幀《そうてい》の大滝裕子さん、単行本版の装画の木下綾乃さん、文庫版の装画のａｇｏｅｒａさんをはじめ、本書にかかわってくださったすべての方々に捧《ささ》げたい。皆さん、お世話になりました。

もしかしたら、年若い読み手にとっては、再会なんてピンと来ないかもしれない。申し訳ない。でも、それでいいんだと思う。バイバイと手を振った友だちに明日また会えること――いまはごくあたりまえの日常が、じつはなかなかの幸せだったんだということが、いつか、わかる。悲しい別れによってそれを実感しないように、と祈っている。

そして、いまはピンと来ない本書と、もしできれば、何年かたったあとで再会してほしいな、と思う。贅沢《ぜいたく》な望みかな。でも、本書がそんな再会に価《あたい》する一冊であってくれれば、すごくうれしい。

二〇一二年四月

重松　清

参考文献

『飛ぶ教室　ケストナー少年文学全集4』
エーリヒ・ケストナー著／高橋健二訳（岩波書店刊）
『オブ・ラ・ディ、オブ・ラ・ダ』
作詞・作曲　レノン＝マッカートニー／訳詞 山本安見

この作品は、二〇〇九年十月新潮社より刊行された『再会』を改題したものである。

なお、収録作の「再会」は、単行本での「ロング・ロング・アゴー」を改題した短編である。

ロング・ロング・アゴー

新潮文庫　し－43－20

平成二十四年七月一日発行

著者　重《しげ》松《まつ》清《きよし》

発行者　佐藤隆信

発行所　株式会社新潮社

郵便番号　一六二―八七一一
東京都新宿区矢来町七一
電話　編集部(〇三)三二六六―五四四〇
　　　読者係(〇三)三二六六―五一一一
http://www.shinchosha.co.jp

価格はカバーに表示してあります。

乱丁・落丁本は、ご面倒ですが小社読者係宛ご送付ください。送料小社負担にてお取替えいたします。

印刷・株式会社精興社　製本・株式会社植木製本所

ISBN978-4-10-134930-5 C0193